KB239427

머꼬네집에 놀러 올래?

국립중앙도서관 출판시도서목록(CIP)

머꼬네 집에 놀러 올래? : 이만교 장편소설 / 이만교 지음.
— 파주 : 문학동네, 2003
  p. ;   cm

ISBN 89-8281-373-X 03810 : ₩8000

813.6-KDC4
895.735-DDC21   CIP2003001792

머꼬네집에 놀러 올래?

이만교 장편소설

문학동네

| 차례 |

할아버지 할머니 아버지를 소개합니다 7

우리집 오시려면 약도를 참고하세요 13

우리 식구는 캘리포니아를 좋아합니다 21

놀러 가는데, 같이 갈래요? 27

우리는 이제 어떡하면 좋을까요 43

나물 좀 싸드릴 테니 가져가세요 48

텔레비전 보다가 저녁까지 드시고 가세요 57

이쪽으로 와서 같이 얘기해요 66

큰누나가 아이를 가졌답니다 78

학원 다녀오겠습니다 87

오늘 그녀를 소개받았어요 94

나, 쫓겨났어요 100

외조모께서 별세하셨습니다 113

나는 사랑에 빠졌어요 119

머꼬가 태어났어요　127

내 사랑 해연, 나의 사랑 머꼬　136

우리 형은 강남에 살아요　142

가장 행복하고 가장 아름답고 가장 따뜻하답니다　154

작은누나는 맞선 보러 갔어요　165

나는 오늘도 열씨미 공부합니다　171

여름 깊어가는 소리가 들려옵니다　184

우리 지금 외식하러 가는 거예요　190

내 사랑 잃었네　203

열반에 드시다　217

그대는 갔지만 나는 그대를 보내지 아니하였습니다　225

우리 망했다　231

그때 우리는 공중에 떠 있었어요　240

해설 | 장은수 · 유쾌하고 청명한 이야기꾼의 탄생　245

작가의 말　257

할아버지 할머니 아버지를 소개합니다

일본놈들에게 나라를 빼앗기면서, 우리 할아버지는 옛날 옛날 호랑이 담배 피던 시절부터 대대손손 내려오던 우리 가문의 신분을 잃고 고작 밭 한 뙈기로 삶을 연명해야 했다고 한다.

그때만 해도 할아버지가 아직 젊었던 때라 호랑이 가죽같이 윤기 나는 팔뚝과 어깻죽지에는, 황소 한 마리쯤은 거뜬하게 메다꽂을 수 있을 어마어마한 힘과 황소 열 마리보다 더 큰 몫을 해내는 놀라운 노동력이 들어 있었다.

그 힘의 막무가내로 할아버지는 밭도 싫고 논도 싫으니, 그냥 머슴으로 계속 살게 해달라고 통곡하며 주인 어른에게 애걸복걸 매달렸다. 그러나 허사였다. 주인은 몇 뙈기 남지 않은 땅을 하인들에게 나눠주고 만주로 떠나버렸다. 충직과 근육의 힘만으로는 시대 흐름을 거역할 수 없었다. 이후로 할아버지의 노동은 고작 밭 한 뙈기에 국한되어버렸다. 그러자 할아버지에게 아주 많은 시간과 힘이 남아돌기 시작했다. 할아버지의 괴로움은 바로 여기에 있었다. 헛되이 남아도는 시간과 힘! 바로 이 괴로움으로부터 할아버지의 일본인에 대한 증오와 떠나간 주인에 대한 애절한 그리움과 자신의 운명에 대한 깊은 탄식이 생겨나기 시작했다.

때문에 할아버지가 일본놈들의 못된 작태를 보면 반드시 이를 갈고 머리카락을 세웠다고 하지만 그 의미가 정확히 무엇인지 나로서는 알 길이 없다. 아마 할아버지 자신조차 감을 잡을 수 없었을 것이다. 그것이, 다만 욕심껏 일하고 싶은 순박한 욕망에서 비롯된 것인지, 머슴 살던 과거에 대한 회고적 그리움 탓인지, 패가하고 떠난 주인에 대한 봉건적 의리 때문이었는지, 아니면 다만 그때그때의 즉흥적 정의감 탓인지, 본래 다혈질이어서 이내 후회하게 되면서도 거듭 참견하고야 말았던 버릇 때문인지…….

아마도 이 모든 것의 혼융이었을 나의 할아버지는 아무튼 남아도는 시간과 힘의 일부를, 특별한 보수도 바라지 않고 이웃들 농사를 돕거나 일본인들 만행에 저항하는 데 썼다.

할아버지 신세를 지지 않은 마을 논밭이라곤 거의 없으며, 지서에 잡혀들어가지 않는 계절 또한 없었다. 순경에게 매질을 당하며 잡혀간 횟수만도 모두 백마흔일곱 차례이고 그중 열여덟 번은 검붉은 시체 꼴로 실려 나왔을 정도였다.

고향에 가면 이러한 사실을 고스란히 증언할 노인들이 지금도 여러 분 살아 계실 테지만, 그 일대가 십수년 전에 댐 공사로 물에 잠겨

고향 자체가 사라져버리고 말았다.

　그러나 설령 증언을 듣는다 해도 내 할아버지가 남달리 강한 민족의식 혹은 정의감을 가졌다고 장담할 수 있는 것도 아니다. 할아버지 몸 속에 남아도는 그 엄청난 힘과 시간을 고려할 때, 이웃 농사를 돕는 것은 평범한 사람이 밭고랑 한 줄 매준 것에 불과했다. 또 일본인에 대한 저항과 그로 인한 핍박은 평범한 사람들이 투덜대다가 뺨 한 대 얻어맞는 정도의 에너지 소모에 지나지 않았다. 사실 할아버지는 자기에게 남아도는 힘과 시간의 거의 전부를 다만 술 마시는 일로 탕진했다.

　어머니 말씀에 따르면, 할머니가 기억하시기를 사흘 걸러 하루씩 할아버지는 술에 만취했다고 한다. 그러나 할머니 기억도 액면 그대로 믿을 수 없는 것이, 옆에서 듣던 친척이나 이웃들이 반드시 대꾸했다는 것이다.

　"사흘이 뭐여? 이틀이 멀다 하고 마셨지!"

　그러면 그 옆 사람이 또다른 증언으로 가세했다.

　"이틀이 뭐여? 매일 온종일 취해만 있었잖어!"

　주변 사람들 말이야말로 그러나 하나도 믿을 게 못 되었다. 바로 코앞에서 그렇게 말해놓고도 다시 화제를 할아버지가 지서에 끌려간 쪽으로 바꾸면,

　"아이고, 한 해에 한 번이 뭐여? 동네에 무슨 일 날 때마다 잡혀들어갔지!"

　그러면 받아서,

　"아예 매일같이 지서에 들어가 살았지, 뭐!"

하는 것이다.

이런 식의 마을 사람들 기억 때문에 점차 우리 할아버지는 한 사람이기보다는 전혀 다른 여러 사람의 모습을 일컫는 일종의 보통명사처럼 들렸다. 우리 할아버지라는 이름은 위대한 애국자 혹은 어리석은 머슴꾼, 몹쓸 술주정뱅이, 평범한 농사꾼, 기운 센 장수, 불쌍한 공처가, 항일의병 등등 참으로 천차만별의 여러 모습으로 나뉘어 회자되었고, 그 바람에 우리 할머니가 아주 많은 서방을 거느리고 살았었구나, 싶을 정도였다. 아버지는 아예 한술 더 떠서 이렇게 말씀하시곤 했다.

"변신술에 워낙 능한 양반이어서 일본 순경들도 쩔쩔매었다."

술에 취하면 할아버지는 일하다 말고 심지어 소변보다 말고도 그 자리에 쿡, 쓰러져 잠에 곯아떨어져서는 한나절, 심지어는 내리 사흘도 잤다고 한다. 그런데도 고뿔 한번 걸린 적 없고 뱀에게 물리는 법도 없었다. 참으로 이상한 것이, 아무렇게나 쑤셔박혀 잠을 자도, 바람 찬 날은 볕 좋은 언덕에 누워 잠만 잘 잤고, 볕 뜨거운 날은 넘어져도 베고 눕기 좋은 버드나무 둥치 따위에 걸려 넘어져서 녹녹한 나무그늘 덮고 또 한나절 잘도 잤다는 것이다.

그렇게 한번 자고 일어나면 으드득, 뼈를 새로 맞추는 소리로 기지개를 켜보고는 다시 소처럼 일했다. 오히려 미처 술이 덜 취해 집으로 돌아올 때면 집 앞 저수지에 종종 굴러 빠지곤 했는데 그때마다 또 어떻게 어떻게 허우적대다가 지나가던 사람에게 발견되는 천운을 잡았다고 한다. 그러면 그 소식을 들은 할머니는 밥 짓다 말고 혹은 마실갔다 말고 내달려와서,

"이 미친 양반이 또 지랄이구먼, 지랄이여! 잡놈의 귀신들은 뭐 하는지 몰러. 이런 빌어먹을 인간 안 잡아가구!"

하면서 인근에 사는 귀신들을 마구잡이로 혼내고 야단치며 할아버지를 집으로 업고 갔다. 나무 한 짐도 쩔쩔매고 절구 찧을 때면 번번이 까치발로 키를 세워야 하는 아주 작고 왜소한 체격인데도 술에 취한, 게다가 물에 흠뻑 젖은 집채만한 할아버지만은 아주 거뜬하게 업어메고 갔다는 것이다.

이상의 애기를 토대로 해볼 때 아버지는 할머니 쪽을 더 많이 이어받았다. 키가 작고 체격도 아주 왜소했다. 그러나 또 그것은 외양만 본 것이고, 아버지 또한 할아버지 혈통을 이어받기는 받았는데 다만 자라면서 너무 많은 고생과 역경을 치른지라, 조금씩 쪼그라든 것에 불과한 것인지 모른다. 그 증거가 바로 주름살인데 아버지 얼굴은 바람 빠진 풍선을 찌그러뜨려놓은 것처럼 온통 주름투성이로 얽어 있었다. 그러니까 본래는 얼마든지 구척장신일 수도 있었으리라.

아버지가 할아버지 혈통을 내려받았을 거라는 또다른 근거로는 술이라면 사족을 못 쓰는 주벽을 들 수 있다. 달에 한두 번 마시는 것에 불과했지만, 그러나 아버지 체력을 고려할 때 그것은 할아버지가 매일 마시는 것만큼이나 대단한 과음이었다.

미장이였던 아버지는 맡은 일거리가 끝나면 반드시 술을 입에 댔고 입에 댔다 하면 일차, 이차, 삼차, 끝없는 순례로 이어졌다. 할아버지와는 달리 잠에 곯아떨어지지 않고 다음 술집을 찾아다니는 것이 아버지의 주벽이었다. 그럼에도 아버지가 매번 무사히 집에 들어올 수 있었던 것은, 아버지 특유의 독특한 보행법 덕분이었다. 평소에는 한없이 소심하던 아버지였지만 술에 취하면 친구와 어깨동무를 하고는 뭐 그리 기분좋은지 커다란 소리로 파안대소하면서, 혹은 노래를 부르면서 앞으로 한두 걸음, 다시 뒤로는 두세 걸음 하는 식으로 걸음을 내딛었다. 그러다 보면 놀랍게도 아버지 딴엔 집으로부터 멀어지면서 술을 마신다는 것이 결국은 집으로 귀가하는 꼴이 되고 마는 것이었다.

이 보행법은 할아버지나 할머니 어느 쪽에서도 보이지 않던 아버지만의 독보적인 것이었다. 앞을 향하여 껄껄 웃어젖히며 나아가는 듯하지만 실제로는 초연히 뒤로 물러나기 말이다.

우리집 오시려면 약도를 참고하세요

남의 집 지어주는 미장이 노릇으로 평생을 사신 아버지가 그만의 독특한 파안대소의 보행법으로 마침내 당도했던 우리집은, 본래 어머니가 나고 자란 외가였다. 어머니가 어렸을 때만 해도 이 일대는 온통 복숭아밭이었다. 게다가 우리집은 오르막에 자리해서 도화가 한창일 무렵의 마을 초입에서 바라보면 마치 나무 위에 올라앉은 듯, 하늘에서 이제 막 내려오는 듯, 공중에 붕 떠 있는 모양이어서 모든 사람들의 동경과 시샘을 한몸에 받았다.

그러던 것이 공장이 서고 언덕 꼭대기까지 주택이 들어차면서 우리집은 아예 지하로 주질러 내려앉아버리고 말았다. 우리는 옛날 그대로인데 이웃해 사는 집들이 모두 삼사층짜리 다세대 주택이거나 오륙층짜리 빌라로 솟아올랐던 것이다. 그 틈에서 여전히 일층짜리

슬래브를 유지하고 있던 우리집은 지하 이삼층 같은 단절과 어둠에 휩싸여버릴 수밖에.

마루에 주저앉아서도 내다보이던 널찍한 평원과 황소 등짝처럼 우직하던 산자락들, 부엌 창으로 내다보이던 산봉우리와 그 위로 저녁마다 황홀하게 묻어나던 저녁노을, 안방 창문으로 들어오던 송진 내 묻어나던 시원한 산바람을 우리 가족은 멀뚱히 앉은 채로 고스란히 도둑맞고 말았다. 이제 우리집이 갖고 있는 것이라고는 수수께끼처럼 혹은 어린이 잡지에 나오는 미로찾기처럼 아주 길고 복잡하고 가느다란 골목뿐이었다. 올라가는가 싶으면 내려가는 계단이 나타나고 우로 꺾는가 싶으면 다시 좌로 돌아야 하는, 막힌 듯 막힌 듯 하면서도 결국은 이어지는 그 좁고 긴 골목길 때문에 심장이 허약한 노약자나 임산부는 집에 닿기도 전에 현기증을 일으키고 마는, 설령 집에 제대로 도착한 사람들일지라도 어디가 서쪽이고 어디가 자신이 들어온 길인지, 방향감각과 위치를 다 잃어버리곤 마침내

"여기가 어디여?"

하고 물어보고 마는 바로 그곳에, 우리집이 있었다.

한번은 우리집에 놀러 왔던 형 친구가 아침이 되자 창문을 열어젖히면서 형에게 말했다고 한다.

"야, 너희 집은 어떻게 된 게 유리창이 사중창이냐?"

그리고 그 소리가 끝나기 무섭게 사이렌에 가까운 비명 소리가 들리고 이어서 옆집으로부터 거센 항의가 들이닥쳤다. 왜 남의 창문을 열고는 들여다보느냐고, 하여튼 지저분해서 같이 못살겠다고.

이런 오해와 억지를 받아가면서까지 언제까지나 양보만 하며 살

수는 없는 노릇이었다. 마침내 아버지는, 그때만 해도 아버지가 살아 계셨을 때였다, 억울하게 빼앗겨버린 산봉우리의 저녁노을과 산들바람 따위들을 되찾아오던가, 아니면 최소한의 보상이라도 받아내기 위해 옆집을 방문했다. 그러나 옆집에서조차 그것들을 발견할 수 없었으므로 아버지는 말도 한번 제대로 꺼내지 못하고 빈손으로 돌아와야 했다.

이번만큼은 그러나 아버지도 쉬이 포기하려고 하지 않았다. 그 다음날은 옆집의 옆집으로 찾아갔던 것이다. 그러나 이번에도 허탕이었다. 아버지는 마침내 모든 일을 작파하고는 이 문제에만 매달렸다. 몇 날 며칠을 두고 서쪽에 자리한 옆집의 옆집의 옆집의 옆집들까지 계속해서 샅샅이 조사해나가보았던 것이다.

결국 아버지는 이 도시의 한쪽 끝에까지 다다르게 되었는데, 그러나 거기에서도 산봉우리나 저녁노을은 보이지 않았다. 다만 또하나의 휘황찬란한 이웃 도시의 불빛이 도도하고 찬란하고 은은하게 펼쳐져 있었을 뿐이다. 그 풍경은 산봉우리의 저녁노을 못지않게 장관이었고 아버지가 보기에도 좋았지만, 분명히 우리 가족이 갖고 있던 그 노을 풍경이 아니었으므로 정직한 아버지는 하소연조차 해보지 못하고 돌아오고야 말았다.

같은 방법으로 남쪽의 옆집들도 샅샅이 조사해나가보았지만 결과는 마찬가지였다. 아버지는 종로 보신각을 중심점으로 삼을 때 우리 집과는 정 반대편에 자리한 또하나의 위성도시에 다다르게 되었고 마침내 그 끝에 펼쳐진 논밭을 발견했지만 분명히 우리 가족이 마루에서 내다보던 그 평원은 아니었던 것이다. 아버지는 근 다섯 해 만엔가 돌아와 힘없는 목소리로 말씀하셨다.

"어디에도 없더구나."

결국 우리 가족은 먼셀 24색이나 TFT 화면 따위로는 도저히 만들어낼 수 없는 저 아름다운 빛깔의 저녁노을과 마음을 눌러주던 평원, 그리고 그 어떤 에어컨이나 부채바람보다도 가늘고 길고 섬세하여, 한여름에도 냉랭한 애인마냥 차갑고 쌀쌀하기 그지없던 뒷산의 산들바람에 대한 권리들까지 고스란히 포기하고야 말았다.

우리 가족이 집에 앉아서도 세상을 내다볼 수 있는 방법이라고는, 이제 천식환자처럼 칙칙거리는 낡은 21인치 텔레비전 화면밖에 없었다.

그러나 이놈의 텔레비전 화면마저 뜻대로 되지 않았다. 사방 높은 벽에 가려 안테나를 달아도 나오지 않는, 이 도시에서 오직 우리집만 유일하게 난시청지역이 되어버리고 만 것이다. 그러면서도 시청료는 꼬박꼬박 받아갔다. 시청료를 받지 말던가 아니면 난시청 문제를 해결해달라고 사방에다 호소하고 항의하고 투서도 보내봤지만 소용없었다. 그곳은 절대로 난시청지역이 아니라는 말들만 되풀이할 뿐이었다.

형과 함께 안테나를 고쳐보려고 지붕 위에 올라갔던 날, 나는 경악했다. 이웃집들이 버린 온갖 쓰레기들이 우리집 지붕 위에 쌓여 있었던 것이다.

패트병, 빈 유리병, 캔, 비닐봉지, 나사못, 모자, 신발 끈, 콘돔, 죽은 쥐, 예쁜 가가멜, 썩은 구름, 딱딱한 욕설, 마릴린 몬로와 존 레논, 아주 가늘고 긴 지렁이, 몹시 아픈 표정의 신발 한 짝, 링컨의 연설

문······.

거기엔 정말이지 없는 게 없었다. 그러나 이 모든 쓰레기 더미보다도 나를 슬프게 하고 내게 모욕감을 느끼도록 만든 것은 푸르고 싱싱한 들꽃과 풀포기들이었다.

지붕에 어느덧 먼지가 켜켜이 덮이고 군데군데나마 흙이 쌓여 그곳에 풀이 돋고 있는 거였다. 세상에 정말이지 우리집은 지하로 내려앉고 있는 무덤에 다름아니었다.

아버지가 시대 변화에 대처하기 위해 밖으로 해결쇠를 찾아 떠돌았다면 어머니는, 마찬가지로 어리석고 답답한 방법이긴 하지만 끝없는 기도와 내 탓이로소이다, 내 탓이로소이다를 통해 안으로 파고드는 신앙의 길을 택했다. 주님께서 어리석은 저의 죄를 용서하옵시고, 이 가난한 집을 방문해주신다면! 하고 어머니는 바라셨다. 그리고 그에 상응하는 행운이 올 듯 올 듯 우리 가족을 설레게 하는 풍문들이 골목골목을 흘러다니곤 했었다. 여당의 중진급 국회의원을 뽑아냈으니 그가 약속한 대로 곧 이 일대 전체가 온천 관광지로 특구화될 거라느니, 머지않아 대통령이 다녀갈 계획이므로 반드시 얌체 같은 공무원들이 그전에 나와 일대의 모든 담벼락을 금은보석으로 치장해놓을 거라느니.

그러나 그 어떤 행운도 우리집은 비껴갔다. 소방도로는 건너편 동네로 뚫렸고 전철역은 우리집을 가운데 두고 이등변삼각형 꼴로 들어섰다. 이 도시의 땅값은 전철역과 아카시아나무로 가득한 성주봉 약수터를 구심점으로 두 개의 원을 그렸는데, 우리집은 그 원주가 서로 맞닿는 바로 그 지점에 자리했던 것이다. 그런 점에서 우리집은 세상 속에 들어앉은 것 같으면서도 가장 먼 변방으로 밀려나 있는 그런 교묘한 이중점에 해당됐다. 입지적으로 볼 때, 이중점은 가장 불안하다. 모든 행운은 비껴 가는 반면에 불운이 일어나면 최고의 피해 지대가 되기 십상인 것이다.

주님도 소방도로도 전철역도 들어오지 않자 어머니는 좀더 적극적인 방도를 강구했다. 장독대와 펌프가 있던 안뜰에 방 하나에 부엌 하나짜리 건너채를 짓고 안방과 마루를 개축하여 각각 방을 하나씩 더 늘린 것이다. 그때부터 우리집은 부동산 앞 칠판이나 벼룩시장에 늘 올라가 있었다.

—싼 방 있습니다, 전철역 10분 거리!

정직하기 짝이 없는 어머니조차도 과대포장 광고의 유행을 따랐던 것이다. 아무튼, 이렇게 해서 우리집을 다녀간 사람만도 참으로 부지기수다. 전철역에 10분 내로 가 닿으려면 죽음을 무릅쓴 무단횡단과 턱까지 치올라오는 가쁜 숨을 각오해야 했지만 그러나 그 어느 집보다도 값이 싼 것은 사실이었다. 그 싼 맛에 얼마나 많은 가난한 사람들이 우리집에서 자기 인생의 가장 고단한 한때를 무사하고 편안히 살다 갔는지.

재수생만도 박군 외 7명, 시골에서 농사 짓다 상경한 총각들만 해도 김씨 외 13명, 대우자동차 직공들 유씨 외 9명, 가난한 신혼부부 12쌍. 뿐인가, 세상의 허락을 받지 못해 숨어서 동거하던 동성동본 혼 부부 4쌍, 빚에 쪼들려 숨어살던 실업가로 유씨 외 3명, 심청이 부녀를 비롯한 생활보호 대상자 72명, 경찰과 선량한 시민들의 눈을 피해 쫓겨다니던 긴급조치 위반자들로 김근태씨 외 7명, 젊어서 고생 좀 했다 싶은 사람 중에는 우리집을 거쳐가지 않은 사람이 거의 없었다.

그중 임창정, 이주일, 함중아, 최진실 씨의 어머니 외에 시인 김남주와 천상병 씨 등은 이후 손꼽을 만한 유명인이 되었다. 이런 소문이 퍼지자 심지어 어떤 국회의원 후보는 우리집으로 주소를 옮겨놓고 유세하다가 후에 위장전입이라는 상대후보의 비방에 곤욕을 치른, 실로 웃지 못할 해프닝을 벌인 적도 있었다.

다만 안타까운 점은 당시는 피차간에 서로 너무나 힘들고 정신없이 바쁘게 살았던 때라 우리집과 어머니를 제외하고는, 나를 비롯한 우리 가족들 얼굴을 잘 기억하지 못할 거라는 사실이다. 더구나 아무리 대단하고 유명한 사람일지라도 그들이 우리집을 다녀간 때는 가장 평범하고 하찮은 시절이었으니, 서로 기억한다 해도 아득한 전생 같을 것이다. 탄불이 꺼져서 불을 빌리러 안채로 달려오고 석유 풍로에 물을 데워 세수하고 주말이면 밀린 속옷을 빨아 널고 일요일 아침이면 텔레비전이 보고 싶어서 지붕으로 올라가,

"나와?"

"안 나와?"

"지금은? ……아직도?"

"다시?"

"……다시?"

하고 소리치던 사람들. 옆방의 통마늘을 훔치다 들켜 서로 얼굴 붉히고 소리질러가며 싸우던 사람들, 찐고구마 좀 드셔보라고 노크도 없이 방으로 쑤욱 손을 디밀던 사람들, 하루는 싸우느라 그 이튿날은

사랑을 하느라 밤낮으로 괴성을 질러대던 부부들, 밀린 방세 때문에 쥐보다도 더 짧게 눈을 맞추며 살던 학생들…….

생때같은 그들의 꼬깃꼬깃한 쌈짓돈과 결혼반지와 어디선가 도둑 질해온 것이 분명한 중고 텔레비전 등을 받아 우리 사남매는 중학교를, 고등학교를 가고 대학을 갔고 큰누나 시집과 형 장가까지 보냈다. 그리고 마침내 막내인 내가, 옛날 옛날 호랑이 담배 피우던 시절 이래, 우리 가문으로서는 영광스럽게도 최초로 외국에 다녀올 예정이었다. 어학연수를 받으러.

우리 식구는 캘리포니아를 좋아합니다

군에서 제대한 내가 복학을 미루고 어학연수를 받으러 가려던 바로 그때가, 아마 우리 가족으로서는 가장 행복에 겨웠던 때가 아닌가 싶다. 큰누나는 매형과 신사동의 길목 좋은 지점에다 세상에서 가장 거대하고 근사한 한우 갈비집을 개업해서 늦가을 은행잎처럼 돈을 긁어모으기 시작했고, 형과 형수는 머잖아 자기들끼리 따로 나가 살 예정이었다. 작은누나도 취직을 했으므로 어머니가 공장에 나가 벌어오는 것과 방세는 고스란히 내 유학자금으로 조달될 거였다.

나는 친구나 가족들과 상의도 해보고 혼자 보리수나무 아래 앉아 깊이 명상에도 잠겨본 끝에 그 많고 많은 유학지 중에서도 미국의 캘리포니아를 내 꿈의 발전소로 택했다. 이러한 결단을 내리기까지는 세 가지 중요한 요인이 작용했는데 큰누나가 좋아하던 이글스의 〈호

텔 캘리포니아〉, 작은누나가 좋아하는 캘리포니아산 오렌지 주스,
그리고 내가 좋아하는 왕가위 감독의 영화 〈중경삼림〉의 주제곡 마
마스 앤 파파스의 〈캘리포니아 드리밍〉이 한창 유행하고 있었던 때
문이다.

내가 무의식중에 〈캘리포니아 드리밍〉을 흥얼흥얼거리다 말고는
"캘리포니아는 어떨까?"
지나가는 말로 제안을 했더니, 형수가
"차라리 그런 데가 좋대요. 한국 사람들이 많은 데로 가면 오히려
외국어 공부하는 데 방해가 된대요."
하고 합리적인 이유를 제시했다.

그러자 작은누나도
"그래 애, 캘리포니아로 가! 이 기회에 나도 캘리포니아 구경 좀
해보자. 이번 겨울엔 힘들겠지만 내년 여름에는 가불을 해서라도 나
도 해외여행 갈 거야. 저번에 〈세계풍물기행〉에서 봤는데 캘리포니
아 오렌지 농장 끝내주더라. 항공사진으로 찍었다는데 오로지 초록
색뿐이야. 처음부터 끝까지 오렌지 농장인 거야. 도대체 얼마나 넓으
면 그런 사진이 나올 수 있겠니? 번스 라이첼도 거기서 말년을 보냈
대!"
그렇게 앞장서서 꿈에 부풀더니 묻는 거였다.
"언니가 고등학생 때 〈호텔 캘리포니아〉 엘피판을 구해와서 우리
에게 들려줬던 거, 너 기억 안 나?"
그러고 보니 우리가 처음으로 구입해서 들었던 엘피판 앨범이 바
로 이글스의 〈호텔 캘리포니아〉였다. 그때 큰누나는 그 노래를 끼고

살다시피 했다. 〈앉으나 서나 당신 생각〉이 아니라 〈호텔 캘리포니아〉였다.

"이, 기타 소리, 정말 죽여주지? 나뭇가지가 휘어지는 듯하고 너무 힘을 줘서 꺾어진 듯도 하고 시냇물 위로 내려앉아 떠내려가는 것도 같고!"

그리곤 또 멜로디를 흥얼대는 거였다.

"우리 그때 그 노래로 내기도 했잖아!"

나도 까맣게 잊었던 기억 하나를 작은누나가 떠올렸다. 큰누나가 그 노래를 무시로 흥얼거리는 탓에 식구들은 그만 노이로제에 가까운 강박관념에 시달리기 시작했다. 〈호텔 캘리포니아〉의 전주곡만 나와도, 아니 '호' 자만 나와도 우리들은 비명을 질러댔다.

"그만 해!"

그러나 한번 입에 붙은 멜로디는 큰누나 자신도 어쩔 수 없는 모양이었다. 밥을 먹다가, 칫솔질하다가도, 변기에 앉아서도, 심지어는 밥상 앞에서 어머니가 통성기도 하는 중에도 자신도 의식하지 못한 채 그 노래를 흥얼대면서 고갯짓을 까딱거리다가 귀싸대기를 얻어맞기까지 했다. 그런데도 노래 구절은 큰누나 입에서 시도 때도 없이 흘러나오는 거였다. 아버지가 벤치와 망치와 멍키스패너로 잡아떼려고 해봤지만 떨어지질 않았다. 게다가 거기에도 어떤 전염성이 있는 것인지 어느 순간부터 형이나 작은누나도 그 노래 구절을 연신 흥얼대기 시작하는 거였다. 물론 나도 그랬다. 수시로 괜히 그 노래를 흥얼대면서 근원을 알 수 없는 어떤 흥겨움과 애잔함에 젖어드는 거여서, 스스로 깜짝 놀라곤 했다. 나중엔 외할머니까지도 그 노래 한

두 구절을 따라 부를 수 있을 정도였다. 사태가 이렇게까지 심각해지자 모두들 서서히 그 노래에 질려가기 시작했고 누구랄 것도 없이 그 노래를 먼저 흥얼거리는 사람이 있으면 짜증을 부렸다.

"제발, 좀, 그만 해!"

그러면 무슨 큰 잘못을 저지르다 들킨 사람처럼 이크, 하고는 입을 꾹 다물어야 했다. 그런데도 채 일 분을 못 넘기고 그 노래를 하는 거였다. 그 자신이, 아니면 그 옆의 누군가라도. 그러면 그때만 해도 심술과 유머가 넘쳐나던 형이 버럭 소리를 질렀다.

"아, 정말 그만들 하라니깐!"

그리고는, 집안 분위기가 숙연해지면 즉시로 조그마하게 호텔 캘리포니아~ 하면서 약올리듯 읊고는 히히힛, 웃음을 터뜨리는 거였다.

겨울방학 내내 우리는 이 노래로 살았다. 이 노래를 입 밖에 내면 그 즉시 벌금 오십원을 내기로 형이 제안했던 것이다. 그렇게 모아진 돈으로 만화책이나 군밤 따위를 사먹으며 겨울을 났다. 나중에 계산해보고 우리는 또 한번 웃어대야 했다. 재밌게도 제일 많은 벌금을 문 사람은 형이었던 것이다.

꾹 참고 있다가 화장실 가서 일을 볼 때면 두 손으로 손마이크를 만들어 문에다 대고 약을 올리듯, 그러나 밖에는 결코 들리지 않을 정도로만 〈호텔 캘리포니아〉를 불러대면서 혼자 키득키득대던 기억이 새삼스러웠다.

그 캘리포니아에 가기로 나는 결심했다.

캘리포니아 오렌지 농장 사진을 구해 벽에 붙여놓는 것으로 시작해서 하루 세 컵씩 캘리포니아산 오렌지 주스를 먹는 적응훈련기간을 거쳐, 삼 년 동안 꼬박 미국 대사관 앞에 줄 서서 밤을 새우는 식민지백성용 트레이닝 코스까지 무사히 마쳤다. 마침내 공항으로 배웅 나갈 때 입어야 할 옷을 가족들이 동대문 새벽시장에 가서 한 벌씩 사 입을 일밖에 남지 않았을 때, 한우갈비 구하러 다니느라 정신이 없던 매형이 어떻게 어떻게 시간을 내어 집에 잠깐 들렀다가, 어머니가 꺼내 따라준 복숭아꽃 주 몇 잔에 그만 흥이 올라 불쑥 제안했다.

"막내, 마지막으로 가족 여행 한번 다녀오는 거 어때?"

매형은 그렇게 제안해놓고는 어이쿠, 이거 내가 바쁘고 돈도 아까운데 괜한 실언을 한 거 아냐? 하는 표정을 숨기지 못했다. 내가 냉정하게 말했다.

"매형, 말은 바로 합시다."

"왜?"

"마지막으로 가족 여행을 떠나다니요, 처음으로 떠나는 거지요!"

여행을 떠나기로 하자 가족들은 일제히 환호성을 터뜨렸다. 집안은 다시 한번 분주해지기 시작했다. 매형은 가게를 봐줄 사람을 찾아서, 형은 그 날짜에 맞춰 휴가를 받을 수 있는지 알아보기 위해, 형수와 작은누나는 친구들에게 모자나 샌들 따위를 빌려달라고, 혹은 어디가 여행지로 적합한지 알아본다는 명분 하에 자랑하려고, 식구들은 마루에 줄을 서서 사흘 동안 내리 전화통화만 해댔다.

"응. 글쎄 말야, 호텔 수준이래. 그런데도 극구 그런 데로 가겠다고 고집들이야. 그러니 모자 살 돈이라도 아껴야지 어떡하겠니."

"어차피 동생이 외국 나가면 나도 한번 다녀와야 하니까 여행가방을 사야 하긴 하는데, 그렇지? 그럼 이 기회에 아예 구입을 할까?"

"자네가 그때 가봤다는 곳이 어디야? 그래? 거긴 너무 가깝잖아. 그래도 여행이라고 하면 반나절 정도는 걸려야지."

"가스통이 터지면 119라도 부를 수 있지만 전화통에 불나면 119도 못 불러 이것들아!"

어머니가 야단치는 통에, 우리 가족들은 다 같이 신나는 축포와도 같은 폭소를 터뜨리기까지 했다.

놀러 가는데, 같이 갈래요?

  마침내 우리나라에서 제일 값도 비싸고 경치도 좋다는 콘돔을(이모와 외할머니가 끝끝내 콘돔이라고 실언해서 우리를 웃겼다), 형친구의 처삼촌에게 어찌어찌 부탁하고 아부해서는 예약하고, 토요일 오후 매형이 또 어떻게 어떻게 해서 봉고 한 대를 빌려 떠났다.

  최고급 콘돔으로 향하는 자동차치곤 다소 낡고 찌그러진 것이 격이 없어 보이긴 했지만, 그나마 출발 23초 전까지 되니 안 되니 하면서 가족들 애간장을 태웠던지라 그저 그것이 우리 앞에 짠! 하고 나타나자 그것만으로도 우리는 쓰다듬어주고 싶을 만큼 흥감만감이었다.

  "이거 옆에다 '경 막내의 해외어학연수 축' 이라고 플래카드라도 써서 걸어야 하는 거 아냐?"

매형이 짐을 실으며 농담했다.

봉고 측면에 씌어 있는 '경일'이란 글자 밑에 다행히 좀더 작은 글자체로 적혀 있는 '한우 전문 도축'이란 글귀가 스스로 생각해도 다소 께름칙했는가 보았다. 그러나, 아무래도 좋았다. 우리 식구들이 보는 것은 봉고의 바깥 측면이 아니라 차 내부와 차창 밖 풍경이었다. 외할머니와 어머니, 그리고 가게까지 닫아걸고 따라붙은 약수동 이모, 매형과 큰누나, 그리고 형과 형수, 작은누나. 이렇게 해서 모두 아홉 명이 구인용 봉고에 지지고 볶고 구기고 누르고 올라타 끊임없는 옴지락과 꼼지락과 탄성을 내뱉으며 바나나에 귤에 푸성귀에 사이다에 마늘에 마구 먹어대고 있으니, 아마도 바깥 측면 글씨와 함께 봉고 안을 들여다보는 사람들 입장에서는 절로 웃음이 나왔을 법하다. 생김새조차도 어슷비슷해서 무슨 희귀 원주민이나 축생들의 이동 같아 보였을지 모른다. 그러나 또 우리로서는 이쪽을 쳐다보며 미소를 지어주는 그들에게 답례 삼아 환하게 미소지으며 손을 흔들어주지 않을 수 없는 노릇이었다. 어머니는, 차가 신호등에 걸리자 바나나 한 개를 잘라 쥐더니 식구들이 말릴 새도 없이 뛰어나가 옆 승용차의 꼬마에게 실제로 건네주고 오기도 했다. 가슴을 졸이며 지켜보던 식구들은 일제히 탄성과 박수를 쳐댔다. 그만큼 식구들은 흥이 나 있었다. 삼사층짜리 다세대 주택들에 둘러싸여 살다가 오랜만에 탁 트인 교외로 나와 봉고 바깥으로 내다보니 그 풍경은 그야말로, 신비 그 자체였던 것이다.

"봐!"

작은누나가 소리질렀다.

"소야!"

식구들이 일제히 고개를 돌렸고, 형수가 어머, 아직도 소가 다 있네? 하고 놀라면 이모는 오, 황소구나, 그러면 어머니가 아이구, 힘깨나 쓰겠구먼 하고 저마다 한마디씩 달았다. 작은누나가 그런데 저 소는 암놈일까 수놈일까? 묻는 바람에 다들 폭소를 터뜨려야 했다.

"황소니까 당연히 수소지, 바보야!"

"황손지 암손지 어떻게 알아요?"

두 눈을 깜박이며 작은누나가 물었다.

"뿔이 달렸잖아!"

아무도 묻지 않았는데, 운전하던 매형도 껴들어 알은체했다.

"저런 고기는 오히려 맛이 없어요."

우리는 소 한 마리 가지고도 한 시간 반에서 두 시간 가까이 떠들어댔다. 그것은 아주 현명하고도 자상한 서로에 대한 배려와 친절이었다. 모처럼의 아니 어쩌면 일생을 통틀어 단 한 번뿐일 이 일생일대의 가족 여행이 제발이지 망가지지 않도록 드러나지 않게 애쓰는 눈물겨운 안간힘이었다.

그런데 딴엔 일류대학을 나와 일류대기업을 다닌다는 형이, 쥐뿔도 모르면서 소뿔 아는 척한다고, 냅다 소리를 질러 겨우겨우 화기애애하게 이어지던 분위기의 산통을 깨는 거였다.

"씨팔, 왜 이렇게 막혀?"

아직도 판교 근처였던 것이다. 출발한 지 일곱 시간이나 지나 바야흐로 해가 막 저물기 시작하는데 차는 여태 서울을 빠져나가지 못한 거였다. 그도 그럴 것이, 도로 구조상 서울의 위성도시에 자리한 우리집에서 그 콘돔에 가려면 바로 지구상에서 가장 복잡하고 어지러우며 위험한 곳의 하나로 알려져 있는 서울도심을 가로질러가야 했다. 그러다 보니 경치가 아름답기로 유명하다는 그 콘돔에 도착한 것은 자정도 훨씬 넘어서였다. 온통 어둡고 캄캄할 뿐이었다.

손 뻗으면 닿을 것처럼 주렁주렁 달려 있을 거라고 기대했던 밤별도 그나마 가로등 불빛에 가려 금세 지워질 것처럼 희미하게 가물거렸다.

식구들은 파김치가 되어 로비 구석의 의자와 바닥에 되는 대로 짐을 부리곤 널브러져 주저앉았다. 형이 카운터로 가서 방을 배정받아 왔다. 그리곤 또 신경질이었다.

"아, 엄마와 이모는, 멀쩡한 소파 놔두고 창피하게 왜 땅바닥에 퍼질러앉아 계세요!"

그때서야 다들 돌아보니 로비 한가운데 매우 고급스러워 보이는 소파가 떡 하니 빈 채로 놓여 있는 것이었다.

매형이 형에게서 열쇠를 받아들고는 로비가 쩌렁쩌렁 울리게 소리질렀다.

"천삼백사십칠호예요, 천삼백사십칠호!"

그리곤 짐을 날랐다.

마침내 식구들도 함께 엘리베이터를 타고 올라가려는데 한 명이 모자랐다. 형이 또 짜증을 부릴까 봐 식구들은 바짝 긴장되어 이구동성으로 한마디씩 했다.

"난, 여기 있어!"

"나도!"

한참의 정적 끝에 형수가 퀴즈 맞히듯 재빨리 말했다.

"이모!"

없는 것은 바로, 이모였다. 모두들 다시 엘리베이터에서 내려 이모를 찾아야 했다. 그러나 이모는 이내 발견되었다. 바로 그 고급 소파에 가서 쭈뼛쭈뼛 망설이다가 생뚱맞은 듯이 엉덩이를 이러저리 비벼보고 있는 거였다. 형이 신경질내기 전에 매형이 먼저 이모를 은근하게만 나무랐다.

"지금 엘리베이터 올라가는데 거기서 뭐 하세요?"

방은 근사했다. 없는 게 없었다. 피곤할 테니 대충 씻고 일찍들 주무신 다음 내일 아침 일찍 일어나 일대를 하나도 빼놓지 말고 구경하자고 매형이 제안했다. 그리고 거기에 다들 순순히 동의했다. 그러나 그것은 열세 시간 동안 운전만 하느라 피곤해진 매형 혼자만의 생각일 뿐이었다. 오는 동안 차 안에서 낮잠을 잘 대로 자둔 식구들은 그러잖아도 콘돔 속에서는 생전 처음 자보는 것이라 자리를 깔고 누웠으나 도무지 잠이 올 리 없었다. 다들 멀뚱생뚱, 꼼지락꿈지락, 짧은 한숨 긴 한숨, 이리 뒤척 저리 뒤척, 나갔다 들어왔다 하더니 기어코 형이 일어나 텔레비전을 이리저리 틀어보는 거였다. 다들 기다렸다는 듯이 누운 채로 텔레비전을 올려다보았다.

"2번 틀어봐."

작은누나가 말했다.

그러나 그곳도 물방울뿐이었다. 다들 실망을 하고는 다시 뒤척뒤척, 이리 긁고 저리 긁는데 이번엔 이모가 아까 보니 물이 뜨겁고 미끈미끈한 게 좋던데 목욕이나 해야겠다고 일어나 나가는 거였다. 그러자 어머니는 그 다음 차례는 자기라고 딱 못을 박아놓고는, 마루로 나가 진작부터 궁금했던 싱크대 속이며 밥통 속이며 냉장고 속을 하나하나 열어보고 닫아보고 스위치라는 스위치는 또 하나하나 찾아가며 눌러보고 만져보고 쓰다듬어보는 거였다. 그 바람에 결국은 다들 일어나 일부는 고스톱 판이나 라면을 또 일부는 애기꽃을 피웠다.

"내 별은 어디 있지?"

광 팔고 죽은 작은누나가 베란다로 나가서 하늘을 올려다보며 혼잣말로 물었다. 그때 작은누나 뒷모습은 언뜻 바람에 옷자락이 날려 하늘로 승천하는 귀신도 같고 천사도 같아 보였다. 그것은 거의 기적이라고밖에 할 수 없는 일인데, 작은누나 방 창문을 열면 우리집에서는 유일하게 이웃한 건물들 사이를 뚫고 파란 하늘 한조각이 귀퉁이가 잘린 평행사변형 모양으로 내다보이는 거기에, 밤이면 언제나 단 한 개의 별이 박혀서 아주 희미하게나마 반짝여대는 거였다.

그 별, 그것만큼은 사실 작은누나 것이라고 할 수밖에 없을 거였다. 나는 작은누나 옆에 나란히 서서 밤하늘을 올려다보았다. 그리고 바로 그 순간 나도 모르게 이크, 하면서 뒤쪽으로 한 발짝 물러나고 말았다. 별들이 막 쏟아져내리려 하는 찰나였던 것이다.

큰누나도 베란다로 나와 내 옆에 서더니 혼잣말로 중얼거렸다.

"사람은 다 서울로 가고 별들은 다 시골에 와 있네."

마침내 초저녁잠이 유난히 많은 외할머니만 제외한 모두가 베란다에 나란히 서서 밤하늘을 올려다볼 때쯤에는 바야흐로 새벽이 별빛을 희미하게 흩뜨리며 밝아오고 있었다.

그렇게 밝혀진 콘돔의 실체는 그러나 우리 가족을 몹시 실망시켰다. 어떤 광대하고 원시적인 자연 풍광을 기대했었는데, 수영장과 미니골프장과 노래방과 단란주점과 모텔들과 인공호수 따위에 둘러싸여 있는 것이었다. 이십오층짜리 원형빌딩으로 지어진 콘돔은 마치 발기한 공룡의 거대한 성기처럼 그렇게 밋밋한 이발소 그림 같은 인공정원에 둘러싸여 솟아 있을 뿐이었다.

"크기만 했지, 별거 아니잖아?"

작은누나가 말했다.

"아, 있다는 놈들이 하는 짓이라니! 고작 요따위로 지어놓고는 대단한 데 가는 것마냥 뻐기며 놀러 다녔던 거야?"

매형이 중얼댔다.

나도 누구에게랄 것도 없이 말했다.

"나는 차라리 안심이에요. 정말 아름다운 곳이라면 또 언제 올지 모르는 우리 같은 사람들 입장에서는 너무 억울하잖아요."

마지막으로 모텔 쪽을 쳐다보며 어머니가 일격을 가했다.

"미친놈들, 돈을 쳐낼 데가 없어서 저런 짓거리나 해대다니!"

"저것 하나만은 그래도 부러워."

내가 농담했고,

작은누나가 진심에서 우러나오는 장단을 쳤다.

"나도! 호호."

아무튼, 매형이 목소리를 가다듬곤 짧고 명료하게 승리의 선언을 낭독했다.

"우리나라 돈 있는 놈들이 하는 짓이 다 이렇죠, 뭐!"

그러나 그것은 착각이었다. 차를 몰고 이곳저곳을 돌아다니다 보니 그것은 우리의 섣부른 오판이었다는 것이 서서히 드러나기 시작했다.

콘돔을 주변으로 골프장과 스키장이 여남은 개나 들어서 있었고, 그 입구마다 그림 같은 카페와 음식점과 그리고 광고의 세계에서나 있는 줄 알았던 키 크고 아름다운 선남선녀들이 곳곳에서 삼삼오오 짝을 지어 깔깔대며 웃거나 사진을 찍거나 가볍게 고개를 까닥이며 음악을 듣거나 심지어는 우리가 봉고 차창 너머로 소 눈깔을 하고 뻔히 쳐다보고 있는 걸 알면서도 그야말로 보란 듯이 서로 키스를 하거나 애무를 하기도 하고, 미니를 슬쩍 걷어올려 속을 보여주기도 하고 자지를 꺼내 마치 그것이 무슨 곤봉인 양 시치미떼며 빙글빙글 휘둘러 보이기도 하고, 서로 만져가면서 모차르트와 베토벤의 음악적 특성에 대해 원어를 섞은 긴 토론을 나누기도 하고, 발가벗고 물구나무서서는 나무 모양으로 가랑이를 쩍 벌리고 일광욕을 즐기기도 하면서 그들은 너무나도 재미나고 신나고 자유롭게, 놀고 있었다. 마치 외국 영화에나 나오는 선진국의 어느 해변가 같았다.

우리 가족들은 모두 넋을 잃고는 입을 떡 벌리고 구경했다. 오직 어머니만이 크지도 작지도 않은 목소리로 담담하게 한마디 중얼거렸을 뿐이다.

"지랄들 하네."

나도 그제야 정신을 가다듬고 한마디 했다.

"저런 거 미국에선 아무것도 아니에요!"

그러나 분위기를 일신하기에는 역부족이었다.

부러움과 질시, 잘못 살아왔다는 반성과 회의, 앞으로는 또 어떻게 살아야 할지에 대한 막막함 속에서 우리는 그 누구도 목소리를 내지 못한 채 깊은 사색에 잠겨야 했다. 그 암울하고 답답하고 뭔가 억울하기 짝이 없는 심정과 분위기를 일소해버린 것은 놀랍게도 외할머니였다. 그때까지 꾸벅꾸벅 조시기만 하던 외할머니가 눈을 씀벅대며 바깥을 쳐다보더니 한마디 한 거였다.

"우린 밥 안 먹냐?"

"하하하."

우리는 기다렸다는 듯이 일제히 폭소를 터뜨렸다. 내가 외할머니 귀에 대고 목청껏 소리질렀다.

"방금 먹었잖아요, 할머니!"

"하하하."

그렇게 해서 우리는 간신히 그 어둡고 씁쓸한 분위기로부터 탈출해 나올 수 있었다. 그러나 또 어쩌면 그것은 텔레비전 속에 있는 화면만큼이나 대수로울 것도 아니었다. 도대체 우리 삶과는, 우리 가족의 현실과는 너무나 동떨어져 있다는 점에서 텔레비전 화면 속과 봉고 유리창 밖이 다를 게 뭐가 있는가 말이다. 그 사이즈까지 비슷한 것이다. 바람이 먼저냐, 깃발의 흔들림이 먼저냐를 갖고 싸울 필요는 없는 것이다. 바닥까지 흔들리는 장치가 되어 있는 전자오락실의 오락용 봉고차에 앉아서 스크린을 구경한 것이라고 간주해버리면 되는 거였다. 아무튼 위독해진 분위기를 살려내기 위해 서둘러 탈출로를 찾아야 했다. 매형과 형이 지도책에 코를 박았다. 북, 하고 책이 찢어졌다. 매형은 앞장으로 넘기려 하고 형은 뒷장으로 넘기려고 하는 바람에.

"저기 어때?"

매형은 차를 길 옆에 세우곤 '폭포 0.8Km' 라고 씌어 있는 이정표를 손가락으로 가리켰다.

"여긴 벌찌회가 유명하다던데 저기 어때요?"

형은, 길가 음식점을 턱으로 찍었다.

"아무 데나 가요."

형수가 심드렁하니 말했다.

"그래도 햇빛 좋을 때 한 곳이라도 더 다녀보는 게 낫지 않아요?"

내가 매형 편을 들고 큰누나도 그러자고 했다.

"금강산도 식후경인데 먹고 보지, 뭐."

형은 포기하지 않았고,

"방금 먹고 또 먹어?"

작은누나가 짜증을 냈다.

"아침을 늦게 먹은 거잖아!"

형은 고집을 피웠고,

"이모님, 아까 아침도 시원찮게 드시던데 배고프지 않으세요?"

하고 지원을 청했다.

"그래, 좀 고픈 것도 같다."

이모가 마지못해 응했고,

"이이는 이모님은 아직 고프지도 않은데 괜히 끌어들이고 그래?"

형수가 반기를 들었다.

"오빠는 제발 그 고집 좀 버려!"

작은누나도 가세했다.

말은 꼬리에 꼬리를 잡고 끝없이 이어져 엉킨 실타래처럼 똘똘 가운데로 목 조이듯 뭉쳐들었다. 그러자

"너희들, 이러면 난 콘돔으로 돌아가 잠이나 자련다."

이모가 말린다고 나섰고,

"어머니, 어떡할까요?"

매형이 어머니의 현명한 판결과 단안을 기대하며 물었는데 어머니마저 이성을 잃으시고는

"시끄러워. 먹으러 갈 사람은 먹으러 가고 구경하러 갈 사람은 구경하고 자러 갈 사람은 자러 가!"

최악의 선고를 내려버렸다.

내분이 일기 시작한 것이고, 바로 이 순간, 나는 우리 가족이 처참하게 참패하리란 불길한 예감을 갖지 않을 수 없었다. 그러나 아니었다. 막상 형의 고집에 따라, 벌찌회를 먹으러 갔더니, 맛도 그럭저럭 괜찮고 가격도 그만하면 우려했던 것보다 싸고, 무엇보다 밑반찬 하나하나가 아주 맛깔스러웠다.

"괜찮네?"

파래무침을 비우며 내가 한마디 했고 거기에 힘입어 형이 이모에게 물었다.

"이모님, 괜찮죠?"

"그래. 가격에 비해서는 잘 나오는 것 같다."

"남은 건 포장도 해준대."

"어디?"

"저기 써 있잖아."

"장사를 하려면 이렇게 해야 돼!"

모두들 한마디씩 하면서 마침내 디저트로 커피가 나왔을 때는 다들 흐뭇해하며 만족스러운 표정으로 서로 이 얘기 저 얘기 하느라 커피보다도 더 따뜻한 분위기가 식구들 사이에 돌았다.

기분이 좋아진 어머니는 카운터로 가서 식당 주인에게 말을 붙였다. 고향이 어디시며, 연세는 얼마나 되셨는지, 애들은 모두 출가를 시키셨는지 어머니는 꼬장꼬장 궁금한 표정으로 물어보았다.

작은누나가 기어코 한마디 했다.

"창피하게, 엄마는!"

식당을 나와 폭포에 갔다. 입구에서 입장권을 사고 주차장에 주차를 해놓곤, 매형이 외할머니를 들쳐업었다. 관절염 때문에 봉고에서 쉬겠다는 이모를 어머니와 내가 부축했다. 큰누나는 물통과 김밥과 통닭을 메고 형수는 카메라와 선글라스와 지갑을 들고, 작은누나는 지갑과 핸드폰을, 형은 지도책과 길을 찾겠다는 일념을 각자의 양손에 하나씩 들고 여정에 올랐다.

고개만 넘으면 있다는 폭포는 그러나 한 고개 넘어도 보이지 않고 두 고개 넘어도 나타날 기색이 없었다. 작은누나가 고개를 하나 넘을 때마다 내려오는 사람들을 붙잡고 물어보았다.

"폭포 아직 멀었어요?"

그런데 그들 대답은 이상하게도 언제나 한결같았다.

"이제 다 왔어요!"

고개 하나 넘을 때마다 매형은 외할머니를 내려놓고 쉬고 그때마다 외할머니는 어디 가는 거여? 물으셨고, 이모는 아이고, 난 더이상은 못 가, 하고 주저앉았다. 큰누나는 고개 하나 넘을 때마다 김밥 먹고 갈까요? 물었고, 형은 하여튼 우리나라 지도는 엉망이야. 도대체 폭포가 어디 있다는 거야? 투덜댔다. 작은누나는 고개 하나 넘을 때마다 핸드폰으로 친구에게 전화를 걸어, 되네? 야, 여기가 어딘 줄 알아? 물었고, 어머니는 고개마다 나타나는 호랑이에게 떡 하나씩 주어 돌려보내느라 숨돌릴 틈이 없었다.

가장 기분 나쁜 건, 거기까지도 어떤 승용차들은 잘도 올라오는 거였다. 승용차가 먼지가루를 뿌리며 우리를 질러갈 때마다 매형과 형이 교대로 투덜댔다.

"어? 여기까지도 차가 들어오네?"

"저 새끼들은 도대체 뭐야?"

그런데 어디쯤 가다 물어보니까 등산객이 말하는 거였다.

"폭포 벌써 지나왔어요!"

마침내 우리는 그 폭포를 찾아냈는데, 그것은 폭포라고 하기엔 너무나 작아서 눈살을 찌푸리고 봐야만 아, 저기 있구나 싶은, 그런 아주 작고 앙증맞은 것으로, 손뼘으로 재보니 그 크기가 고작 삼국시대 반가사유상만했다.

"세상에나! 우리가 겨우 이깟 것을 보려고 이 고생을 한 거야!"

우리는 다소 억울한 기분이 들어 폭포 너머 사찰에 있다는 국보 제744983호까지 찾아가보기로 하고 다시 한 고개 한 고개, 끝도 없는 고개를 넘어갔다. 그러나 우리가 도착하자 웬 아가씨 하나가 문을 닫아걸면서 말하는 거였다.

"관람시간 끝났어요."

휴! 나오는 것은 한숨뿐이었다. 아무것도 얻지 못한 이 짜증나고 신경질 나고 헛되기 짝이 없는 시간낭비 속에서, 그러나 무언가를 발견해낸 사람은 어머니와 이모였다. 어머니는 고개를 넘거나 내려가거나 쉴 때마다 틈틈이 이모나 외할머니에게 말을 걸며 확인하는 거였다.

"저게 자미나무 맞지?" "저건 머루잖아? 언니가 저기서 떨어졌었지?" "아, 자구때나무네? 어릴 때 뒷산에 참 많았는데!"

"언니, 이게 개들피지?"

"맞아, 이거 뒷산에 많이 피어 있던 거잖아."

"엄마, 여기 서서 저쪽 봉우리 보니까 우리 동네 뒷산 성주봉에서 건너편으로 내다보이던 풍경하고 똑같다, 그치?"

이런 식으로 어머니와 이모는 그 동안 먹고사는 데 정신이 팔려 잊어버렸던 옛날의 경치들을 하나씩 하나씩 되끄집어냈다. 버들강아지, 쇠똥잎, 토끼풀, 억새, 꺽쥐, 쉬엄나무, 쫄대, 방구리, 차두끼, 낫지렁이를 비롯해서 우리가 어릴 때 이미 멸종되다시피 한 개똥벌레, 가랑이벌린과부나무, 장수하늘소, 청호랑신선띠나비, 백제풀, 고구려각시보조개꽃, 얼핏 보면 나무둥치처럼 생긴 이상한 동물, 손가락을 대면 퐁, 소리를 내며 터지는 어머니도 이모도 만난 적만 있지 그 이름을 모르는 연분홍꽃, 춤꾼의 소매처럼 그윽하게 뻗어 있는 능선자락, 깨금발에 턱을 들고 서 있는 토종소나무, 물 속을 느릿느릿 유영하는 청룡, 칼로 반듯하게 깎아지른 듯한 벼랑 끝에만 집을 짓고 산다는 용황조, 그리고 우리는 아무리 봐도 바위로만 보이는 거대한 공룡 한 마리, 서정적인 개울물 소리, 허공 속을 끝없이 들어갔다 나오는 잠자리떼들, 나무줄기 모양의 몸통에 꽃잎 모양의 날개를 단 나비떼…….

그 대개는 우리가 이름만 들어 알고 있는, 심지어는 이름조차 처음인 것들투성이였다. 그러니 그냥 잡풀이거나 바위로만 보이기 일쑤였다. 그것을 발견하기 위해서는 우리는 매번 어머니나 이모가 바라보는 그 지점으로 가서 그 각도로 다시 바라보아야 했다.

"어디? 어디?"

그러다가 우리 가족은 경악하고 말았는데, 사찰로부터 내려오는 일곱째인가 여덟번째 고개에서 바라본 산봉우리 위의 저녁노을이, 바로 아버지가 그렇게도 되찾아오려고 애썼던, 바로 그 풍경 중의 하나, 우리집 부엌 창에 들어 있던 그 노을이었던 것이다.

이런 식으로, 길을 내려오면서 고개마다 구비마다 숨어 있는 놀라운 비경들을 우리는 모조리 찾아냈다. 아버지가 되찾고 싶어했던 풍경뿐만 아니라 우리집 뜰과 뒷산에 피어나던 온갖 꽃들, 나비들, 산들바람, 목욕탕 창문으로 내다보이던 왼쪽으로 두 바퀴 반 몸을 비튼 자세로 서 있던 그 소나무, 이제는 편의점에서 돈 내고 사 마시는 약수, 영화관에 가서나 볼 수 있는 길고 외로운 저녁노을, 태교음악 테이프에 묶여 사육되고 있는 투명한 새소리, 그리고 백화점 쇼윈도에서나 보이는 바람 소리가 삭제된 풀잎 대궁들, 태양을 역광으로 받아서 10촉쯤의 밝기로 서 있는 억새…….

그것들을 발견할 때마다 반가우면서도 정말로 화가 났는데, 바로 그 지점에는 반드시 주인과 그 내부를 알 수 없는 별장이 자리하거나, 혹은 속까지 발랑 까져 보이는 화냥년 같은 카페가 이미 들어서 있다는 사실이었다.

"이모, 다리 아프실 텐데 좀 쉬어갈까요?"

내가 카페를 가리키며 제안해보았지만, 한때는 자기 집과 마을에 다 들어 있던 이것들을 돈 내고 봐야 하느냐, 면서 어머니와 이모는 한사코 그냥 내려가기를 고집했다. 하기는 누가, 열심히 살아온 자기 삶이 정작 중요한 것들은 어느새 다 빼앗겨버린 한낱 잘못된 몽상이 었음을, 그렇게 편한 자세로 앉아 시인하고 싶어지겠는가.

어스름에 밀려 굴러떨어지듯 우리는 산을 내려왔다. 그렇게 이박 삼일간 일대를 둘러보고 나니, 우리가 잃어버린 것 중에서 가장 되찾고 싶은 것과, 우리가 가져보지 못한 것 중에서 가장 가져보고 싶지만 영영 누려보지 못할 게 뻔한 것, 이 두 가지 사이에 저 육중한 원형콘돔은, 얼핏 졸부들의 치졸한 이발소 그림판 같은 곳에 서 있는 저 콘돔은, 그 두 가지 사이의 가랑이쯤을 정확히 겨냥하여, 제대로, 그야말로 제대로 꽂혀 있다는 것을 인정하지 않을 수 없었다.

우리는 이제 어떡하면 좋을까요

"내가 이럴 줄 알았어!"

나중에 알고 보니 그날 그 여행을 통해 우리 가족이 예감했던 그 찝찝한 기분은 단지 시샘이나 무력감에서 비롯된 것만은 아니었다. 그런 개인적 감정을 넘어서는 불길함이 그 속에는 분명히 있었는데, 그로부터 이틀 뒤, 뉴스를 보고 나서야 우리 식구는 한결같이,

"그래! 맞아! 바로 저거야! 진작에 알아봤지! 그러게 내가 뭐라 그랬어!"

하고 환호작약했다. 마치 자기 잘못인 줄 알고 절망하다가 상대방의 반칙임이 선언된 순간의 운동선수 같은 심정으로. 그러나 내심 더 큰 불안에 떨지 않을 수 없었다. IMF가 터진 것이다!

비록 우리집이 서울 중심부로부터 한참이나 떨어져 있는 위성도

시에 속해 있으며 그 위성도시의 중심부로부터 또 한참을 밀려나 있기는 하지만 조만간 그 여파가 여기까지 미칠 것은, 아니 여기부터 닥치리란 것은 불 보듯 뻔한 노릇이었다. 아니나 다를까, 와이셔츠 공장에 다니는 어머니는 바로 그 이튿날, 다음과 같은 근무 계약서에 서명부터 해야 했다.

1. 무단결근 삼일 이상 시 자동 퇴사.
2. IMF 끝날 때까지 파란색 머리띠 두르고 근무.
3. IMF 끝날 때까지 근무시간 한 시간 연장.
4. 입사 후 오 일 이내에 퇴사 시 무일당에 손찌검 한 차례.
5. 한 달 전에 사표 제출 시만 십 일 분 일당 지급.
6. 근무시간 중 소란을 피우거나 무단이탈 시 결근 처리.
7. 감독 근무자와 눈 마주칠 때마다 뺨 석 대.
8. 와이셔츠 단추 하나라도 가져가다 들키면 일 년간 식사엄
   금…….

정말이지 웃기지도 않는 조건들이 잔뜩 나열되어 있었다.

그 이튿날은 작은누나와 형의 월급이 각각 28.25퍼센트, 28.23퍼센트씩 삭감되었다. 그러자 형과 형수는 겉으로는 불평을 늘어놓으면서도 대기업이어서 그나마 월급이 덜 깎였다고 내심 안심하는 눈치였다. 그런 와중에 진짜 행운이 나에게 떨어졌는데 어학연수를 위해 바꿔놓았던 천 달러가 일 주일 만에 두 배로 뛰어오른 것이다. 어학연수를 포기해야 하는 불운한 상황에 비하면 너무 사소한 행운인

데도 불구하고 어쨌든 당장은 기분이 매우 좋았다. 다만 형만이 아, 이럴 줄 알았으면, 이럴 줄 알았으면 진작에 달러를 왕창 사놓는 건데! 텔레비전 뉴스 때마다 탄식에 탄식을 거듭했다.

반면에 어머니는 이 모든 사태가 자신 때문에 벌어진 일이라도 되는 듯 내 탓이요, 내 탓이로소이다를 외며 당장 다음날부터 반찬 수를 하나 더 줄이고, 잔소리를 서너 배로 늘렸다. 수돗물 잠그고 샤워해라, 코드는 뽑아놓고 텔레비전 봐라. 양말은 뚫린 채로 신어라, 쓰레기를 아껴가며 버려라…… 심지어는, 구두 뒤꿈치 빨리 단다고 바닥에 끌리지 않게 걸으라고, 걸을 때마다 잔소리하는 바람에 그 잔소리 듣기 귀찮아 우리는 가까운 데 갈 때면 아예 3밀리쯤 공중에 떠서 다니는 습관이 들게 되었다.

하지만 어머니의 원시적이고도 순박한 처방만으로 이겨낼 수 있는, 그런 것이 아니었다. 당장 그 달부터 사글세는 밀리기 시작했고 전세로 있던 사람은 방값을 내려주든가 빼달라고 요구해왔다. 이 정도까지는 그래도 견딜 만했다. 달러를 환전하고, 적금을 깨고, 슈퍼 아줌마한테 빌리고, 계를 타고, 성아 엄마에게 빌려준 돈을 재촉하다 보니 어찌어찌 융통이 되는 거였다. 결정적인 파산은, 큰누나 쪽에서 벌어졌다. 갈비집이 석 달을 채 못 버티고 망해버린 것이다. 식구들은 실로 난감해하지 않을 수가 없었다. 우리집을 담보로 은행보증을 섰던 것이다.

경찰을 앞세운 집달리가 닥치고 안기부에 다닌다는 자기 사촌형을 데리고 빚쟁이가 들이닥쳐 패악을 부렸다.

식구들 모두 망연자실하여 앉아 있는데, 기차화통 같은 통곡 소리를 내며 노파 하나가 우리집으로 들이닥쳤다. 바로 매형의 어머니, 사돈어른이었다.

"이 일을 어떡하면 좋소? 이 일을 어떡해야 좋소? 그저 나를 죽여주시오!"

노인은 차마 들어오지도 못한 채 대문을 잡고 주저앉아 울어대는 거였다.

어머니가 버선발로 뛰어나가

"아이고 사돈어른, 이게 무슨 일입니까? 고정하세요."

달래며 데리고 들어왔지만 사돈어른은 어이구 어이구 하면서 울음발을 그칠 줄 몰랐다. 다가가 달래려 하면 사돈어른은 오히려 더 큰 소리로 대성통곡을 하며 뒤로 까무러치려고까지 하는 거였다. 사돈어른은 그렇게 내리 보름을 울어대기만 했다. 어머니는 큰누나와 함께 경찰서로 법원으로 은행으로 내처 돌아다니면서 방법을 알아보러 다녔다. 이 돈 저 돈, 이것저것, 취소하고 팔아치우고 되찾고 해보았지만 갚아야 할 돈에서 천오백삼십팔만원이나 부족했다.

"이제 우리 어떻게 해?"

큰누나가 앓는 소리로 울었다. 오래 생각에 잠겨 있던 어머니는 결국 자신의 쌈짓돈까지 토해놓았다. 전대를 끄른 것이다.

어머니가 주무실 때나 목욕하실 때나 심지어 아버지와 섹스 할 때조차도 허리춤에 차고 있던, 때에 찌든 검은색 전대였는데, 시집오기 전에 허리에 묶고는 처음으로 푸는 거라서 살점이 전대끈에 뚝뚝 묻어났다.

어머니는 입술을 깨물며 전대끈을 조금씩 조금씩 몸에서 떼어냈다. 정작 어머니는 묵묵히 그 아픔을 참아내는데 그것을 지켜보는 형수가 전대끈이 떨어져나올 때마다 윽, 윽, 비명을 질러댔다. 바로 이 전대. 사십여 년이 넘도록 어머니 몸의 일부였던 이 전대야말로 일종의 마술주머니 같은 것이어서 비록 꼬깃꼬깃한 천원짜리 오천원짜리 백원짜리들밖에 토해내지 않았지만 얼마나 쟁여넣어두었는지 꺼내도 꺼내도 끝없이 꼬리를 물고 이어져나오는 것이었다.

이틀밤을 꼬박 새면서 끄집어 내어놓고서는 세어보니 별것 아닐 것 같은 그것이 무려 이천오백육십만 사천칠백구십원이나 되었다. 작은누나가 감격의 눈물을 닦으며 일찍이 배운 바 있으나 실제로는 느낀 적 없는 평범한 진리 한 구절을 나직이 외웠다.

"티끌 모아 태산이라네."

매형이 무사히 풀려나오기까지는 그로부터 13년이나 더 걸렸다. 13년이라는 세월보다도 더 납득이 가지 않는 것은, 경제사범인 매형이 안기부에 갇혀 있었다는 사실이다. 그 빚쟁이 새끼! 나는 증오가 끓어올랐지만 그보다도 뿌리깊은 무력감에 더 심하게 진저리쳐야 했다. 경제사범이 안기부로 끌려갔다고 말한들 누가 믿어주겠는가 말이다. 더구나 13년 전의 일을.

나물 좀 싸드릴 테니 가져가세요

당분간 다 같이 모여 살기로 했다. 나는 어학연수를 포기하고 형은 분가를 미뤘다. 오갈 데 없는 매형과 큰누나는 세 살던 건너채 사람들이 나가자 그리로 사돈어른을 모시고 들어왔다. 저녁이 되면 아홉 식구가 왁더글덕더글 모여앉아 늦은 식사를 하며 텔레비전을 시청했다.

그중에서도 〈아홉시 뉴스〉와 수요일마다 방영하는 〈현장 르포〉는 빼놓지 않았다. 연속극보다 뉴스를 더 즐겨보기는 우리집 역사상 처음 빚어진 풍경이었는데 우리 가족을 이 꼴로 만든 원흉들을 찾아낼 수 있기 때문이었다. 골프를 즐기는 대기업 오너, 계단에 서서 사진만 찍는 국회의원, 푹신한 회전의자에 앉아 민원을 처리하는 공무원, 언제나 긴 복도를 지나다니는 검사, 무엇이든지 이 문제는 두 가지로

나누어 생각해볼 수 있다고 말하는 교수, 단 한 번도 싸우지 않는 점
잖은 성직자와 매일같이 싸우기만 하는 승려들을 비롯하여 중립적
위치에 앉아 있는 듯한 포즈를 취하는 앵커까지…… 그들이 화면에
잡히면 우리 가족은 누가 먼저랄 것도 없이 그들을 향하여 언성을 높
이고 핏대를 세우고 열이 치받쳐서 침을 튀겨가며 손짓발짓 섞어 비
난과 성토와 욕설을 아끼지 않았다.

"바로 저놈들을 잡아 쳐죽여야 하는데, 잡아서 발기발기 찢어 죽
여야 하는데!"

그러나 르포 시간이 되면 태도들이 돌변했다.

아침이다. 한 여자가 낄낄 웃고 있다. 기자가 다가가서 묻는다.

"무슨 일로 웃고 계십니까?"

여자가 말했다.

"빚쟁이에게 너무 시달린 나머지 자살을 결심하고 아이들과 함께
박카스 병에 넣어둔 쥐약을 어젯밤 마셨는데, 이렇게 멀쩡하게 살아
난 거예요. 아이들도 남편도 죽기는커녕 모두 잘 자고 일어난 눈빛이
에요. 그런데 정말 이상한 것은 이미 들이닥칠 때가 됐는데도 빚쟁이
들이 안 온다는 거예요."

한낮이다. 그런데 난데없이 닭이 운다. 기자가 다가가서 묻는다.

"한낮인데 왜 이제 우십니까?"

닭이 눈을 부라리며 대답했다.

"이놈아, 뭐가 한낮이냐? 온통 어둠과 한숨뿐인데! 그 속에 있는
사람들 생각하며 운다 왜?"

저녁이다. 편의점 앞에 쌓여 있는 빈 라면박스들을 뒤적거리는 오
십대 신사에게 기자가 다가가서 묻는다.

"지금 뭐 하시는 거예요?"

그러자 신사가 쭈뼛쭈뼛 대답했다.

"방을 좀 보려고 왔습니다."

새벽이다. 사내가 뛰어가고 있다. 기자가 물었다.

"이렇게 일찍 어디 가세요?"

사내가 대답했다.

"비키세요, 공장이 망해가고 있습니다."

사내의 똥끝이 바짝바짝 타들어가고 있었고 얼굴엔 눈물과 비지
땀이 뚝뚝 흘렀다.

"그래서 이렇게 일찍 공장에 나가는군요?"

기자가 쫓아가면서 물었다.

"아뇨, 대출을 받으려고 갑니다."

"은행에요?"

"아뇨, 담보와 보증인이 필요하다고 해서 알아보러 갑니다."

"어디 가서 알아보실 건데요?"

공항! 사내는 택시가 잡히지 않자 옆에 서 있는 자전거를 훔쳐타
고 내달리기 시작했다.

"아, 해외합작을 계획하십니까?"

기자가 봉고로 뒤쫓으며 물었다.

"동창 친구의 부모님이 해외여행을 떠납니다."

"그 비행기로 함께 가실 건가요?"

"일단 그 동창에게 잘 보여두려고 가는 겁니다."

"아, 그 친구에게 보증을 부탁할 겁니까?"

"아닙니다. 보증을 부탁할 사람과 같은 경기고 출신입니다."

뿌옇게 여명이 트는 언덕을 열심히 올라가는 자전거 뒷모습을 롱테이크로 잡다가 화면 정지.

"저 사람들 좀 봐라. 그래도 우린 행복한 거다."

어머니가 치맛자락으로 눈물을 훔치며 말씀하셨다. 식구들은 아무 말도 못 하고 다들 긴 한숨을 쉬었다. 나는 끙, 하고 앓는 소리를 낸 다음 형수가 깎아 내온 사과 조각을 집어들었다. 그때 하필이면 형수가 저걸 보면서 사과를 먹는다는 게 죄스러울 정도예요, 라고 말하는 바람에 도로 놓아버렸다.

"위안이 좀 돼."

작은누나가 말했다.

"하지만 기왕 보여주는 김에 좀더 처참하게 사는 사람들 꼴을 보여주면 좀 시원하겠어."

"저들이 노리는 건, 바로 그런 심리인지 몰라."

남달리 똑똑한 나는 새로운 시각으로 상황을 바라보고자 했다.

"문제점을 파헤치기보다는, 더 심하게 고생하는 사람들이 얼마든지 많다는 것만 강조하고 있잖아."

"넌 좀 모르면 가만히 있거라."

어머니가 대번에 말을 잘랐다. 그리곤 곁눈질로 사돈어른을 가리켰다. 노인께서는 고개를 수그린 채 연신 눈시울을 닦아내고 있었는데, 웬 슬픔이 그렇게도 많은지 골목 밖 하수구로 도랑을 이루어 흘러내려갈 정도였다.

사태를 반전시킨 건 이번에도 외할머니였다. 귀먹고 눈먼 외할머니가 가래 낀 소리로 물었다.

"어디, 전쟁이 난 게냐?"

"하하, 아니에요, 할머니."

내가 할머니 귀에 대고 소리질렀다.

"아이엠에프 때문에 저러는 거예요!"

그러나 외할머니는 내 말을 믿지 않았다.

"아니긴 뭐가 아니야. 전쟁 난 게 아니면 왜 저렇게 끔찍한 일들을 당해?"

매형과 어머니를 비롯해서 온 식구가 나서서 말렸지만 사돈어른은 고집을 꺾지 않고, 이튿날부터 날 새기 무섭게 빈 광주리를 들고 나가셨다. 그렇게 한번 떠나면 사흘도 좋고 나흘도 좋고 소식이 끊겼다. 산으로 나물을 캐러 가신 거였다. 그리고 이제는 실종신고라도 내야 하지 않을까 싶을 때가 돼서야 나타났다. 사돈어른이 나타나는 모습은, 물론 우리집에선 보이지 않았지만, 골목 밖에만 나가면 아주 멀리서도 알아볼 수 있었다.

처음엔 수많은 빌딩들의 옥상 너머로 손가락만한 까만 것이 솟아오르는 것이다. 일단 그렇게 솟아오른 그것은 구름 없는 밤의 달보다, 바람 없는 날의 구름보다도 느리게 느리게 오른쪽으로 혹은 왼쪽으로 움직이면서 키와 덩치를 키우는 거였다. 그리곤 마침내 아주 길고 높은 원뿔형 모양으로 확대되면서, 광주리를 머리에 인 사돈어른이 우리 시야에 짠짜잔! 하고 나타나는 것이었다.

그 높이를 이루 헤아릴 수 없는, 하느님 똥구멍이라도 찌를 것 같은 그 원뿔 모양의 높고 긴 탑은 바로 사돈어른이 머리에 인 광주리 속의 산나물이었다.

그것을 그렇게 머리에 이고도 사돈어른은 마치 빈손으로 걸어오는 사람처럼 두 팔을 허위허위 가로 저으면서 안짱걸음으로 그렇게 바삐 걸어들어왔다. 그러면 우리는 반가움이나 놀라움보다도 우리 집의 그 낡아빠지고 찌그러진 낡고 낮은 대문에 사돈어른의 나물탑 끝이 걸리지 않고 아슬아슬하게 빠져서 들어오는 순간을 온 정신을 다해 숨죽이며 지켜보느라 자신도 모르게 자기 머리를 함께 숙여야 했다. 어머니만 재빨리 정신을 수습하곤 달려나가

"아이고, 이 많은 것을 그래 다 어디서 캐오셨어요?"
하고 광주리를 받아안아 내렸다.

"하이고 말도 말으요."

가까스로 허리를 편 사돈어른은 머리에 받쳤던 수건을 펼쳐 탁탁 털며 말했다.

"산 넘고 강 건너 내 그렇게 들어가보기는 또 처음이네. 아, 들어가다 보니까 휴전선이지 뭐야요."

"에그머니나!"

어머니가 기겁을 했다.

큰누나가 물었다.

"어머니, 설마 북한까지 넘어갔다 온 건 아니죠?"

"하이고, 거길 미쳤다고 넘어가?"

"거긴 조심하세요. 잘못하면 우리 가족뿐만 아니라 먼 친척들까지
도 전부 국가보안법에 걸려 잡혀들어가요."

나도 끼어들었다.

"가봐야 이미 그곳 주민들이 싹 뜯어가서 나물은커녕 칡뿌리 하나
솔잎 하나 남아 있지 않습디다."

"넘어갔다는 말씀이잖아요?"

큰누나가 놀라 까무라쳐 쓰러졌다.

그렇게 한번 다녀오면, 우리집은 온통 나물 향내로 뒤덮였다. 지붕
이나 마루는 말할 것도 없이 방바닥과 책상 위에까지 깐 나물, 아직
안 깐 나물, 다듬어야 할 나물, 다듬어둔 나물, 미처 다듬지 못한 나
물, 말리는 나물, 덜 마른 나물, 다 마른 나물, 너무 마른 나물, 나물
천지였다. 나물도 별의별 나물이 다 있었다. 약쑥이나 도라지가 제일
로 흔하고, 씀바귀, 개나물, 취나물, 쇠똥잎은 물론이요, 똔티기, 껵
쥐, 싸락쟁이 그리고 전철역까지 그 냄새가 풍겨나가는 17년산 산더
덕, 온갖 야생버섯에 버찌에 머루 같은 산나무 열매들과 생전 처음
보는 곤충까지 섞여 있었다.

나물들이 시들기 전에 다 다듬고 까서 내다 팔아야 했으므로 온 식
구들이 아르바이트 삼아 전천후로 동원되었다. 텔레비전을 보면서
화장실에 앉아서나 신문을 볼 때도 한쪽 손으로는 나물을 다듬거나
깠다.

그런데도 우리 식구들 전체가 달려들어 해내는 몫이 사돈어른 혼
자 한 것에 반도 따라가지 못했다. 놀라운 집중력과 속도로 사돈어른
은 나물을 다듬고 깎고 갈라놓았다.

그러다 급기야 일이 터지고 말았다. 자고 일어나 보니 마치 껍질 까진 도라지 모양으로 사돈어른의 왼손 검지손가락 하나가 하얗게 변해 있었다. 자꾸만 쓰리고 가렵기에 자세히 살펴보니, 살껍질이 하얗게 벗겨져 있더라는 것이었다. 사돈어른이 자면서 자기도 모르게 머리맡 식칼을 들고 자신의 검지손가락 껍질을 얌전히도 발라놓은 거였다. 그런데 얼마나 얇게 잘 깠으면 외피만 벗겨진 채 핏방울 하나 새어나오지 않았다. 손톱 밑에 핏물이 희미하게 맺힌 정도에 불과했다.

만약 그것이 식칼이 아니라 면도날이나 회칼이었다면 그런 오점조차도 남기지 않았을 거라고, 형수는 기가 차서 말했다. 그러자 그 어른 실력에 만약 그것이 회칼이었다면 잠자는 동안 나머지 사람들 손가락 발가락까지 다 깠을 뻔했다며 그나마 날이 둔한 식칼이었던 게 다행이라고 작은누나가 몸서리치며 응수했다.

그때까지도 병원 복도 의자에 앉아 멍하니 천장만 바라보고 앉아 있던 매형도 마침내 입을 열어, 전날 밤 칼이 안 든다며 날을 좀 갈아 달라고 하시기에 갈려다가 피곤한 나머지 그만 깜박 잠이 들었다고, 사연의 앞뒤를 설명했다.

"그러니 얼마나 다행인가, 이 사람아."

어머니는 매형 손을 잡고 위로한 다음, 수없이 아멘, 아멘, 감사합니다, 감사합니다를 입속말로 외워댔다. 주여— 그리고 잠시 후에 또 주여—.

의사 선생님만이 의사 선생님답게 처음부터 흐트러지지 않은 자세로 자기 소견을 밝혔다.

"아디-오토카세트도리오리! 신경질환의 일종입니다. 하층민들에게 곧잘 나타나는 병리현상이죠."

"감사합니다. 감사합니다."

어머니는 의사 선생님을 향해서도 감사합니다를 연발했다.

"괜찮을까요?"

큰누나가 여전히 글썽이는 눈으로 물었다.

"일단 조제해준 약을 드셔보세요."

의사는 또 하나 마나 한 소리를 뇌까렸다.

"이런 일이 또 벌어질 수도 있나요?"

형수가 물었다.

"저로선 장담은 못 합니다. 그때는 좀더 큰 병원으로 가보셔야 될 거예요."

의사는 작은 병원에서나 내릴 수 있는 의견을 냈다. 큰 병원에서 근무하게 되면 왜 좀더 일찍 오지 못하셨어요? 하는 식으로 병의 원인을 찾을 작자일 게 틀림없었다.

"감사합니다. 정말 감사합니다."

다시 어머니가 끼어들었다.

재발할 수도 있다는 의사의 말에 큰누나와 매형은 다시 수심에 잠겼다. 그러나 정작 당사자는 피식, 웃더니 아무렇지도 않다는 듯이 말했다.

"깜박 졸다가 그만 도라진 줄 알고 간 건데 뭐시기가 그렇게 복잡하다냐?"

텔레비전 보다가 저녁까지 드시고 가세요

　가난이 얼마나 지긋지긋했으면 자면서 자기 손가락을 다 깠겠는가. 생각하면 섬뜩하기 짝이 없는 사돈어른의 '신경질환'은 그러나 걱정했던 것보다 훨씬 간단히 치유되었다. 머리맡에 칼만 놔두지 않으면 되는 거였다.

　소동은 쉬이 진정되었고 식구들도 각자의 역할과 처지에 익숙해져갔다. 큰누나와 매형은 의정부에 있는 가죽구두 공장에 나갔다. 일자리 찾기가 하늘의 별따기보다 더 어려운 때였지만 가죽구두 만드는 일만큼은 두 사람 모두 눈을 감고 물구나무를 선 채로도 해낼 수 있는 전문가였다. 바로 십여 년 전, 맘곡동 길목 좋은 유흥가에 소주집을 냈다가 망했을 때도 바로 이 공장에 취직한 적이 있는 것이다. 그때는 노태우가 풍기단속을 이유로 유흥업소 심야영업을 금지시키는 바람에 개업하자마자 손님도 제대로 못 받아보고 망해버렸다. 그 충격으로 큰누나는 유산까지 하고 말았다. 그때부터 매형은 정치인이라면 이를 바득바득 갈았고 큰누나는 그릇과 심장을 동시에 바닥에 떨어뜨리는 버릇이 생겼다.

두 사람이 쉽게 취직되자, 그러게 옛말에 젊어서 고생은 사서도 한다는 말이 있는데, 젊었을 때 망해서 공장 다녔던 경험 덕분에 이렇게 재차 망해도 다시 시작할 수 있어 오죽 다행 아니냐고 어머니는 사돈어른을 위로하고 축하해주는 것으로 자신도 위안을 받았다.

형과 작은누나는 전철역까지 걸어가서는, 전철이 역내로 들어올 때쯤 철로로 뛰어내렸다. 그리곤 치달려오는 전철에 깔리지 않으려고 걸음아 나 살려라, 똥 빠지게 뛰고 또 뛰고 하는 방법으로 출퇴근을 해서 교통비를 아꼈다. 덕분에 아랫배가 쑥 꺼져 내려가고 심폐기능까지 강화되었다고 세 사람 모두, 그중에서도 형수가 제일 좋아했다. 어머니는 비정한 공장장의 감시 속에서도 주일에 단추 두 개 정도는 반드시 훔쳐냈고, 사돈어른은 나물을 캐다가 세상에서 가장 낮은 자리로 내려가서 거기에 결가부좌를 틀어 앉고는 오직 일념으로 나물을 팔았다. 나는 복학조차 미루고 아르바이트 자리를 알아보러 다녔다. 외할머니만이 매일같이 여섯 끼니를 꼬박꼬박 잡수셨다.

집안이 잠잠해질 무렵 작은 소동이 또하나 일어났다. 형이 빈털터리라는 사실이 드러난 것이다. 주식에 투자했다가 망해서 통장이 벌써부터 마이너스였던 것이다. 형수는 전화통에 들어가 울고 어머니는 이틀 동안 공장마저 무단결근하고 돌아누웠다. 다만 큰누나만은 반가운 정도는 아닐지라도 내심 안도하는 표정을 지었다. 매형을 안기부에서 빼내기 위해 온 가족이 발을 동동 구를 때, 형은 거기에 일 전 한푼 보태지 않았었다. 그때는 내색을 안 했지만 큰누나는 그것이 못내 섭섭했고 용서되지가 않았던가 보았다. 잃어버렸던 동생을 찾은 표정으로 형 손을 잡고 울먹이며 말했다.

"나를 용서해다오. 참으로 못나빠진 누나다."

형수가 매일같이 전화통을 붙잡고 우는 바람에 형과 형수 사이에 큰 소리가 오가고 베개와 컵이 날아다니고 쟁반이 깨지고 유리창이 박살나고 어머니가 까무러치고 매형과 큰누나가 달려들어 말리고 외할머니가 이놈의 질긴 목숨 살아서 험한 꼴만 보면서도 죽어지지 않는다고 내 손을 잡고 우는 한바탕 전쟁이 벌어지긴 했지만, 친정에서 사돈어른 내외가 다녀가고 나서부터는 형수도 겨우겨우 진정이 되는가 보았다.

일찍이 집장사로 돈을 벌어 동대문 점포만도 두서너 개 가지고 있다는 사돈어른 내외는 사뭇 점잖은 분들이었다. 최고급 세단에 양복과 한복을 곱게 빼입고는 사돈지간의 예의를 지키기 위해 바른손에는 소갈비 두 근, 왼손에는 귤 한 상자를 들고 오셨는데, 다만 골목길로는 차가 들어올 수 없기 때문에 그 무거운 것을 들고 오느라 꽤나 곤욕을 치른 모양이었다.

특히나 가파르기도 하지만 골목 중간중간이 비좁아 비만하신 두 분은 서로 밀고 당기며 쑤셔넣으면서 헤치고 들어와야 했다. 와서는 어머니와 맞절을 하시곤 앉아서, 딸을 위로할 생각은 않고 어찌된 게 이놈의 나라는 골목길 하나 제대로 닦아놓지 않고 쓸데없는 데만 돈을 처바르는지 모르겠다고, 골목길 사정 하나만 봐도 나라가 얼마나 잘못된 길로 가고 있는지 알 수 있다며 개탄에 또 개탄을 거푸 퍼부어댔다.

그리곤 또 식사도 않고 돌아들 가셨는데 그것은 사돈지간의 예의를 지키기 위해서이기도 하지만 골목길을 다시 빠져나갈 걸 생각하니 깜깜한 것이고 무엇보다도 골목길 밖에다 세워두고 온 검은 세단 승용차가 걱정되었기 때문이다. 웬만한 집 전세값에다 바퀴를 달아놓았으니 걱정될 만도 했다.

심판 판정에 대한 불신에도 불구하고 일단 시합에 임한 선수들처럼, 식구들은 다시 코앞의 볼을 차서 뺏고 패스하고 쫓아다니듯 하루하루 먹고사는 데 정신이 팔려 다른 생각은 할 겨를도 없게 되었다. 텔레비전 뉴스엔 여전히 화가 난 실언보다는 뒤탈 없는 올바른 소리만을 지껄여대는, 기업주들과 정치가들과 관료들과 교수들과 성직자들만이 들락거렸고, 아주 간혹 살인범들이 얼굴을 가리고 나와서는, 시청자 여러분은 저에 비하면 참으로 선량한 다수입니다, 라고 국민들을 안심시켜주었다.

〈현장 르포〉엔 여전히 비관자살과 억울한 사정과 울지도 웃지도 못할 상황이 벌어졌다. 생활고로 가족이 동반자살을 택하는 극단적인 경우도 하루 한 차례씩 마치 일기예보란처럼 사회면 한구석에 빠지지 않고 실려 제자리를 잡아가고 있었으므로, 식구들은 이 모든 것들에 서서히 익숙해지면서, 오히려 아, 오늘도 어제와 별반 다를 게 없구나, 하고 안심하는 심정이 되어 텔레비전과 대문을 닫아 건 다음 곤한 잠에 빠져들었다.

하지만 속으로는 모두들 앓고 있었다. 다들 말수가 줄고 얼굴에선 짜증과 주름이 묻어났으며, 뉴스나 신문을 접할 때면 신경질들을 내면서 혼잣말로 뭐라고 중얼중얼거리는 질환성 증세까지 보였다. 그나마 위안이 되었다면 각자 좋아하는 사람이 한둘씩 있는데, 그들만큼은 행복하고 멋지게 잘 살아가고 있다는 사실이었다. 형은 야구선수 박찬호와 흑인 골퍼 타이거 우즈, 작은누나는 박찬호와 HOT와 탤런트 장동건, 어머니는 가수 이미자와 개그맨 이영자와 박찬호, 매형은 박찬호와 가수 태진아와 축구협회회장 정몽준…… 막연하게 누군가를 짝사랑하는 사람들이 대개 그렇듯이, 식구들은 그들을 잠깐씩 보기만 해도 순진하게 즐거워했으며 그중 박찬호의 경우는 가족 모두의 사랑을 받고 있어서 그의 게임 결과에 따라 가족들 바이오리듬이 재형성될 지경이었다.

그러던 어느 날 밤, 또하나의 샛별이 떠올랐다. 매우 한국적이고 순박한 미소를 간직한 여성 골퍼, 바로 박세리가 등장한 것이다. 유에스오픈 여자골프대회에서 간발의 역전극으로 우승, 세계적인 골퍼로 발돋움하는 역사적 순간이 연출되었다. 자정을 넘기면서까지 손에 땀을 쥐고 시청하던 식구들이 와아! 하고 소리를 지르려던 그 찰나, 사방 이웃집에서 먼저 와아, 하고 함성이 쏟아져나오는 것을 듣고, 우리는 승리감과 더불어 서민들 고유의 단순하고 순박한 소시민적 연대감에 도취되어 감격해 마지않았다.

다음날 뉴스에도 온통 박세리였다.

"쟤는 얼굴도 참, 예쁘지 않아?"

"어릴 때부터 아버지가 박세리를 아주 엄하게 교육을 시켰대."

"우리나라 사람은 때려야 말을 듣는다니깐."

"미국 사람들도 클린턴은 몰라도 박세리는 다 안대."

식구들은 즐거워 한마디씩 뱉었다. 그런데 그날따라 일찍 귀가한 매형이 텔레비전을 보다 말고 버럭 신경질을 부렸다.

"미친 씨팔년놈들, 진짜 지랄하고들 자빠졌네!"

정말이지 놀라자빠질 일이었다. 형이라면 모를까, 매형이 가족들 앞에서, 더구나 어머니 계신 앞에서 신경질을 부리는 법은 결코 없었던 것이다. 매형 자신도 자기 말에 놀란 듯 당황하는 표정을 지으며 에잇! 하고는 건너채로 가버렸다.

"저 사람이 요즘 너무 피곤해해요."

큰누나가 변명해주었다. 매형은 성질이 가라앉지 않는지 건너채와 안채를 왔다갔다하더니 다시 들어와서 누구에게랄 것도 없이 공중에 대고 말했다.

"골프? 골프가 뭐야? 우리나라 요 모양 요 꼴로 만든 거 아냐? 내가 알기로는 더러운 정치인과 기업주들이 가서 오줌 누고 똥 누고, 안기부조차 도청을 할 수 없으니까, 모여서 더러운 계략으로 수군수군대는 데가 그곳이야. 그 바람에 그만 그 일대 나무며 풀이 자라질 않는다잖아. 그래서 힘발 좋은 외국산 잔디를 수입해다 깔아야 한대. 내가 한우 고기 구하려고 전국 방방곡곡 안 다녀본 데가 없는데, 골프장 근방에서 키운 한우는 유달리 때깔이 거무죽죽하고 시름시름하고 맛도 더러워. 그곳 사람들 말로는 잘못 날아든 골프공에 맞아죽지 않으려고 잔뜩 웅크리고 살기 때문이래. 이런 것이 골프야. 근데 뭐? 팍 세리? 쌔리긴 뭘 쌔리?"

"매형."

형이 침을 삼키고 나서 말했다.

"꼭 그렇게만 볼 것도 아니에요. 미국에서는 볼링만큼이나 대중화된 운동이에요."

"맞아."

작은누나가 고개를 끄덕였다.

"웃기지 마. 우리나라 골프장을 아무나 들어가는 줄 알아?"

"최소한 몇십만원씩은 한다더군요."

형이 말했고 어머니와 사돈어른 눈이 휘둥그레졌다.

"웃기지 마. 그 돈만 있으면 들어갈 수 있는 것도 아냐. 그 돈을 몇 배로 뽑을 수 있는 모종의 위법거래 건수를 가지고 있어야만 들여보내주는 곳이래. 그러니 우리 같은 정직한 사람들이 평생 가야 골프채 한번 쥘 수 있을 것 같아? 정직한 우리나라 사람이 과연 몇이나 저 따위 골프장에 들락거릴 거 같아?"

"맞아."

작은누나는 이번에도 고개를 끄덕였다.

매형 말이 딱히 옳다고 판단되어서라기보다는 집안 분위기가 험악해지는 것을 막기 위해 그날부터 식구들은 애써 골프 얘기를 피했다. 어쩌다 텔레비전 화면에 골프가 잡히면 어? 외국방송이네, 하고는 뜨거운 그릇 만지듯 돌려버렸다. 반면에 탈옥수 신창원 얘기만 나오면 눈빛을 빛냈다. 매형이 신창원을 싸고도는 때문이기도 했지만, 마침 월드컵마저 참패로 끝난 마당에 그것만큼 스릴 넘치는 게임이 없었던 것이다.

"오매, 귀신이 따로 없네."

"무술인으로 구성된 형사 열두 명이 한꺼번에 덮쳤는데도 당해내질 못했대."

"홍길동일세 그려!"

"엄청나게 가난한 집에서 태어났대요."

"쯧쯧."

"아, 중학교 때 이미 사회모순과 일대일로 직접 맞장을 깠었대."

"아, 총을 수십 발 쏴댔는데도 다시 살아나더라던데 말 다 했지 뭐."

"터미네이터 아닌지 몰라."

"터미네터가 뭐여?"

"아놀드 슈워츠네거 나오는 거요."

"그런 게 또 있어?"

"그 사람 가방에 없는 게 없대요."

"아, 야당의원들이 신창원 잡으러 간대잖아요."

"왜?"

"국감자료 얻으려요."

"하하하."

"어떻게 알았는지, '금모으기운동' 때 동참하지 않은 부잣집만 찾아 들어간대요, 글쎄!"

"그러니 신고를 할 수가 없겠지."

"그래도 그렇지. 길목마다 지켜서 있으면서 어째 못 잡을까요?"

"일단 들키면 국도를 따라 도망치는 게 아니라 행정구역을 나눠놓은 선을 따라 달아나는가 봐요."

"그건 왜?"

"우리나라 경찰들은 자기 구역이 아니면 코앞에서 싸움질해도 관여하지 않잖아요. 그런데 구역선을 따라 달아나면 저쪽 책임이니 너희 쪽 책임이니 하면서 경찰들끼리 싸우느라 신창원 잡을 생각은 하지도 않는대요."

"하하하."

"그럼 구역은커녕 성역도 없는 그 잘난 우리나라 안기부는 뭐 하고 있대?"

"경찰이 잡아오면 고문할 준비만 단단히 하고 있대나 봐요."

"하하하."

엄연한 세계적 스포츠 스타는 경멸하고 도리어 탈옥한 일개 잡범을 편애하는 도착된 분위기가 우리집을 휩쓸었다. 형만큼은 의견을 굽히지 않고 박세리를 좋아하고 응원했지만, 그것은 골프장건립반대운동을 펼치는 환경운동단체가 세상 이목을 받지 못하고 있는 만큼이나 초라한 소수의견일 뿐이었다.

이쪽으로 와서 같이 얘기해요

식구들의 응원에 힘입은 것일까. 다행히도 신창원은 쉬이 잡히지 않았다. 아침에 천안에서 한 번, 오후엔 북한산에서 한 번, 그 이튿날은 마라도에서 또 한 번, 이튿날 오후에는 경부선 새마을호 특실에서 또 한 번 다 잡았다가 놓쳤다는 속보가 전해진 이후로는 그 소식마저 감감해져버렸다. 신창원에 대한 모든 보도와 분석을 자제해달라고 안기부에서 언론사마다 협조문을 보내기 이틀 전에 언론사들이 미리부터 알아서 기었다는 것이다.

국민들 일체가 무관심해지도록 만들 것. 그렇게 함으로써 그의 존재 자체를 인식론적으로 사살할 것. 이것이 안기부가 내세운 새 작전이었다. 양심수들을 잡아 족칠 때나 쓰는 악질적 수법을 일개 잡범에게 사용하는 것은 지나친 권력남용이 아니냐는 의견도 있기는 있었으나 보도되지는 않았다. 문제는 안기부의 새 작전이, 가가호호 신창원 사진을 돌리며 이런 놈 봤으면 꼭 좀 나한테만 얘기해달라고 부탁하는 경찰측 작전과 정면으로 배치된다는 사실이었다. 그리하여 안기부장과 경찰청장이 경복궁 뜰에서 만나 빤스만 입고 맞장을 뜰 거라는 소문만 흉흉히 나돌았다.

신창원만큼이나 흥미진진한 웃음거리를 발견하지 못한 식구들은 조금씩 풀이 죽어갔다. 뉴스도 신문도 십 년 전에 이미 떠돌았던 풍문들, 가령 검찰청장 마누라가 검찰부장 밍크코트를 훔쳐 입었다더라, 전직 대통령들은 모두 한문을 못 읽는다더라, 야당총재는 한 명의 서민도 친구로 둔 바 없는 인간이라더라와 같은 낡고 식상한 사실들만을 재탕 삼탕 우려먹었다.

의미와 문제점이 전혀 다른 내용들을 모두 똑같은 어투로만 다루는 뉴스에 실망한 가족들은, 결국 자기 자신에게서 위안을 찾을 수밖에 없었다. 모이면 옛날얘기들이나 해대는 거였다. 옛날에는 이러지 않았다느니, 그래도 그때가 좋았다느니, 그때는 마늘과 고구마조차도 지금보다 훨씬 착하고 말을 잘 들었다느니. 아무튼 간에 말세라면서, 사돈어른과 어머니는 복숭아꽃 한창일 때 그 꽃그늘 아래서 나물 캐던 이야기꽃을 피웠고, 매형은 칡 캐러 산 너머 세상 끝까지 갔다 여우를 만나 홀려 길을 잃었으나 실밥을 뜯어 표시해둔 재치로 돌아 나오는 길을 찾았던 무용담을 실밥 뜯듯 우물꾸물 풀어놓았다.

형은 방학숙제로 편지봉투 들고 잔디씨 주우러 공동묘지까지 갔다가 그만 날이 어두워져 실신했다가 깨어보니, 그새 자기 외모에 반한 구미호들이 잔디씨 한 봉지를 가득 채워놓았던 얘기를 하며 웃었고 그러자 맞아맞아, 자기 정도라면 그러고도 남았을 거야, 형수는 박수를 쳐댔다. 작은누나는 우리집 마당에만 마지막까지 한 그루 남아 있던 그 복숭아나무에 꽃이 피면 마치 환한 전등 같아서 대문을 열 때마다 얼마나 기분이 좋았는지 모른다며 나뭇가지에 우산을 거꾸로 걸어놓고 흔들어 복숭아를 따먹던 얘기를 꺼내, 식구들 입 안 가득 신 침이 돌게 만들었다.

그러나 그것은 정말이지 말도 안 되는 웃기는 얘기였다. 식구들이 저마다 회상하는 가장 행복했던 그 어린 시절이라는 게, 사돈어른과 어머니의 경우는 일제 식민지 시대, 그것도 태평양전쟁이 막바지로 치닫던 암흑기였고, 매형의 경우는 6·25 직후이고 큰누나와 형과 작은누나는 5·16 군사쿠데타 직후거나 유신독재 시대였으며, 나의 유년 시절이란 끔찍한 광주학살이 벌어진 바로 그 무렵인 것이다.

"그 시절들이 모두 돌아가고 싶은 행복한 세월로 기억된다니 말도 안 되는 소리야."

역시 무엇이든 다른 각도로 생각하기를 좋아하는 똑똑한 내가 반박했다.

"우리집이 단 한순간이라도 역사적 사건들로부터 비켜난 적이 있었어? 6·25 때는 복숭아나무 지키다가 외삼촌이 총 맞아 죽었지, 박정희 근대화가 시작되면서는 농사 짓는 족족 손해만 봐서 결국은 쫄딱 망했지, 광주학살 때는 건너채에 세든 김씨네 식구 시동생 감춘 것 때문에 아버지까지 곤욕을 치렀잖아. 80년대 내내 그랬잖아. 정말이지 단 한 번도 마음 편할 날이 없었다구."

"원래 그런 거야. 너 어릴 때 아버지 따라 이발소 안 가봤어?"

작은누나가 물어놓고는 "거기 그렇게 씌어 있잖아" 하며 리듬까지
실어가며 읊었다.

삶이
그대를 속일지라도
슬퍼하거나 노여워하지 말라.
지나고 나면
그리워지나니!

"그렇긴 해. 하지만, 언젠가는 오늘의 고생을 추억하는 때가 올 테
니 참고 버티라는 그 말을 우리나라 시인들이 아니라 대통령들이 더
즐겨 써먹어왔다는 사실을 명심해야 해. 그 심리를 위정자들이 자꾸
만 역으로 이용해먹고 있다구."
나의 예리한 지적에 다들 입을 다물었다. 잠시 무거운 침묵이 감돌
았다.
그때 안방에서 주무시는 줄 알았던 외할머니가 방문을 열어젖히
며 또 우리를 웃겼다.
"그놈들이 뭘 먹는다구?"
"하하하."
내가 소리질렀다.
"아무것도 아니에요, 할머니. 그냥 주무세요!"
"아이고!"
어머니가 기겁을 하며 말했다.

"귀가 먹고 눈이 침침하다는 말은 새빨간 거짓말이여. 저렇게 귀신같이 알아듣는다니깐!"

"혹시," 내가 농담으로 물었다.

"외할머니는 이미 죽어서 귀신이 되어가고 있는데 우리가 아무것도 모르고 계속 모시고 사는 거 아닐까?"

그러자 어머니가 눈짓으로 꼬집으며 진심으로 화를 냈다.

"그런 말, 하는 거 아녀!"

외할머니가 돌아가시지 않는 이유는 하루 일고여덟 끼씩 끼니를 찾아먹는 까닭도 있지만 무엇보다도 아주 느리게 움직이기 때문이었다. 하루 종일 안방에서 꼼짝하지 않다가 어쩔 수 없는 볼일, 그러니까 화장실에 다녀온다든가 세수를 하러 나올 때는 아주 느릿느릿 언뜻 보면 움직이지 않고 가만히 서 있는 사람처럼 느껴질 만큼 천천히 천천히 움직이는 거였다. 마치 자신의 동작 하나하나가 즐겁고 신기하고 아깝다는 듯, 한순간 한순간 흘러가는 걸 꼬박꼬박 감지하면서 살고 싶다는 듯, 그렇게 느리게 움직임으로써 무덤에 가는 시간을 좀더 벌어볼 수 있다고 여기는 듯, 외할머니는 언제나 한없이 천천히 하염없이 느리게 거동하는 거였다.

그러다 마침내는 아인슈타인 같은 천재나 머릿속으로 상정해 볼 수 있었던, 세월이 더는 흐르지 않는 시간의 영점 상태에까지 다다랐던 것일까. 어느 순간부턴가 더는 늙지도 않는가 싶더니 또 어느 순간부턴가는 타임머신을 타고 회귀하는 듯 하얗게 센 백발이 다시 거뭇거뭇해지고, 썩어서라기보다는 닳아서 없어졌던 치아들이 하나둘씩 다시 생겨나는 거였다.

"이러다가 우리 외할머니 영원히 죽지 않는 거 아냐?"

내가 농담했다.

그러면 어머니는 이번에도 진심으로 나를 나무랐다.

"이놈아, 그런 말 하는 거 아녀!"

죽는 것도 사는 것도 과연 쉽지가 않았다. 다들 정신없이 사는데 생활은 점점 더 나빠져갔다. 당장 씀씀이가 너무 빠듯해져서 택시 타려다 버스를 탔고 버스 타려다 뛰어서 갔다. 맥주 마실 거 소주 마시고 과일 사려다가 그냥 들어들 왔다. 친척들의 혼례 소식조차 반갑기는커녕 부담스러울 지경이었다. 당장 이자빚 갚아나가는 것만 감사할 뿐 저축이나 적금은 엄두조차 내지 못했다. 지난 폭우에 뒷담에 금이 갔고 이번 폭설에 안방 천장에 물이 새는데도 못 본 체 내버려 두었다.

"집도 다 늙었구나."

어머니가 한숨 섞어 한마디 했을 뿐이다.

만약 동전을 먹는 만큼 고기를 토해놓는 저 요술 돼지가 우리집에 없었다면, 그나마의 웃음꽃조차 피어나지 못했을 것이다. 그것은 아버지가 살아 계실 때, 소대원인지 대소원인지 하는 충청도 어느 산골 마을의 초등학교 보수공사를 갔다가 주워온 물건인데, 흔히 문방구 출입구에 주렁주렁 걸려 있는 빨간 플라스틱 돼지저금통과 똑같은 모양을 하고 있었다. 다만 그 크기가 실제 돼지만 했는데 거기에 동전을 집어넣고 달포쯤 지나면 그 동전들이 실제 고기로 둔갑해 있는 아주 희한한 물건이었다. 아버지는 그 고기를 잘라 우리 눈앞에 들어 보이며 말씀하셨다.

"봐라, 구리동전은 붉은 고깃살이 되고 백동전은 허연 비계가 되어 있잖니!"

정말로 그랬다. 꼭 쌓인 동전 크기만한 그만큼의 고기가 잘려나오는 거였다. 그리고 그렇게 고기가 잘려나온 날은 한바탕의 축제가 벌어지는 거였다. 누나들은 마늘과 양파를 다듬고 형과 나는 아버지가 마실 소주를 사러 경주하듯 뛰어나갔다. 어머니는 마당에 불을 지폈고, 우리 가족이 둘러앉으면, 사방 담벼락마다 시커먼 도깨비들도 모여들어서는 일렁거리며 우리의 신나는 축제에 동참하고 싶어 안달했다.

이젠 마당이 비좁아 마루에 비집고 모여 앉아야 했지만 즐겁기는 옛날이나 이제나 마찬가지였다. 벌겋게 타오르는 불꽃을 가운데 놓고 모여 앉은 식구들의 울긋불긋한 얼굴. 불 위에 고기 살점을 올려놓고 지글지글 타오르기를 기다리면서 된장을 내오고 상추를 씻어오고 젓가락 짝을 맞추는 식구들의 섬세하다 못해 간결하고 분주하다 못해 차분하기까지 한 동작들. 마침내 다들 뜨거운 삼겹살 한 점씩을 입에 물고는 고개를 들어 하느님을 약올리기라도 하듯, 뜨거운 입김을 불어대면서 마치 파닥이며 살아 있는 물고기 같은 그것을 씹다가 삼키는 그 신묘한 맛.

"목에서 피가 뚝뚝 떨어지는데도 그놈의 돼지가 살아서는 밭 너머 규선이네 산소 쪽으로 내빼는 거예요."

사돈어른이 말했다. 어릴 때 돼지 잡던 기억을 떠올리시는 거였다. 어머니는 굽기만 하고 사돈어른은 옛날 일을 떠올리기만 하는데도 고기는 익기가 무섭게 사라지고 있었다. 젓가락으로 미리 꾹 눌러놓고 기다리지 않는 한 차례가 오지 않았다.

"이놈의 돼지새끼가 삼밭 쪽으로 내빼는 통에 동네 사람들이 다 쏟아져나와 그 돼지 잡으러 삼밭으로 올라갔는데, 그 바람에 삼밭 주인이 기겁을 해서는 장대를 들고 나와 사람들까지 마구잡이로 내려치는 거였어요. 난리도 아니었지요. 오히려 도망가던 돼지가 무슨 일인가 하고 뒤돌아보고 섰더라니깐요. 허허."

사돈어른께서는 그렇게 전에 했던 얘기를 또 하시면서 고기 먹는 것을 양보하고 계셨다.

"도대체 전부 몇 명이야?"

돼지고기가 열다섯 근이나 되는데도 모자랄 판이었다. 나는 젓가락을 들어 식구들을 일일이 세어보다가 엄마 눈을 찌를 뻔해서 야단을 맞았다.

"세보나 마나지. 형부도 들어오셨으니까 모두 아홉이잖아."

"잔디구장에나 모여 있어야 할 숫자가 세 평 마루에 둘러앉아 있으니 정신이 없네."

내가 철없이 투덜댔고, 어머니는 사돈어른과 사위 눈치를 보면서 나를 흘겼다.

"어서 좀 드세요."

어머니가 사돈어른께 권했다.

그러나 사돈어른은 아까부터 그 삼밭 주인이 누군지 떠오르지가 않아 고기 먹다 체한 표정으로 멍하니 천장을 보고만 있었다.

"누구더라. 너랑 단짝으로 학교 다니던 그 키 쪼그만 남자애 아버지 있잖어?"

"기억이 안 나요."

매형이 입 안 가득 상추쌈을 베물고는 말했다.

"기억이 안 나?"

"영규요?"

"그려, 영규 아버지!"

그래놓고서야 사돈어른은 겨우 삼겹살 한 점을 죄인처럼 집어 드셨다. 그리곤 큰누나에게 말했다.

"너도 어여 좀 들어라."

큰누나도 젓가락질을 삼간 채 뒷심부름만 하고 있었다.

"그래, 어서 와서 좀 먹어."

"언니, 이쪽으로 와."

그제서야 식구들도 큰누나를 발견하고 한마디씩 거들었다. 그러나 고기라고는 이미 새까맣게 탄 찌꺼기 몇 점만 남아 있을 뿐이었다. 별로 먹지도 못했는데 이미 바닥이 나 있었다. 우리는 입맛을 쩝쩝 다셨다. 어머니만이 단호하게 젓가락을 내려놓으며 말했다.

"고기가 아주 마침맞구나. 여기서 더 먹으면 그건 뱃살로나 간다."

사실 그렇기도 했다. 형이나 작은누나의 경우라면, 그야말로 대단한 인내심을 갖고 세심하게 다이어트 계획을 펼칠 때나 가능한 그런 마침맞은 식사량이었다. 그런데도 다들 젓가락을 쉬이 놓지 못한 채, 비록 까맣게 타긴 했지만 김치와 함께 구워서 구수하기 짝이 없을 마지막 삼겹살 한 점을 큰누나가 마늘까지 얹어서 입으로 가져가는 것을 쳐다보았다.

그런데 바로 그 순간, 누나가 욱, 하면서 토악질을 해대더니 화장실로 뛰어들어갔다. 작은누나가 놀라 말했다. 그 틈에 나는 그것을 집어먹었다.

"이거 어디서 많이 본 장면이잖아?"

큰누나는 극구 잡아뗐지만 틀림없었다. 임신 같았다! 사돈어른은 상을 치우시다 말고 풀썩, 그 자리에 주저앉으셨다. 어머니가 달려가 손을 잡아드렸다. 매형은 얼굴이 벌게져서 콧구멍만으로 연신 벙긋 벙긋 웃어댔다. 그런데도 큰누나는 절대 아니라고 신경질까지 냈다. 당사자가 아니라는데야! 다들 멀뚱히 천장만 쳐다보았다.

"형부는 아실 거 아니에요?"

매형은 달력을 넘겨보더니 말했다.

"글쎄, 맞긴 맞는 거 같은데."

"하하하."

식구들이 다 같이 웃음을 터뜨렸다.

"그럼 틀림없네요 뭐!"

그러나 큰누나는 다시 한번 신경질을 팩, 부리고는 눈물까지 글썽이면서 건너채로 가버렸다.

사건의 실체는 그 이튿날 어머니의 놀라운 기지에 의해 아주 간단하게 드러났다.

"아니라는데 엄마, 정말 왜 그래?"

큰누나가 또 신경질을 부렸지만 어머니는 회심의 미소를 지으면서 긴 실을 들고 나왔다. 그 실 끝에는 간지 같은 종이 한 장이 달랑거리고 있었다.

어머니가 말했다.

"이것이 바로, 에치치라는 거다."

"HCG!"

작은누나가 수정해주었다.

"소변검사로 임신했는지를 가리는 종이야. 정확도는 99퍼센트!"

어머니가 말을 받았다.

"네가 계속해서 시치미 뗄까 봐 내가 새벽에 화장실에 들어가 이것을 손수 그 밑구녕에다 길게 달아놓았느니라!"

큰누나의 임신을 축하하는 건지 어머니의 기지를 칭찬하는 건지 모를 박수가 쏟아졌다. 그러나 큰누나는 그 자리에 폭, 주저앉더니 어깨를 흔들며 속으로 속으로 울기만 했다. 매형이 가서 어깨를 안았다. 그 순간 큰누나가 앙칼진 비명을 질렀다.

"싫어! 뗄 거야!"

"왜 그래, 당신답지 않게?"

매형이 세상에서 가장 그윽한 목소리로 달랬다.

그러자 큰누나가 매형 무릎으로 무너지며 울음을 터뜨렸다.

"우, 리, 빚, 은, 언, 제, 갚, 아."

"바보야. 그런 건 내가 다 알아서 할 테니까 걱정하지 마."

"그래, 아가야. 그런 거라면 걱정할 거 없다!"

사돈어른이 카랑카랑한 목소리로 말했다.

"설령 아이를 낳는다고 해도 아직 기뻐하긴 일러요."

눈물을 닦고는 수줍음이 가시지 않는 표정으로 큰누나가 말했다.

"아이가 비정상일지도 모르거든요."

"무슨 소리야?"

매형이 물었다.

"우리 공장에 와서 일하는 해외근로자 중에 콜롬비아에서 온 아우렐리아노라는 사람 있잖아. 그 사람도 얼마 전에 아기를 낳았는데 돼지꼬리 달린 아이를 나았는데, 병원에서는 아마 공장의 중금속에 중독된 때문일 거라고 그러더래."

"아냐. 괜찮아. 괜찮을 거야."

매형이 말했다.

"아무튼 당장 오늘부터 공장은 나가지 마."

큰누나는 공장을 쉬고 출산 준비에 들어갔다. 비록 돼지꼬리 달린 아이에 대한 불안과 노산에 대한 근심이 잠복해 있기는 했지만, 집안 분위기는 그 어느 때보다도 조심스럽고 화기가 넘쳐나기 시작했다.

바야흐로 이 어려운 시절을, 그러나 마침내 자라나서는 자기 인생에서 가장 행복하고 아름다웠던 때라고 기억해줄 새 생명이 세상으로 나올 준비를 시작한 것이다.

큰누나가 아이를 가졌답니다

이튿날, 매형이 퇴근길에 친구 집에 들러 낡은 세발자전거 한 대를 얻어오는 것으로 아이 맞을 준비는 시작되었다. 어머니는 도무지 그 끝과 깊이를 이루 헤아릴 수 없는 안방의 장롱 서랍 속으로 들어가 사흘간에 걸쳐 뒤지고 찾고 헤매더니 막내 가졌을 때 입었던 것이라며 알록달록한 꽃무늬 고무줄바지를 꺼내, 자신의 늘어날 대로 늘어난 대(大)자 사각팬티와 함께 큰누나에게 건네주었다. 태아가 조금이라도 결박감을 느끼면 안 된다는 거였다. 내가 사각팬티를 받아 추리닝 위에다 입고는(그런데도 품이 넉넉해서 권투선수 유니폼처럼 헐렁헐렁했다) 개다리춤을 춰 보이자 식구들이 다들 뒤집어졌다.

작은누나는 태교에 관한 책을, 나는 태교음악 테이프를 선물했다. 사돈어른은 어른대로 더욱 분주하게 나물을 캐오고 다듬어 내다 팔았다. 언제부턴가 텅 비어 쉰내만 풍기던 냉장고에는 사돈어른이 산에서 캐온 천연산 호두, 잣, 쑥갓에 산삼과 동충하초, 불로장생한다는 신묘한 야생버섯, 어느 과수원이나 텃밭에서 훔쳐왔을 복숭아, 사과, 배, 상추, 고추, 깻잎 등으로 가득 찼다.

그래서인지 너무 말라서 걱정이던 큰누나의 아랫배는 겨우 한 달만에 남산만큼 부풀어올랐다. 아이가 벌써 나오려는 게 아니냐며 사돈어른과 어머니는 큰누나를 병원으로 데리고 달려갔는데, 초음파 검사를 끝낸 의사는 볼펜으로 자기 안경을 톡톡 두드려가며 잔뜩 찌푸린 얼굴로 걱정스레 말했다.

"이건 살이 쪄서 배가 나온 겁니다."

이렇게 해서 임신 7주부터 큰누나는 이미 만삭같이 커다랗게 부푼 배를 내밀고 다녔다. 큰누나는 고작 화장실에 갈 때조차도 마치 무슨 시상식 무대에라도 불려나가는 사람같이 설렘과 조심스러운 표정으로 기쁨을 억제하며 다녔고 매형은 조용히 앉아 있다 말고도 계단이면 계단! 문턱이면 문턱! 하고 일일이 소리를 질러대서 옆 사람까지 놀라게 했다. 아마 큰누나가 임신하는 동안 그녀 머리에 뚜껑 없는 물통을 얹어놓았다 해도 물 한 방울 흘리지 않았으리라. 노산에 초산에 유산까지 했었던 만큼 그럴 수밖에 없었을 것이다.

큰누나는 우리집 최고의 칙사 대접을 받기 시작했다. 마치 왕녀처럼 누워 있거나 게으르게 움직였다. 매형은 밥을 먹을 때도 바짝 긴장을 해야 할 정도였다. 큰누나가 오이김치를 들고는 신경질을 내는 거였다.

"이거 안 잡아주고 뭐 해, 자기?"

“어!”

매형은 얼른 젓가락으로 오이김치를 잡아주어야 했다.

반대로 매형이 오이김치를 찢어먹을 때 큰누나는 아랑곳 않고 자기 것 먹기에 열심이었다. 설거지며 빨래 따위도 매형과 사돈어른과 어머니가 번갈아 맡아 했다. 겨우 저녁 설거지를 끝낸 매형이 텔레비전을 보며 쉬려고 하면 어김없이 큰누나가 불렀다.

“자기…… 자기! 자기!”

“그래!”

매형이 일어나 달려갔다.

“한 번 부르면 바로 와야지, 왜 이렇게 느려?”

큰누나는 일단 신경질을 부린 다음, 짜증나면 태아에게 안 좋은 거 몰라? 하고 협박까지 가했다.

매형은 그래, 알았어, 알았어, 마루에는 들리지 않는 목소리로 달랬다. 그러면 그제서야 큰누나는 용무를 말하는 거였다.

“문 좀 닫아줘.”

“겨우 이거 시키려고 마루에 있는 나를 불렀어?”

매형이 어이없어하며 따지자 큰누나가 차갑게 말했다.

“지금 나한테 신경질 냈지?”

“하하. 아냐.”

매형은 재빨리 문을 닫고 도망 나와야 했다.

하루는 설거지를 하다가 유리그릇이 깨지면서 매형이 손을 베었다. 어머니가 놀라 좇아 들어가며 아이구, 내가 할 테니 그냥 내버려두라니깐! 하고는 어디 안 다쳤는가? 하고 사위 눈치를 살폈다.

"이런, 피가 나잖아?"

물론 큰누나도 걱정을 했다.

"아이가 놀란 것 같아."

그리곤 매형이 손가락에 밴드 붙이는 것을 보며 근심스레 말하는 거였다.

"그럼 이제 설거지는 누가 하지?"

"하하."

우리는 웃어넘기지 않을 수 없었다.

"그렇게 생색내다간 삼신할미가 시기해, 이 녀석아."

어머니가 꾸중을 내렸다.

그래도 누나는 딴전이었다.

"아, 좋은 생각이 났다. 고무장갑! 앞으론 그걸 끼고 설거지해."

"차라리 임신을 내가 하는 게 낫지. 정말 못 해먹겠네."

어쩌다 매형이 투덜거리기라도 하면 누나는 말했다.

"죽이지 않는 것만도 다행인 줄 알아!"

한번은, 냉장고에 들어 있는 자두를 매형이 꺼내 먹는데, 그것을 누나가 본 모양이었다. 느릿느릿 걸어가, 나도 자두 좀 줘, 하고 말했다. 그러나 그때는 이미 자두가 남아 있지 않았다. 매형이 없어, 조금밖에 남아 있지 않던데? 하고는 뭐 다른 거 먹을래? 딸기? 하는데, 갑자기 자두가 너무 아깝게 느껴지면서 매형을 죽이고 싶더라는 것이었다. 그때부터 매형은 냉장고에서 아무거나 자유롭게 꺼내 먹을 수 있되, 한 가지 조건이 붙었다. 유통기한이 지난 것들만 먹을 것.

어떤 때 보면 누나는 사람이라기보다는 다만 새끼 밴 짐승에 불과

해 보였다. 지나가다 슬쩍 스치기만 해도 눈을 표독스럽게 빛내며 움찔하는가 하면 작은 일에도 심한 짜증을 냈다. 우울함에 빠져 있는가 싶으면 한밤중에 일어나 맵짜게 밥을 비벼먹고 있었다. 어떻게 해서든지 튼튼하고 건장한 제 새끼의 목숨을 보존하려는 거의 동물적인, 아니 여느 새끼 밴 들짐승보다 한결 예민하고 앙칼지고 섬세한 감각으로 번뜩였다. 재미나게 텔레비전을 보다가도 코를 흡, 흡, 벌렁이며 말하는 거였다.

"지금 누가 담배 피우지?"

"아니…… 아무도 안 피우잖아?"

"피우는 게 틀림없어."

식구들은 사방을 다니며 냄새의 진원을 확인해야 했다. 그것은 옆집의 이층 아저씨가 베란다에 나와 피우는 담배 냄새였다. 놀라운 긴장과 감각이 아닐 수 없었다. 만약 이웃집에 도둑이 들었다면 그 발소리도 가려내어 잡아낼 수 있었을 텐데 아쉽게도 그런 기회는 오지 않았다.

산모의 안락한 휴식을 위하여, 태아의 건강한 발육을 위하여 식구들은 모두 숨을 죽였다. 모든 한숨과 신경질과 언쟁에 금지령이 떨어졌다. 다만 활기를 위하여 태아도 웃어넘길 만큼 가벼운 논쟁만 허락되었다. 가령, 아이를 축구선수로 키울 것인가, 음악가로 키워야 할 것인가. 또 당장 산모의 식단은 어떻게 짜야 좋을 것인가 따위들을 놓고 밤을 새워가며 저마다 의견을 냈다.

형수가 마루를 닦으며 자기 친언니의 경험담을 토대로 말했다.

"잣, 호두, 호박씨 등을 매일 상습적으로 군것질해야 한대요."

"아무튼 무얼 먹어도 좋으나 닭고기는 먹이지 말아야 돼."

나물을 다듬던 사돈어른이 손을 놓고는 받았다.

"그냥 산모가 먹고 싶은 게 태아에도 좋지 않아요?"

작은누나가 일반론을 폈다. 그러자 사돈어른이 다시 강조했다.

"안 돼, 닭고기는 절대 먹이지 말아야 돼."

"여기 태교 책에는 닭고기 먹어도 된다고 나와 있는데요?"

내가 반론을 제기하자 사돈어른은 얼굴까지 벌겋게 달아올라 화까지 내시며 닭고기는 절대 안 된다고 재삼 못을 박았다.

"당근주스가 제일 좋댄다!"

어머니도 설거지하며 한마디 거들었다.

"당근주스?"

"아, 저번에 텔레비전에 나왔어. 당근주스를 하루에 세 번 꼬박꼬박 먹으래."

나는 계속해서 책을 들춰보며 말했다.

"등푸른 생선도 좋대. 거기에 DHA가 들어 있대."

큰누나도 자기 의견을 말했다.

"아빠가 깎아준 과일이 제일 좋대."

"그건 왜?"

"아이 정서에 좋대."

"저번에 스포츠신문 보니까 스티로폼 용기에 담긴 건 먹지 말라고 하던데요?"

텔레비전을 보던 형도 한마디 거들었다.

식구들의 구구한 의견들은 끝이 없었다. 누워서 먹는 건 좋지 않다. 얼룩무늬가 있는 채소는 좋지 않다. 삼을 갈아서 꿀과 우유에 타서 먹이는 건 어떻겠는가?(형의 의견이었는데 금세 형수에게 제지당했다. 저이는 자기가 먹고 싶으니깐!) 왼쪽으로 누워서 먹으면 뇌가 발달돼서 오히려 좋다더라…… 저녁 먹고 텔레비전 정규방송이 끝날 때까지 의견에 의견이 더해졌지만 결국 아무거나 함부로 먹으면 안 된다는 상식 수준의 결론이 내려졌을 뿐이었다.

“아무거라도 사먹을 돈이나 있나, 뭐?”

큰누나가 말했다.

“하하하. 하긴 그래.”

식구들이 웃어댔다. 식구들이 합창으로 웃어댈 때면 낡은 집도 덜덜덜 흔들거리면서 식구들과 함께 웃어댔다.

“하지만 닭고기는 절대로 안 된다.”

사돈어른이 마지막까지 토달기를 잊지 않았다.

“알았어요, 어머니!”

큰누나가 시원히 대답하곤 웃음을 깨물었다.

심지어는 사진을 걸어두는 일 갖고도 몇 날 며칠씩 옥신각신했다. 잘생긴 사람 사진을 걸어두면 예쁘게 생긴 아이가 태어난다는 거였다. 매형은 자신의 앨범을 뒤져서 그중 가장 잘 나온 사진을 확대해서 걸어두기를 고집했는데 큰누나는 한사코 텔런트 장동건 사진을 요구했다. 결국 작은누나의 현명한 중재로 사이버 가수 아담의 사진을 걸어놓는 것으로 합의를 보았다.

매형이 과연 태아에게 노래를 들려주는 게 좋은가, 해로운가에 대한 문제도 쉽게 결론이 나지 않는 중요한 논쟁거리였다.

"태아의 절대음감을 해친다는 점에서는 해로운데, 태아에게 웃음 거리를 제공한다는 점에서는 교육적일 거야."

작은누나가 놀렸다.

"하하하."

덜덜덜.

집안의 모든 근심걱정거리는, 가족들의 즐거운 함박웃음 뒤로 숨 었다.

멀건 대낮에, 혹은 오밤중에, 식구들이 모두 밖에 나갔거나 아니면 다들 곤한 잠에 빠져서 사위가 적막한 때에, 집이 혼자서 덜덜덜, 몸 을 흔들며 웃어대는 게 느껴지곤 했다. 웃겼던 순간들을 다시 생각하 며 혼자 웃는 모양이었다.

작은누나는 목하 열애중인지 곧잘 형수나 큰누나 옷을 빌려 입고 나갔다. 사돈어른은 나물 한 뿌리라도 더 팔기 위해 시내버스 첫차 시간보다 일찍 나갔다가 심야버스 막차보다 늦게 돌아왔다. 어머니 는 무릎이 시리고 삐걱거린다면서 마늘을 식초에 삭혀 드셨다. 병원 에 가보시라고 말씀을 드려도 듣지 않았다. 식초에 삭힌 마늘이 즉효 라는 거였다. 그러더니 또 한동안은 누구에게 얻어들은 것인지 파뿌 리에 지네껍질과 귤껍질, 서목태, 그리고 생강과 황토 한줌을 섞어 달여 드셨다. 형수도 주일에 두어 번씩 친정부모님 가게일을 도와드 리러 서울에 다녀왔다. 나는 하느님의 도움으로 아르바이트를 시작 했다.

형은 여전히 주식에 대한 미련을 버리지 못한 모양이었다. 최근엔 회복세를 타고 재미도 조금 보는 중인가 보았다. 곡목을 알 수 없는

노래를 흥얼대며 주식시세표를 들여다보는 형에게 얼마나 이익을 보았냐고 말을 붙여보았더니,

"조금 오르긴 올랐는데, 더 두고 봐야지."

하고 웃으면서 대답했다.

"재미 좀 봤나 보네?"

나는 묻고는, 어쩐지 요즘은 뉴스 보면서도 정치인 욕을 별로 안 하더라, 슬쩍 꼬집어주었다. 학생 때는 운동권이었고, 지금은 일류대 졸업에 일류기업을 다닌다고 스스로 자부하는 형이, 고작 주가 오름세에 따라 정치에 대한 비난의 강도를 바꾼다는 게 나에게는 진작부터 너무나 불만스러운 일이었다.

"나중에 가봐야 알죠."

형수가 끼어들었다.

"손에 현찰로 떨어져야 벌었다고 할 수 있는 게 주식이에요."

"나는,"

내가 말했다.

"죽을 때 내 손에 남아 있는 액수만큼 '손해봤구나', 하면서 눈감을 거야."

형이 신문을 접으며 한마디 했다.

"졸업해봐라. 그런 태도로 살다간 후회밖에 네 손에 남아 있을 게 있기나 할는지 모르겠다."

학원 다녀오겠습니다

병원에 다녀온 큰누나가 태아 사진을 받아왔다. 어머니가 보시더니 아범 닮았는걸? 해서 식구들을 웃겼다.

"봐, 머리 모양이 그렇잖어!"

말도 안 되는 억지였다. 겨우 임신 8주에 불과했다. 모양도 크기도 아직은 사람이 아니라 완두콩이었다. 늦게 귀가한 매형이 사진을 쓸어보며 눈시울을 적셨다. 그리곤 식구들이 지켜보는데도 불구하고 큰누나 배에다 두툼한 입술을 마구 비벼대는 거였다.

큰누나의 불룩한 배를 두고 혹시, 쌍둥이 아냐? 작은누나가 놀렸고, 아이가 너무 크면 낳을 때 고생한대요, 형수가 걱정했지만, 어머니는 배 모양으로 보아 아무튼 큰 인물일 게 틀림없다고 덕담으로 바꾸었다.

"초산이라 걱정은 걱정이에요."

매형이 중얼거리면서 이거야, 배가 아니라 함지박이지 원, 하고 놀렸다.

"당신 배도 만만찮아."

큰누나가 눈을 흘겼다.

"이 사람이랑 둘이 걸어가면 같은 달에 아이 낳을 거 같다고 동네 아줌마들이 놀린다니까."

"하하하."

식구들이 웃어댔다. 덜덜덜, 낡은 집도 함께 웃어댔다.

신문을 보던 형이, 우리나라에서 태어난다는 건 오백만원의 빚을 떠안고 태어나는 거나 마찬가지래요, 국민 일인당 외채액이 오백만원이래, 김새는 소리를 해댔다.

"요즘 같은 시대에 제일 용감한 사람들이 바로 아기 낳는 부부래잖아요."

형수도 맞장구쳐댔다.

"그래서 이것들아, 니들은 아직도 감감무소식이냐?"

어머니가 쏘아붙였다.

"배가 저렇게 봉긋하게 치솟으면 그것은 틀림없이 사내라던데."

잠자코 나물만 다듬던 사돈어른이 한마디 했다. 이즈음 사돈어른 관심은 온통 그쪽으로만 쏠려 있었다.

"매운 걸 좋아하면 딸이라던데요?"

작은언니가 반박했다.

"언니 요즘 매일 매운 것만 입에 대잖아."

"고기를 잘 먹으면 아들이래."

내가 토를 달았다.

"그러니까 그런 말들은 다 부질없어. 이제 만약 큰누나가 아들을 낳으면 또하나의 경험진리가 늘어날 뿐인 거야. 거대한 사각팬티를 입으면 아들 낳는다!"

"하하하."

식구들이 웃어댔다.

"태몽이 물고기인 걸로 봐서 딸 같아요."

큰누나가 지레짐작으로 말했다.

"태몽을 누가 꿨는데?"

"아이 들어서기 한 달포 전에 제가 꿨거든요."

매형이 설명했다.

"고향 뒷산에 올라가니까 커다란 저수지가 있더라구요. 그 물 속을 가만히 들여다보고 있자니까 아주 커다란 물고기 한 마리가 나한테 휙, 달려드는 거예요."

"물고기면 딸 아니야?"

어머니가 중얼댔고

"작은 물고기는 딸이지만 커다란 물고기는 아들이래요."

사돈어른이 장담했다.

"저이는 그게 태몽인 줄도 모르고 그날 아침으로 나가서 복권 사서 긁어봤대요, 글쎄."

큰누나가 매형을 흘기곤 내 어깨를 짚고 일어났다.

"하하하."

식구들이 웃어댔다.

"여보!"

매형이 부엌으로 가는 큰누나를 불러놓고는 아들 맞는데? 하더니 주머니를 뒤적뒤적댔다. 그리곤 꼬깃꼬깃한 신문지 조각을 펼쳐 읽었다.

"유중림의 『산림경제』에 보면 대잇기 — 처남, 이게 무슨 자야? 구? 사? 구사(求嗣)편 '아이갖기'에 여태와 남태를 구별하는 법이 나와 있다. 임산부가 남쪽을 향해 걸어갈 때 불러서 왼쪽으로 돌아보면 남아이고 오른쪽으로 돌아보면 여아다. 산모가 뒷간에 갈 때 해봐도 영험이 있다고 한다."

"이리 좀 다오."

사돈어른이 신문지 조각을 낚아챘다.

"부엌은 남쪽이 아니잖아?"

내가 이의를 달았다.

"대충 남쪽 아닌가?"

매형이 입맛을 쩝쩝 다셨고

"옛날 말치고 틀린 게 하나도 없어."

사돈어른이 매형 편을 들었다.

"아이고, 그럼 틀림없이 아들이네."

어머니는 박수까지 쳤다.

"아들이면 어떻고 딸이면 어때?"

작은누나가 반박하자

"그런 말 말어, 이년아!"

어머니가 재빨리 사돈어른 눈치를 챙겼다.

아들인지 딸인지, 그리고 갖은 상표의 우유 중에서 어떤 것을 마셔야 태아에게 더 좋을 것인지가 우리 가족의 가장 커다란 관심사이고 걱정거리가 되었다. 줄지 않는 빚더미를 걱정하는 사람은 아무도 없었다. 그 어떤 뉴스도, 신창원 소식이나 국내 국외의 그 어떤 화젯거리도 이제는 별다른 흥미를 일으키지 못했다. 다만 큰누나와 외할머니가, 나란히 앉아 텔레비전을 보고 있는 걸 문득 옆에서 보고 있으면 깃발 속의 바람처럼, 우리집 속으로도 세월이 흘러가고 있는 게 느껴졌다.

그러나 식구들이 한자리에 모여 앉을 수 있는 일이란 매우 드물었다. 달에 한 번 벌어질까 말까 했다. 각자 자기 몫을 살아내느라 눈코 뜰 새 없었다. 사돈어른은 산에 다녀오던가 아니면 시장에 나가 살다시피 했고, 어머니는 공장 다니랴, 새로 얻은 처방전으로 탕약을 끓여 먹으랴, 정신이 없었다. 아침은 첫차를 잡으려고 급하게 뛰어나가느라 다들 굶었지만 저녁은 한 사람 들어와 먹고 나면 다시 한 사람 들어와 먹고, 하는 식이어서 형수는 형수대로 식당 하나 운영하는 것 같다고 푸념이었다.

저마다 얼마나 정신없이 바쁘게 사는지 같은 지붕 아래 모여 살면서도 어떤 경우는 보름 만에, 심지어는 육 개월 만에 전철역에서 마주치곤 서로 악수하며 물어보는 적도 있었다.

"어? 매형! 요즘 어떻게 지내요?"

"아, 처남! 나야 뭐 그럭저럭 잘 지내지. 어머님은 요즘 어떠셔?"

"잘 지내시나 봐요. 저도 못 뵌 지 꽤 오래됐어요."

"어? 버스 온다. 그럼 또 만나!"

꾀죄죄하니 차려입고는 다만 먹고살기 위해 다급하게 뛰어다니는 식구들의 안쓰러운 뒷모습을 사람들 많은 전철역이나 버스정류장에서 바라보는 기분은, 뭐랄까, 한마디로 잘라 말하라면, 엿 같았다. 사는 게 뭔지, 시인은 물으면 웃겠다지만 코끝만 쾡하니 시렸다.

아르바이트를 해서 모은 돈으로 조금 여유가 생긴 나는 학원을 다니기 시작했다. 맹숙의 권유로 나가게 된 그 학원은 서울 어디에서나 길 걷다 둘러보면 나타나는, 그런 흔해빠진 외국어 학원 중의 한 곳이었는데도 사람들이 개미새끼마냥 바글거렸다.

"도대체 사람들이 왜 이렇게 많은 거야?"

내가 물었다.

"여기 원래 유명해. 텔레비전에 자주 나오거든."

맹숙이 깨금발로 두리번거리며 말했다. 나중에 알게 된 일이지만, 대학생이나 일반 회사원 외에도, 별의별 사람들이 다 수강을 하고 있었다. 유모차에 앉아 플라스틱 젖꼭지를 입에 문 돌배기(아기 어머니가 조기교육론자였다. 알아듣진 못하겠지만 매일 한 시간씩 정기적으로 꾸준히 들려주면 그것이 무의식에라도 깊이 남아 저장될 것을 그녀는 믿어 의심치 않는다는 거였다)에서부터 끝없이 고개를 좌우로 가로 젓는 일흔일곱 살의 퇴역장성에 이르기까지 실로 다양했다. 그중에서도 한눈팔지 않고 오직 공부에만 열중하기 위해 왼쪽 눈을 꼬챙이로 찔러버린 외눈박이 50대 대기업 부장과 살찐 돼지 모양의 매우 선량한 눈매를 가진 영화감독 지망생이자 비디오 촬영기사가 특기할 만했다. 비디오는 백혈병 투병을 하고 있는 어떤 소년을 위해 찍어가는 것이라 했다.

이들 모두는 이미 텔레비전 〈아침 모닝 쇼〉와 뭇 여성잡지 따위에 숱하게 소개된 적이 있는데, 항간에는 이 모든 게 원장의 상술에 불과하다는 지적도 있었다. 아무튼 여러 면에서 유명 교회의 요란한 부흥회 모습을 연상케 하는 학원이었는데, 아닌게아니라, 일개 학원이 감히 교회 흉내를 내서 재물을 모으다니 이거야말로 말세라고 개탄하는 입들도 적지 않은가 보았다.

이런저런 광고 효과 때문인지 학원은 연일 수강신청생들로 대관령 너머까지 줄이 설 지경이었고 복도는 러시아워 때의 갈아타는 역처럼 잔뜩 미어터질 지경이었다. 급기야 시민단체를 중심으로 자기 권리찾기운동이 전개되었는데 그 대표단이 바리케이드를 뚫고 원장을 방문하여 항의하자 원장은, 그들에게 부드러운 가죽 소파와 원두 커피를 대접하면서 자신에게 열흘 정도만 여유를 주면 모든 문제를 깨끗이 해결해놓겠다고 약속했다. 그리고 과연 열흘이 지나자 모든 문제는 해결 아닌 해소가 되었는데, 이틀이 지나자 수강생이 절반으로, 사흘 지나자 다시 그 절반으로 출석률이 내려가더니 불과 열흘 만에, 나오는 학생이 고작 여남은 명에 지나지 않게 된 것이었다. 아무튼 이 또한 시민단체운동의 작은 성과 중 하나로 신문에 보도되었고 학원은 학원대로 수억짜리 광고 효과를 본 셈이었다.

오늘 그녀를 소개받았어요

"갑갑해 죽겠어! 강사 선생님 말투가 너무 느리지 않아, 선배?"
맹숙이 책을 덮으며 투덜거렸다.
"난 이 강의 끝나면 항상 기분이 좋아."
하품하고 나서 내가 말했다.
"한숨 푹 자고 일어나니까 말야."
정말로 졸음이 쏟아져서 미칠 노릇이었다.
가방을 챙겨든 수강생들이 뜯어진 자루 속 곡식처럼 일제히 밖으로 쏟아져나가는 바람에 출입구가 막혀버렸다. 뚫릴 때까지 기다릴 셈으로 가방을 책상 위에 올려놓곤 베개 삼아 턱을 얹으며 중얼거렸다.
"강의시간을 오후로 바꿀까 봐."

"왜?"

"새벽에 나오려니까 졸려 죽을 지경이야."

나는 늘어지게 하품을 해댔다. 정말이지 형편없는 강의였으므로 나는 내심 7억원이라는 거금을 내고 학원 수강한 것을 후회하는 참이었다.

"인사나 해."

공책으로 하품하는 내 머리를 내려치며 맹숙이 말했다.

"고등학교 친군데 졸업하고 삼 년 만에 어제 여기서 우연히 만났어."

나는 졸음 겨운 눈을 간신히 치켜떴다. 어떤 여자애 하나가 고개를 까닥이며 웃어 보였다. 오마이파파! 나는 벌떡 일어났다. 덩달아 책상이 나자빠지고 가방과 공책이 바닥으로 떨굴렀지만 서둘러 침을 발라 머리를 서너 번 뒤로 재빨리 쓸어넘기곤 손을 내밀며 말했다.

"이렇게 방심한 틈을 타서 나타날 줄은 몰랐습니다."

미인이었던 것이다. 흥분하지 않을 수 없었다.

"하여튼 예쁜 여자만 보면 사족을 못 써."

맹숙이 내 공책을 둘둘 말더니 아랫배를 쿡 찔렀다.

"독특한 인사법이네요?"

그녀가 말하더니 손바닥에 침을 발라 비벼대곤 그 손을 나에게 내밀었다. 멋진 순발력이었다. 해연, 신해연이라고 했다.

놀랍군, 우리 부족 인사법을 알다니! 말하고 나는 한 손으로 볼을 두드리고 혀로는 히리리리, 하는 소리를 지르면서 팔짝팔짝 뛰었다. 텔레비전 〈세계를 가다〉에서 봤는데, 아프리카 차가족 여자들이 즐

거울 때 내는 소리인 것이다. 하하, 그녀가 어깨를 흔들며 웃었다. 엷은 화장에 눈썹이 화선지에 쳐놓은 난만큼이나 길고 간결했다. 순진해 보이는가 싶으면서도 어떤 순간에는 사람 시선을 베먹을 만큼 아주 고혹적인 선이 돌올져 나오는 거였다. 한마디로 죽여주는 애였다. 더구나 손바닥에 침을 바르다니! 이런 재치라면 못생겨도 마음에 들었을 것이다. 히리리를 질러대며 돌다 책상에 부딪혀 절룩대자, 맹숙이 어이없어하는 표정으로 흘기곤 부축하며 퉁박을 주었다.

"가방이나 주워!"

나는 가방과 공책을 주워든 뒤에도 고개를 바닥에 대고는 두 눈으로 강의실 바닥을 빗질했다.

"뭐 또 잃어버렸어?"

맹숙이 물으며 고개를 숙이고 함께 훑었다.

"응."

"뭐?"

"심장도 같이 떨어진 것 같은데 보이지가 않아."

해연이 내 공책을 잡아채 둘둘 말더니 또 뒤통수를 치려고 했다. 그러나 이미 내 다리는 문어발이 되어 강의실 밖으로 내빼고 있었다.

"대학등록금이 또 오를 건가 봐."

맹숙이 한숨 쉬듯 뱉었다.

"그래?"

나는 민감하게 굴지 않을 수 없었다.

"정말이야?"

해연도 놀라는 눈치였다.

"아이엠에프인데 또 올린대?"

그녀는 아침부터 떡볶이를 시켜먹고 있었다. 그러면서 그녀는 내 등뒤의 거울을 보며(분식집 벽이 거울로 띠를 두르고 있었다) 흘러내린 앞머리를 손가락으로 쓸어넘기곤, 옆에 놓여 있던 스포츠신문을 가져다 뒤적였다.

"아무튼 우리나라 대학이랑 지하철은 빨리빨리 나가고 보는 게 좋아."

내가 말했다.

"언제 요금이 오를지 모르거든."

"후훗."

해연이 웃고는 신문을 넘기며 말했다.

"태풍이 북상중이래."

"시월인데?"

게다가 창창하게 맑았다.

"반경 칠백 킬로에 이르는, 올 들어 가장 큰 태풍이래."

"농사 망치겠군."

"큰일이야."

젓가락으로 김밥을 찍으며 맹숙이 말했다.

"우리 큰아버지네 올 포도농사 그르쳐서 한숨뿐이던데, 벼농사까지 망치면 어떡해."

"그러게, 날씨마저 이러면 어떡하니!"

해연이 신문을 접고는 콧잔등에 맺힌 땀을 냅킨으로 찍어눌렀다. 그리곤 내 등뒤의 거울을 쳐다보며 손으로 머리를 쓸어넘겼다. 그녀

는 심지어, 내 부탁으로 냅킨을 집어주는 순간에도 내 등뒤의 거울을
쳐다보며 눈을 동그랗게 떠보는 거였다. 그러면서 묻는 거였다.

"큰아버지네 포도 정말 맛있었는데. 아직도 그렇게 맛있니?"

그때, 우리 또래 녀석들이 들어와 옆 테이블을 차지하더니 라면을
시켰다. 해연은 떡볶이를 먹으며 맹숙의 큰아버지네 놀러갔던 얘기
를 회상하는 중에도 연신 내 등뒤의 거울을 쳐다보거나 나를 잠깐씩
곁눈질하거나 하면서 다른 한편으로 틈틈이 건너 테이블 놈들 중에
제일 잘 빠진 녀석의 아래위를 슬쩍슬쩍 훑었다. 떡볶이를 그러면서
도 아주 맛나게 쩝쩝댔다. 마치 지그시 미소를 머금고 손을 놀리는
아주 노련한 카지노의 전문 딜러같이, 그녀는 자연스럽게 행동을 취
하면서도 매우 재빨리 시선을 움직였다.

"무슨 기분좋은 일이라도 있어?"

대문을 열어주는 큰누나에게 물었다. 입끝에 방금까지도 웃은 흔
적이 흘린 우유같이 묻어 있었다.

"퇴근길에 매형이 석준네 가서 아기 옷을 얻어와서 그거 구경하고
있었어. 저녁은?"

"먹었어."

나는 대충 씻고 식구들과 섞였다. 없는 게 없었다. 빨간색 물방울
무늬의 딸랑이, 자기 눈이 되비치는 투명한 유리 젖병, 엄지손가락보
다도 더 작은 배내옷 한 벌, 초록색 바람 소리, 아주아주 희미해서 마
치 야광처럼 보이는 별, 귀퉁이가 부서져서 흔들릴 때마다 새털구름
같은 소리를 흩뿌리는 플라스틱 종, 병아리 모양의 털장갑……

"어? 이거 우리가 동규 돌 때 선물한 거잖아?"

노란색 모자·장갑 세트를 들어 보이며 내가 물었다.

"맞아. 동규네가 쓰다가 하린네 주고 하린네는 류모 주고, 그렇게 한 바퀴 돌고 다시 온 건가 봐."

작은누나가 설명했다.

하하, 웃고 나서 내가 말했다.

"이럴 줄 알았으면 그 옆에 있던 모자 세트를 사주는 건데. 그게 좀 비쌌지만 더 예뻤잖아?"

"평소에 마음을 착하게 써야 복 받는 거다."

어머니가 말했다.

"난 말야,"

무슨 생각엔가 한참을 잠겨 있던 매형이 심각해진 얼굴로 중얼거렸다.

"아이를 마치 장식장 찻잔처럼 예쁘장하게 꾸며서 세상과 격리시키듯이 그렇게 키우는 건 싫어."

"누가 뭐래?"

큰누나가 옷들을 개며 반문했다.

"그럴 돈도 없잖아?"

"하하하."

매형은 겸연쩍어하면서도 그러나 하염없이 기분좋은 표정으로 큰누나 머리를 쓰다듬어주며 같이 웃었다.

나, 쫓겨났어요

임신 16주부터 큰누나는 태아에게 공부를 강요했다. 천자문과 영어단어를 하루 한 시간씩 들여다보기 시작한 것이다. 아침저녁으로 30분씩 성경책도 읽었다. 17주부터는 태아의 청각기능이 형성되어 바깥 소리를 모두 듣는다면서 일체의 비어, 고함, 음담패설이 금지되고 오직 모차르트 소나타만이 끝없이 이어졌다. 19주부터는 태동이 느껴졌다. 큰누나가, 움직인다! 하고 소리치면 하던 일을 멈추고 달려나가 교대로 큰누나 배에 귀를 대어보았다. 그러나 내 차례가 될 즘엔 이미 동작을 멈춘 뒤여서 녀석은 큰누나 뱃속에 있는 것이 아니라 아주 멀고 아득한 세상 바깥 어딘가에 존재하는 듯 감감했다. 21주부터는 큰누나 혼자 중얼거리는 모습이 자주 눈에 띄었다. 태아에게 말을 하는 거였다.

"아가야, 엄마랑 밥 먹을까요?" "아가야, 오늘 아빠가 늦지요?" "아가야, 엄마랑 같이 화장실 갔다 올까요?"

그 무렵, 작은누나가 직장을 잃고 말았다. 거래하던 회사로부터 받은 어음이 부도가 난 거였다. 사장은 실어증에 중풍까지 겹쳐 병원에 누웠고, 아이들은 시골 큰집과 외가 쪽으로 뿔뿔이 흩어졌다고 한다. 작은누나 일을 걱정해주는 사람은 아무도 없었다.

"아이구, 저걸 어떡하면 좋아?"

어머니는 누나보다도 사장 가족 걱정을 먼저 했다.

큰누나는 시늉뿐인 걱정을 했다.

매형은 아예 반기는 기색이었다.

"그래? 잘됐네. 그러잖아도 산후 조리 때문에 걱정했는데. 처제 기왕 쉴 거, 그때까지 계속 놀아. 알았지?"

"그래요, 생각 잘 했어요. 그러다 시집가면 되지요 뭐."

형수도 반겼다. 정작 수지맞은 건 바로 형수였다. 집안일로부터 놓여나게 되자 그 동안 일 주일에 두어 번씩 아버지 일을 도우러 친정에 다녀오던 것을, 이제부터는 매일 출근하겠다고 선언한 것이다.

더 큰 걱정거리가 너무나 많았으므로 내가 아르바이트 자리를 잃은 것에 대해서는 아무도 걱정을 하지 않았다. 어머니가 그저 잔소리를 좀 늘어놓았을 뿐이다. 하긴 나도 그다지 걱정되지는 않았다. 걱정거리로 삼기에는, 그것은 다소 어처구니없게 저질러진 일이었다.

학원이 끝난 뒤의 전철은 출근시간을 가로질러 가기 때문에 언제나 인간들로 빼곡했다. 달려들어 간신히 탑승은 했지만 나머지 발 한

쪽은 내려놓을 바닥조차 남아 있지 않아 다음 역까지 외발로 서 있어
야 했다. 한두 사람만 더 승차하면 나머지 한쪽 다리마저 들어도 될
지경이었다. 깡통압축기 같았다. 그래서 맹숙이 옆에서 나를 껴안
고, 나는 본의 아니게 해연을 옆으로 끌어안은, 매우 기분좋은 형국
으로 서 있어야 했다. 해연은 그 와중에도 전철 유리창에 비친 자기
모습을 힐끔거렸다.

"몇시 수업이야?"

해연이 맹숙에게 물었다. 껌 냄새가 났다.

"오후 수업이야."

맹숙이 대답했다.

"그럼, 우리는 학원에 남아서 더 공부하다 갈 걸 그랬나?"

해연이 중얼댔다. 그녀는 졸업생이었다. 정확히 말해 취업 재수생
이었다. 그 순간, 갑자기 천재적인 아이디어가 내 머릿속에서 떠올랐
다. 나는 해연을 향해 물었다.

"노래 잘해?"

"정말 노래 안 부를 거야?"

밤새 엎질러졌을 술냄새와 찌든 담뱃내로 콧날이 매캐했다. 환풍
기부터 돌렸다.

"구경만 할래."

카운터에 가방을 내려놓으며 해연이 대답했다.

"그렇게는 안 될 거야."

맹숙이 카운터 의자에 풀썩 주저앉으며 말했다.

"네가 노래 부르는 거 아무리 싫어해도 저 선배 노랠 듣는 건 더 괴로워. 그런데,"

맹숙이 목소리를 높여 내게 물었다.

"저번에 말하기론 구청인가 시청에서 아르바이트한다고 하지 않았어?"

"여기가 거기야. 구청 부설 단란주점."

콜라를 하나씩 갖다 주었다. 그러나 해연이 거절하곤 맥주를 부탁했다. 맹숙도 맥주를 집었다.

"이걸, 구청에서 운영해?"

그건 아니지만, 테이블을 정리하며 내가 말했다.

"구청 직원들이 밤낮 드나들거든. 그러니까 일종의 부설 센터나 마찬가지지 뭐. 어 일대 유흥가가 모두 건너편에 구청과 법원이 이쪽으로 신축이전 하면서 함께 생겨난 거야."

어머니가 교회 사람들에게 내 아르바이트 자리를 부탁하자 그중 구청에 다니는 교우 한 분이 나서서 주선해준 곳이었다. 청소만 해주면 되는 일이었다.

"보라구!"

나는 룸을 청소하고 나오면서 걸레 조각 하나를 흔들어 보였다.

"뭐야?"

"찢어진 스타킹이야. 밤낮 이 모양들이라구."

"여자도 있어?"

"그럼, 십대부터 대학생도 있고 주부도 있어."

하! 해연이 놀라워하며 쫑알거렸다.

"결혼해서도 계속할 수 있는 직업이네?"

물걸레질도 끝이 났다. 맹숙은 전화를 걸어 누군가와 수다를 떨어대고 있었다. 나는 무대로 뛰어올라가 최신곡으로 하나 멋들어지게 뽑았다.

노래가 끝나자 맹숙이 귀에서 손을 떼곤 박수를 쳤다. 그리곤 무대로 올라와 눈물이 쏙 빠질 만큼 청승맞은 곡을 하나 늘어지게 뽑았다. 노래 하나는 끝내주게 잘 부르는 것이다. 나는 휘파람을 날려주고 다시 한번 가수로 나선다면 모든 뒤를 돌봐주겠다고 약속했다. 단, 라디오 활동만 하겠다는 단서만 달면 말이지? 말하곤 맹숙이 팔꿈치로 내 옆구리를 찍었다. 나는 자신 있는 곡으로 하나 더 골랐다. 내가 부르는 도중에 맹숙이 마이크를 뺏더니 해연에게 주었다. 적어도 나처럼 음치는 아니었다. 맹숙이 해연과 빠른 템포의 최신곡을 불렀다. 내가 한참 즐겨 부르는 노래였다. 우리는 서서히 흥이 올라서 최신 랩에서 트로트까지 닥치는 대로 연이어 불러댔다. 나는 화면의 가사도 보지 않고 춤을 추면서 불러제쳤다. 그런데도 가사가 다 생각나는 거였다. 내가 생각해도 놀라웠다. 사람에겐 한 가지씩의 숨겨진 재주가 있다던데, 반주만 이어지면 노래 가사를 저절로 기억하는 것이 나에겐 그것인 모양이었다. 게다가 지치지도 않고 흔들어대면서 말이다. 나의 이 비상한 재주에 그녀들도 눈이 휘둥그레지며 놀라는 눈치였다. 곡조가 다시 바뀌자 나는 춤추던 동작을 멈추고 오른손을 높이 쳐들며 말했다.

"내가 선창할게!"

"이 노래도 알아?"

　나는 고개를 끄덕이고서 음악에 맞춰 허리를 좌우로 힘차게 돌려 대기 시작했다. 이마에 맺힌 땀이 비오듯 흘러내렸다.

　"내 안에 엄청난 가능성이 들어 있는 것 같지 않아?"

　"뭐 하는 짓이야!"

　지배인이었다. 나는 깜짝 놀라 거의 주저앉을 뻔했다.

　조명 스위치를 내리고 지배인 앞으로 뛰어가, 학교 후밴데 생일이 어서라고 재빨리 핑계를 만들어냈다. 내가 생각해도 정말 재치 있었다.

　"학교 친구들 생일 때마다 불러다 이럴 작정이야? 가족 생일은 또 어떡할 건데?"

　그도 만만치 않았다. 내 변명을 오히려 트집잡았다.

　"여기가 네놈 잔치 벌여주는 곳인 줄 알아?"

　나는 고개를 수그린 채로 맹숙과 해연에게 나가 있으라고 눈짓했 다. 너무나 창피했던 것이다. 그러나 해연은 그 와중에도 나와 눈을 마주친 다음 쿡, 한 번 웃어 보이고는 돌아 나갔다.

　"너, 이 조명 한 번 올리는 데 전기요금이 얼마나 나가는 줄 알아?"

　지배인은 계속해서 잔소리를 늘어놓았다. 죄송합니다, 나는 기어 드는 목소리로 말했다. 쩨쩨하게 전기요금을 내세우는 데는 할말이 없었다. 게다가 주방 냉장고에서 캔 맥주를 꺼내 마신 것까지 트집잡 고 나오는 거였다. 나는 반성하는 모습을 보이기 위해 고개를 깊이 숙인 채 고무장갑을 벗어 주방 탁자에 던졌다. 그때까지도 나는 고무 장갑을 낀 채였던 것이다. 그런데 고무장갑이 미끄러져 그만 바닥으로 떨어져버렸다. 평소에는 훨씬 멀리 떨어진 곳에서 던져도 정확히 가서 얹히던 고무장갑이 하필이면 바닥으로 떨어지더니 튀김기름 그릇에 빠지는 거였다.

"이 새끼가, 너 지금 나한테 대드는 거냐?"

잔소리를 해대던 지배인은 그것을 트집잡아 목청을 비틀고 눈을 부라리며 손찌검을 하려고 들었다. 그의 불룩한 배에 밀려 뒤로 물러나지 않았다면 나는 분명히 손찌검을 당했을 것이다. 그는 팔 길이가 배 높이와 같은 그런 뚱보였다. 그걸 자랑스러워하면서 부엌칼 따위로는 어떤 놈도 자기의 내장을 건드릴 수 없다고 큰소리치는 웃기는 작자였다.

"죄송하다고 말했잖아요."

나는 보풀진 목소리로 따졌다. 아무리 그렇더라도 이 미련퉁이 뚱보에게 내가 얻어맞아야 할 만큼 잘못한 것 같지는 않았던 것이다.

"이 새끼 봐라, 이게 잘못한 놈의 태도야?"

지배인 얼굴에 붉은 핏대가 섰다. 그게 아니라고, 내가 상황을 설명하려고 하면 그는 또 말대답한다고 성질을 부려대면서 날뛰었다. 얼굴이 벌게져가지고 곧 터져버릴 풍선처럼 스스로 자신의 더러운 성질을 어쩔 줄 몰라 쩔쩔매는 거였다.

그러시다면, 지배인 말을 잘랐다.

"오늘자로 그만둘 테니, 급료나 계산해주세요."

"없어, 임마!"

떼먹을 심산인가 보았다.

"없다는 게 말이 돼요?"

"없으면 없는 줄 알아. 너 같은 새끼한테는 설령 있어도 못 줘."

있어도 못 주겠다는 데는 할말이 없었다. 더구나 자꾸만 욕을 해대는 데는 화가 머리끝까지 치올랐다. 나는 경멸 섞인 눈빛을 날리며 주머니에서 가게 열쇠를 꺼내 그의 손에 쥐어주었다. 오백원짜리 동전이 함께 딸려나왔지만 그것도 함께 주어버렸다. 만원짜리가 딸려나왔어도 그냥 주어버렸을 것이다.

"너, 임마. 거기 서지 못해!"

지배인의 고함이 출입구 밖까지 지저분한 침처럼 튀어나왔지만 나는 뒤도 돌아보지 않았다. 돌아보면 놈이 나를 얕잡아보고 뛰어와서 때릴 게 틀림없었다.

"어떻게 됐어?"

맹숙이 걱정스런 눈빛으로 물어왔다.

해연도 동작을 멈추곤 눈을 깜박거리며 내 대답을 기다렸다. 그녀는 차도와 인도를 가르는 블록 위에서 고무줄놀이 하듯 깡충대고 있었다.

"때려치웠어."

우리 때문에? 맹숙이 눈을 동그랗게 떴다. 하하, 해연은 그러나 웃어댔다.

"진작부터 그만두려고 했던 거야."

나는 창피해서 대충 둘러댔다.

"불쌍한 지배인 자식. 급료도 안 주겠다는 거야."

"그래서? 그냥 나왔어?"

둘이 양 옆으로 따라 걸으며 다그쳤다.

"어떡하든 받아내야지. 밀린 급료가 얼마나 되는데?"

해연은 그러면서도 분리대 블록을 평균대 삼아 균형 잡으며 걸었다. 차들이 바짝 스치며 바람 덩어리를 쏟아붓는데도 아랑곳하지 않았다.

"보름치."

"휴……."

맹숙이 한숨을 쉬었다.

그나저나, 서너 걸음 말없이 걷다가 그녀가 걱정스런 표정으로 물었다.

"일자리를 잃어서 어떡해?"

"괜찮아. 이런 일자리는 얼마든지 쌨어."

나는 큰소리쳤다.

"그래?"

"구청이 여기만 있는 건 아니잖아."

그녀들과 헤어져 하루 종일 일자리를 찾아 돌아다녔다. 생활정보지를 뒤져 전화를 걸어 약속을 하고 달려가 보면 그러나 마땅치가 않았다. 조건이 맞지 않거나 급료가 형편없었다. 전단 돌리기, 소주방 삐끼, 방문판매원, 고작해야 도둑질 망보기 따위였는데 그래도 해볼까 싶어 관심을 보이면 그 다음엔 또 그깟 일이 무슨 벤처사업이라도 되는 양 보증금을 걸어야 하느니 담보를 잡혀야 되느니 하고 은행 지점장 흉내들을 내는 거였다. 저물 때까지 다녀보았지만, 나를 기다리는 일거리는 어디에도 없었다. 별표, 동그라미 그리고 마침내 세모

표 쳐놓은 곳까지 찾아가보았지만 제일 좋은 자리가 고작 피씨방 밤샘 아르바이트였다. 일단 한번 와서 직접 애기를 나눠보자는 곳은 모두 그 따위들뿐이었다. 가위표를 쳐놓았던 공사판까지도 가보았는데 그곳에서조차 오랜 숙달을 통해 손금과 자기 의견이 말끔히 지워져버린 단순 노가다꾼이어야 한다는 거였다.

마침내 지쳐버린 나는 포기하고 세상에서 쫓겨나는 비참한 심정으로 버스에 올랐다. 뒷좌석에 앉아 앞으로 어떻게 해야 하나 걱정하다 보니 꾸벅꾸벅 졸음이 밀려들기 시작했다. 내가 곤한 잠 속으로 빠져드는 사이, 버스는 주택가의 비좁은 골목과 골목을 돌고 돌아 숲과 터널과 공사장과 자갈밭을 지나 끝없이 달렸다. 길이 막히자 심지어는 승용차와 승용차를 밟고 뛰거나 노점상과 가로수 사이를 옆걸음질로 빠져나간 다음 다시 힘차게 내달렸다. 그럴 때마다 깜짝 놀라 정신을 차리고 도대체 어디쯤 왔나 하고 눈을 꿈벅여보면 바로 우리 동네에 있는 LG 25시 편의점이나 SK 주유소를 막 지나치는 참이었다. 나는 어어어? 소리지르면서 벌떡 일어나 출입구로 허겁지겁 뛰어나가곤 했는데, 그러나 간신히 내려서 보면 우리 동네가 아니라, 몸뚱이만 사람이고 머리는 돼지인 반수반인들이 횡행하는 어두컴컴한 골목이거나 불 켜진 집집마다 파란 눈깔의 토끼들이 마루에 모여앉아 텔레비전을 쳐다보고 있는 이상한 동물나라였다. 일이 더럽게 안 풀리는 날이었다. 나는 허겁지겁 다시 버스를 잡아탔는데 일흔아홉 번도 더 갈아타고 나서야 겨우 집에 도착할 수 있었다.

집에만 오면 다시 모든 게 평안했다. 모차르트 소나타가 잠시 한눈을 팔 때나 들려올 정도의 크기로 은은히 흐르고 있었고, 큰누나는 매형의 늦은 귀가를 기다리며, 태아의 뇌발달에 좋다는 뜨개질을 하고 있었다. 매형은 매일같이 야근이었다.

"무엇 하나 진득하니 하는 걸 못 봤다."

지친 내 몰골을 보고도 위로는커녕 어머니는 혀를 찼다.

그러잖아도, 나는 둘러댔다.

"공부시간이 부족했는데 이 참에 학원이나 열심히 다니지, 뭐."

"그놈의 학원은 몇 달이나 다닐는지 두고 보자."

어머니가 찌개를 내려놓으며 말끝까지 찌끄렸다.

"걱정 말아. 이번엔 아주 오래 나가게 될 것 같아."

텔레비전을 틀며 내가 말했다.

"예쁜 여자애를 알게 됐거든."

"밥 먹을 거면서 텔레비전은 왜 틀어? 아무튼 이젠 네가 벌어서 네가 공부해. 군대까지 다녀온 놈이 그 정도는 해야지."

어머니가 말했다.

군대까지 다녀왔다는 데는 할말이 없었다. 뉴스나 연속극뿐이었다. 신문을 폈다. 어머니가 다시 잔소리를 해댔다.

"밥 먹다 말고 신문은 또 왜 들여다봐?"

나는 신문을 대충 훑고는 맹숙에게 전화를 넣었다.

"일자리는 찾았어?"

맹숙이 수화기 너머로 대뜸 물어왔다.

"다녀봤는데, 없어."

"그럼 어떡해?"

"몰라. 백여든다섯 군데도 더 다녀봤는데 없어. 너무 돌아다니는

바람에 심지어는, 이미 가봤던 곳을 다시 찾아가서 개망신을 당할 뻔
했다구."

"뭐?"

나는 틈틈이 밥을 떠넣으며 자초지종을 늘어놓았다.

"'잡부급구'라는 광고를 보고 전화를 걸어 근처 편의점 앞에서 만
나기로 하고 가보니까 낮에 이미 만나봤던 아주머니인 거야. 새벽 다
섯시부터 저녁 다섯시까지 나무의자에 페인트칠을 하는 일인데, 글
쎄 일당이 고작 칠천원이야."

"너무했다!"

"그러게, 신경질이 나서 '아줌마, 다 칠한 나무의자를 자기가 가져
간다면 모를까 누가 하겠어요!' 하고 쏘아붙이고 나왔었거든. 그러
니 어떡해? 그 아주머니가 나를 발견하기 전에 잽싸게 골목으로 숨
었지. 그런데 그 골목이 막다른 골목인 거야."

하하하, 맹숙이 웃어댔다. 뜨개질을 하고 있던 큰누나도 하하 웃어
댔다.

"그런데 그 아주머니가 글쎄 삼십 분도 넘게 기다리고 서 있는 거
있지? 그래서 여태까지 그 골목에 갇혀 있다 온 거야!" 맹숙이 웃느
라 숨 넘어가는 소리가 들렸다. 나는 진작부터 이 얘기를 들려주고
싶어 혀가 얼마나 근질거렸는지 모른다. 맹숙의 자지러지는 웃음소
리를 들으니까 기분이 한결 좋아졌다. 여자를 웃기고 나면 뭔가를 완
성시킨 것처럼 기분이 아주 좋은 것이다. 학교 다닐 때도 나는 여자
애들을 웃기고 나면 강의는 정작 시작되지도 않았는데 그날 할 일을
다 끝낸 것 같아서 그만 집으로 돌아가야지 하는 착각이 들 정도였

다.

　그러잖아도, 맹숙이 웃음을 가다듬고는 말했다.

　"해연이가 선배 걱정 많이 하더라."

　"그래?"

　이거야말로 기분 죽여주는 소리였다.

　"큰누나!"

　나는 전화를 끊고는 뜨개질에 열중인 누나를 불렀다.

　"여기 있는 내 밥, 누가 다 먹었어?"

　누나가 눈을 흘겼다. 나도 모르는 사이에 그 많은 밥을 내가 다 먹어치운 모양이었다. 배가 부르자 쌓인 피로가 한꺼번에 밀려왔다. 큰누나 옆으로 다가앉으며 물었다.

　"오늘은 무슨 재미있는 일, 없었어?"

외조모께서 별세하셨습니다

구청 노동계와 직업소개소에 들러 구직 신청서와 아르바이트 신청서를 한 부씩 제출했다. 웃기지도 않는 것이 신청서 하나 제출하는데 웬놈의 구비서류가 그렇게나 많이 필요한지 사흘씩이나 동사무소와 세무서와 경찰서, 그리고 사촌형네까지 다녀와야 했으므로 내가 벌써 일자리를 얻은 건가 보다 하고 스스로 착각할 정도였다. 나중에 알고 보니 정말이지 약삭빠른 놈들도 있었는데, 구비서류를 대신 떼다주고 만원씩 받는다는 거였다. 과연 나라에서 일자리를 창출해내는구나 싶었다.

집안에 작은 소동이 한바탕 벌어졌다. 아버지가 다녀가신 것이다. 집에는 작은누나와 외할머니, 그리고 큰누나가 건너채에서 자고 있었다. 작은누나가 설거지를 끝내고 신문을 뒤적이고 앉아 있는데 대문 열리는 소리가 삐그덕, 하고 나더라는 거였다. 사돈어른이 오늘은 일찍 들어오시나 보다, 아니면 골목길에 갇혀버린 지나가던 행인이 여기가 도대체 어디쯤이냐고 길을 물으러 들어온 거겠지, 여기며 누나는 신문의 나머지 부분에서 눈을 떼지 않고 있었다. 그런데 그때 외할머니가 안방 문을 여시더니 밖을 내다보며 아범이냐? 하더라는 것이다. 그래서 형부거나 오빠 줄 알고 이 시간에 웬일일까 하고는 고개를 삐죽 내밀어봤더니 정말로 아버지였다. 누나는 깜짝 놀랐다. 틀림없는 아버지가 생전의 주름으로 얽은 그 얼굴을 하고는 생전에 늘 들고 다니시던 그 연장가방을 마당에 탁, 내려놓으시더니 네, 장모님! 하고는 수도꼭지를 틀어 세수를 하는 거였다.

"아빠?"

작은누나가 부르자, 아버지가 돌아보더니 오, 그래. 아가야, 너 많이 컸구나? 하면서 하얗게 비누질한 얼굴로 웃으시더니 내처 푸푸 소리를 내며 얼굴과 손발까지 씻고는 마루로 들어왔다.

"어쩐 일이세요?"

"서산 일이 생각보다 일찍 끝났다. 청주로 가는 길에 잠깐 들른 거다. 시장하구나."

아버지는 생전의 음성 그대로 말씀하시고는, 외할머니에게 안부까지 여쭈었다.

"장모님, 아침은 드셨어요?"

"나야, 먹었지. 자네는 그래, 뭐 하느라 아직도 아침을 안 먹었나?"

외할머니는 마치 어제 본 사람 대하듯 친근하게 굴었다.

그리고 잠이 깼다는 것이다.

요상한 노릇일세, 어머니가 다 듣고 나더니 중얼거렸다.

"그 양반이 엊그제 내 꿈에도 다녀가두만……."

그런 일이 있고부터 얼마 뒤에 외할머니가 돌아가셨다. 정확히 말해, 멈춰버린 것이다. 워낙에 느리게 움직였던 분이라 언제 멈춰버렸는지 정확히는 알 길이 없었지만 어느 날 가만히 지켜보자니까 더이상 움직이지 않는 게 확실했다. 큰누나를 제외한 식구들이 한 사람씩 다가가 교대로 외할머니의 손목과 턱밑에 손과 귀를 대보고 입과 콧구멍에다 거울을 대본 다음 결론을 내렸다.

"멈춘 게 틀림없어."

"아주 서서히라도 움직이고 계신 게 아닐까? 일 주일에 한 번씩 맥박이 뛰는 식으로 말야."

작은누나가 이견을 제시했지만, 그나마 드문드문 드시던 미음도 끊으신 것으로 보아, 그리고 무엇보다도 아버지가 다녀가신 것으로 보아 멈춘 게 틀림없다는 결론이 내려졌다.

사방에서 친척들이 몰려들었다. 도대체 우리에게 이렇게 많은 친척들이 있었는가 싶었다. 처삼촌, 당숙에 육촌누이, 사돈어른네 장남, 육이오 때 돌아가셨던 외삼촌, 내가 어릴 때 키웠던 똥개 '메리', 옆집 살았던 주철이네 할머니, 재작년에 돌아가신 작은할아버지…… 문상 행렬이 끝도 없이 이어졌다. 그리고 그 문상객들마다 대문을 들어서며 하는 소리가 다 똑같았다.

"아이구, 당최 어디가 어딘지 집을 찾을 수가 있어야 말이지!"

“저번에 다녀가셨잖아요?”

어머니가 응대하면,

“그때 그 집이 이 집이야?”

하고 반문하는 이까지 있었다. 아예,

“아이구, 좋은 데로 이사 왔네, 그랴.”

하고 생뚱맞은 소리를 해대는 어른도 계셨다.

우리는 그때마다 설명을 해주어야 했다.

“이사는요, 옛날집 그대로예요. 다만 주변에 아파트와 상가와 빌딩들이 새로 들어선 것뿐이에요.”

그 다음엔 빈소로 들어가면서 한다는 소리가,

“아이구, 그 양반, 참 오래도 살았네. 난 벌써 돌아가신 줄 알았지. 여태 살아 계신 줄은 이번에 돌아가셨다는 소식 듣고야 알았구만!”

하는 거였다. (정말이지 웃긴 것은, 그렇게 말하는 그 늙은 양반들이야말로 우리는 이미 돌아가신 줄 알았던 분들이었다.) 그리곤 큰누나의 부른 배를 발견하고는,

“오, 조 녀석이 나오려고 밀어냈구만!”

“정말 때맞춰 잘 돌아가셨네. 이 집에 경사가 겹쳤구만!”

하는 거였다.

그 광경을 지켜보던 사돈어른이

“에이그, 그저 늙으면 죽어야지. 오래 살아봐야 슬퍼해주는 사람도 없구만.”

하고 탄식했다.

어머니가 달래듯 말했다.

"무슨 말씀이세요, 무조건 오래 살고 볼 일이에요. 이렇게 오래오래 살다 가니까 죽은 것도 축하를 받잖아요."

형과 내가 상제노릇을 한답시고 억지로나마 곡을 해보았지만 자꾸 웃음만 쿡쿡, 삐져나올 뿐이었다. 살아가면서 가슴에 묻어둬야 했던 슬픔과 분노가 유달리 많았을 친척 몇 분만, 그저 그 동안 먹고사느라 마땅히 울음 울 자리도 없던 차에 잘됐다 싶은 심정으로 실컷 곡하다 돌아갔다.

그렇게 장례가 끝나고, 사십구재까지 마친 뒤에도 이상하게 슬픔이 느껴지지 않았다. 아니, 무엇보다 외할머니가 이 세상에 계시지 않는다는 게 실감나지 않았다. 여전히 안방에 살아 계시는 것만 같았던 것이다. 그러던 어느 날, 화장실에서 나오다 빼꼼하니 열린 안방 문 틈새로, 나는 보았다. 바로 외할머니였다! 윗목 쪽에 쪼그리고 돌아앉아서 무언가를 만지작대고 있었다. 나는 그만 기절할 뻔했다. 그러나 이내 침착을 되찾고는 살금살금 문을 열고 방 안으로 들어갔다. 그리고 바투 다가가서 물었다.

"여기서 뭐 하세요?"

"에그머니나!"

깜짝 놀라 나자빠진 건 외할머니가 아니라 어머니였다. 어머니가 돈을 세고 앉았다가 내가 말을 걸자 놀란 것이다.

"에그, 인석아! 간 떨어질 뻔했잖어!"

어머니가 옆에 있던 효자손을 들어 내 이마를 후려쳤다.

"놀란 건 나란 말야!"

나는 이마를 감싸쥐며 소리를 맞질렀다.

"엄마가 왜 외할머니 옷을 입고 있냐구!"

그러고 보니 어머니는 얼핏 외할머니를 이삼십 년쯤 뒤로 고스란히 되돌려놓은 모습에 다름아니었다.

그 이후로도 우리가 확인한 것은 외할머니의 부재가 아니라 흔적들이었다. 외할머니가 그때 이러저러시는 바람에 우리가 얼마나 웃었니? 외할머니가 있었으면 벌써 난리 났을 거야, 외할머니가 계셔야 더 재미있을 텐데…… 식구들은 끝없이 외할머니를 반추해냈다. 특히 작은누나의 외할머니 흉내는 거의 실제와 구분이 가지 않았다. 누나가 가느다란 노인네 목소리로

"에미야, 밥 안 주냐? 나를 굶어 죽일 셈이야, 이것들아?"

하고 흉내내면 식구들은 하하하, 웃음보를 터뜨려야 했다. 낡은 집도 덜덜덜 웃어댔다. 그렇게 실컷 웃고 나면 눈가에 물기가 조금 맺히면서 아주 아련하게 스치는 그 무엇이 있었다.

나는 사랑에 빠졌어요

　새로운 일자리가 생겼다. 해연이 사촌동생의 과외 선생으로 나를 추천한 것이다. 평범한 아파트촌이었다. 식탁이 있을 자리에 식탁이 있고, 텔레비전 있을 만한 자리에 텔레비전이 놓여 있었다. 녀석의 부모님도 예의바른 분들이었다. 웃어야 할 때 웃고 헛기침할 만할 때 헛기침하고. 그리고 나에게는 꼬박꼬박 존댓말을 쓰는 거였다. 그럴 만도 할 것이다. 해연이 미리 귀띔해준 대로 서울대 휴학중이라고 둘러댔으니 말이다. 면접도 홍차 한 잔을 다소곳이 앉아 비우는 것으로 간단하게 끝이 났다. 서울대에 홍차 한 잔을 다소곳이 마시는 겸손의 자세면, 더이상 볼 것도 없는 것이다.

　첫날이지만 나는 두 시간 꼬박 수업을 했다. 녀석은 아버지 쪽을 빼박았는데, 공부하는 것을 지켜보면서 이 정도라면 얼마든지 가르칠 만하다는 자신감이 생겼다. 아주 쉬운 이차방정식조차도 쩔쩔매는 거였다. 방정식 문제 한두 개만 준비해오면 두 시간은 금세 다 지나가버릴 것이었다. 공부가 끝나고 한 시간쯤 같이 얘기를 나눴다. 정말이지 웃기는 놈이었다. 별의별 잡지식을 다 갖고 있었는데 온갖 유머시리즈, 연예인들의 사생활에 대한 갖가지 풍문, NBA 역사와 선수들 기록, 거기다 일본인들이 가장 좋아하는 베스트 영화배우나 요리까지도 알고 있는 거였다. 기본적인 힙합 댄스 동작 정도는 아주 간단하게 해 보였다. 그래서 장차 뭐가 되고 싶냐고 물어보니까 엉뚱하게도 소방관이 되겠다는 거였다. 하긴 의사나 벤처기업 사장이 되겠다는 식의 닳아빠진 대답보다는 소방관이 훨씬 멋진 생각 같았다. 하지만 위험하지 않아? 내가 묻자, 그 대신 의미가 있잖아요. 그것이 야말로 진짜 의미 있는 인생이잖아요! 말하면서 눈빛까지 빛냈다. 정말 순수한 놈이라는 생각이 들었다. 나는 그런 결심을 하게 된 어떤 특별한 동기라도 있느냐고 물어봤다. 그랬더니, 바로 얼마 전에 개봉한 영화 〈써든 화이어〉에서 디카프리오가 소방관 역으로 나왔는데 너무 멋지더라는 거였다. 정말이지 너무너무 순수한 놈이어서 대꾸할 말이 생각나지 않을 정도였다. 나는 녀석의 머리를 쓰다듬으며 말해주었다.

"너 정도라면 이 세상을 아무런 걱정 없이 살아갈 수 있을 거다!"

"가르칠 만해?"

피자 조각을 접시에 떠 담으며 해연이 물었다. 일자리를 마련해준 대가로 내가 한턱내는 것이다.

"그 녀석이 마음에 들어!"

"그래?"

"녀석도 내가 마음에 드는가 봐. 내가 사촌매형이면 좋겠대."

"하하, 그애는 생각이 너무 소박한 게 탈이야."

입술에 묻힌 치즈를 혀로 핥으며 해연이 웃었다. 그러는 중에도 유리창에 제 얼굴을 비쳐보는 거였다.

"대학은 어려울 것 같지?"

해연이 물었다.

"글쎄," 오이피클을 씹으며 말했다.

"디카프리오가 대학생으로 출연하는 영화가 나온다면 또 모르지."

"너무 공부만 시키지 말고 친형처럼 살갑게 대해줘. 그래서 형을 추천한 거야."

"그런 건 염려 마."

피자 조각을 한입에 집어넣고는 씹어 삼키며 내가 말했다.

"녀석이 브레이크 댄스를 추는 거야. 계단을 오르는 동작을 아주 멋지게 해 보이더라구. 보는 사람으로 하여금 마치 계단이 거기에 실제로 있는 것처럼 춰 보이는 거야."

"본 적 있어."

"그래서 나도 질세라 그 녀석이 보는 앞에서 춤을 춰 보여줬지."

"형도 그런 춤, 출 줄 알아?"

"그럼, 그냥 가만히 서 있으면 되는 거거든. 그리고 말해주었지. '계단이 아니라 에스컬레이터로 올라가는 중이야.' 그러자 녀석이 자기 이마를 때리면서 '와, 졌습니다, 사부!' 그러더라구."

"하하."

그녀가 웃고 나서 팔짱 낀 팔을 탁자 위에 올려놓고는, 리필 시킨 콜라의 빨대를 혓바닥을 내밀어 더듬어 찾더니, 나를 빤히 쳐다보며 한 모금 빨고는 웃으며 말했다.

"형이 좋아질 거 같아!"

하마터면 나는 콜라를 쏟을 뻔했다. 가슴이 벌렁벌렁하고 다리가 후들후들거리고 손가락이 달달달 떨렸다. 가까스로 진정시키고는 말했다.

"정말이지, 누가 나중에, 내 인생에서 가장 좋았던 시절을 꼽으라면 나는 주저하지 않고 바로 아이엠에프를 꼽겠어!"

무사한 출산을 위한 식구들의 노력이 막바지로 치닫고 있었다. 매형은 계속해서 친구와 친척집들을 순례하며 옷이나 장난감을 얻어오는 한편, 남의 집 담장에 피어 있는 꽃까지 몰래 꺾어와서는 화병에 꽂아놓았다. 공터 텃밭의 깻잎과 상추와 호박 따위도 한 포기씩 종이컵에 담아 훔쳐왔다. 또 자신의 호출기 속에 바람 소리, 공장 기계 돌아가는 소리와 공장장의 잔소리, 식당의 활기찬 웃음소리, 잉꼬새 소리, 강아지 소리, 전철 속의 웅성거림까지 모조리 담아가지고 와서 태아에게 일일이 설명하며 열어 보여주었다. 그러면 신기하게도 그때마다 태아가 발길질을 해대면서 좋아하는 거였다. 사돈어른은 강원도 첩첩산중 깊은 골짜기로 들어가 이 세상에서 가장 신선한 무공해 나물을 따다가 시장에 내다 팔아서는 산모가 제일 먹고 싶어하는 콜라를 두 병 사가지고 왔다. 형수가 퇴근길에 사가지고 오는

먹거리는 산모보다는 식구들에게 더 인기가 높았는데 롯데리아 치
즈버거, 파파이스 샐러드버거, 베스킨라빈스 아이스크림, 켄터키후
라이드 비스킷, 파리바게뜨 그라텡 사과맛 쿠키 등등 요상한 것들투
성이였다.

마지막 산모종합검사를 치를 때는 형 내외를 제외한 식구가 다 함
께 따라갔는데, 소변검사를 위해 화장실에 가서 소변을 담아 들고 가
는 큰누나 모습은 정말이지 볼 만했다. 얼마나 소중하게 들고 가는지
두 손으로 받쳐서는, 아주 맛있는 커피라도 타 가듯 식기 전에 빨리
드세요, 하는 동작으로 들고 가는 거였다.

"저런 자세로 들고 가다가는, 의사가 커핀 줄 알고 마셔버릴 거 같
애."

내가 작은누나에게 속닥였다. 작은누나가 깔깔 웃어댔다. 다른 산
모들 지나다니는 걸 멍하니 쳐다보던 어머니가 왜? 하고 물었다. 작
은누나가 설명했다. 어머니는 듣고서 박수를 치며 웃고는 옆에 앉은
사돈어른에게 얘기를 전달해주는 거였다. 사돈어른도 다 듣고 나서
는 다시 무릎을 연신 떨어대고 있는 옆의 매형에게 들려주었다. 그러
자 매형은 일어나더니 자판기 커피를 뽑아가지고서는 간호원에게
서둘러 갖다 주는 거였다.

"이번 주 내로 나올 수도 있대."

누나가 나와서 말했다.

"감사합니다요. 감사합니다요."

어머니가 두 손을 모으고 기도했다.

"주여 ― 주여 ―."

식구들은 검진만 받고 돌아나오는 게 너무 섭섭해서 수술실도 기웃거려보고 입원실이며 신생아실도 견학하고 마지막엔 복도에 놓여 있는 눈금저울에까지 다들 한 번씩 올라갔다가 내려왔다.

야근을 포기하고 매형은 매일같이 일찍 퇴근했다. 그 무렵의 큰누나 내외는 내가 본 중에서 가장 행복하면서도 어처구니없는 부부였다. 둘이 바싹 다가앉아서는 노상 한다는 짓이 태아에게 이것저것 말을 시켜보거나 아니면 터무니없는 것을 가지고 논쟁을 벌이는 거였다. 일테면, 오징어 순대를 먹다 말고 큰누나가 묻는 거였다.

"도대체 오징어 순대는 누가 처음 만들어낸 걸까?"

그러면 매형이 아는 사실처럼 대답하는 거였다.

"그거야 오징어를 잡는 어부겠지."

"어부가 오징어 순대를 맨 처음 만들었다구?"

"당연하지. 오징어를 잡다가 출출해지니까, 어릴 때 먹던 순대 생각이 났겠지. 그렇다고 바다에 돼지가 있을 리는 만무하고 그래서 돼지창자 대신에 오징어에다가 당면과 찹쌀을 이겨넣은 거야."

"돼지도 없다면서 바다에 무슨 당면과 찹쌀이 있어?"

"바보야, 처음부터 당면이나 찹쌀은 아니었겠지. 그때는 임시변통으로 미역 줄거리나 아니면 준비해갔던 주먹밥을 대신 넣어 먹었겠지."

"바보라고 하지 마, 아이가 들어!"

"내가 언제 바보라고 했어?"

"방금 그랬어!"

"미치겠네. 처남, 내가 그랬어?"

이런 식의 대화들뿐이었다. 한번은 휴지 가지고 세 시간도 넘게 싸우는 거였다. 시비는 매형이 사가지고 온 두루말이 휴지가 그 이전 것만 못하다면서 큰누나가 다시 바꿔오라고 시킨 것에서 비롯됐다. 매형은 새로 산 게 그전 것보다 더 비싼 것이며 자기가 보기엔 감촉도 더 낫다고 우겼다. 그러나 큰누나는 물까지 묻혀 보이며 휴지에 탄력이 없고 쉽게 찢어진다며 자신은 괜찮지만 신생아에게도 사용하게 될 경우에는 너무 부적합하다고 우겼다. 그렇다고 그까짓 휴지를 바꾸러 공장 앞 슈퍼까지 다시 들고 갈 수는 없는 노릇이었다. 매형은 나에게 도움을 청했다.

"처남, 이리 와서 이거랑 이거랑 만져봐. 어느 게 더 좋은가."

내가 만져보고 나서 말했다.

"이쪽 게 더 좋은데요."

"것 봐. 처남도 이게 더 좋대잖아."

그러나 누나도 지지 않았다.

"올케, 이리 좀 와봐. 이거랑 이거랑 어느 게 더 좋은 것 같아?"

결국 식구들 모두 투표에 참여했다. 그러나 개표 결과 공교롭게도 4 대 4였다. 그러자 매형이

"무승부니까 결국은 둘 다 똑같다는 거야, 그냥 써도 괜찮아."

하고 결론을 내렸다.

"이게 어째서 무승부야?"

큰누나가 이의를 달았다.

"태아도 엄연히 한 표로 인정을 해야지. 5대 4로 우리가 이긴 거야."

결국 두 사람의 논쟁은 직접 비교 실험을 해보자는 데까지 치달았다.

"그런데 어떻게 비교를 해야 공평하지?"

"물을 묻혀서 찢어봐."

큰누나가 말했다.

그러자 서서히 화가 치밀기 시작한 매형이 제안했다.

"그러지 말고, 아예 백화점 옥상에 올라가서 던져보자구, 어느 게 과연 더 질긴지 말야."

어머니와 사돈어른의 강력한 만류에도 불구하고 식구들은 마침내 전철역 앞에 있는 백화점으로 몰려가는 데까지 이르렀다. 두 사람은 키득대면서 9층 식당 코너의 복도 끝에 있는 유리창을 기어코 찾아내 밀어제친 다음, 각자 두루말이 휴지 끝을 쥐고는 하나 둘 셋, 한 다음 힘차게 내던졌다.

공정한 판정을 위해 나와 작은누나는 백화점 건물이 한눈에 바라다뵈는 전철역 광장에 서서 그것을 지켜보았다. 왼쪽 것은 중간에 끊어졌지만 아, 오른쪽 것은 바닥까지 쉬지 않고 끝도 없이 아주 길게 길게 풀어져내리고 있었다. 작은누나가 나지막하게 중얼거렸다.

"미쳤어!"

밤이 되면 매형과 큰누나의 소곤대는 소리가 잠들 줄 모르는 쥐새끼처럼 천장과 창문을 타고 기어다녔다. 일종의 끝말잇기 놀이처럼 한국의 위인들 이름이 끝없이 나열되는 것이었다. 아기 이름을 고르는 중인가 보았다.

머꼬가 태어났어요

오전 아홉시, 식구들의 대이동이 시작되었다. 이불과 보리차와 빵과 침낭과 심심풀이 삼아 읽을 책까지 하나씩 싸들고는 한 대의 택시와, 나머지는 택시보다 빠른 뜀박질로 병원을 향했다. 아침 한때 하늘이 땅으로 내려와 닿는 듯 어두컴컴해지더니 솜을 뜯어 던지는 것 같은 눈이 내리다 그치기를 몇 차례. 다들 손을 그러모으고 초조해하는 와중에, 사낸지 계집인지 모르는 태아를 두고 사돈어른이 포경수술은 시킬 참이냐고 매형에게 묻는 바람에 다들 한바탕 웃어야 했다.

아주 깊고 좁은 굴속을 지나 다른 어느 세계로 빠져나가고 있는 것만 같은 시간이 느린 구둣발 소리로 또각또각 흘러갔다. 그리고 문득 화창해지는가 싶더니 드디어 아기가 태어났다.

그때 나는 보았다. 하늘은 이상하게도 햇빛이 창창한 가운데 솜을 뜯어 던지는 것 같은 커다란 함박눈이 또다시 펑펑 쏟아져내리고 있었다. 그리고 왼편으로는 오색 무지개가, 오른편으로는 하얀 드레스의 꼬마 천사들이 허공에 떠서 오직 아기만이 들을 수 있는 깊고 고요로운 천상의 음악을 들려주고는 하늘로 총총히 사라져가는 거였다. 그리고 마지막 천사의 탁구공만한 하얀 발바닥 뒤꿈치가 하늘 속으로 빨려들어가는 그 순간, 분만실로부터 아기의 웃음소리가 튀어나왔다.

대기실에 모여 있던 식구들이 분만실 쪽으로 뛰어들어갔다. 간호원이 하얀 강보에 싸인 핏덩이 같은 것을 가지고 나왔다. 받아들기는 매형이 받아들었고, 들춰보기는 사돈어른이 먼저 들춰보았다. 그리곤

"이 뭐꼬?"

한마디를 내지르고는 그만 기절하시고 말았다. 다행히 엉덩이에 돼지꼬리가 달려 있지는 않았지만 앞쪽에 달려 있어야 할 돼지꼬리 같은 그것이 달려 있지 않은 거였다. 식구들은 저마다 침울한 분위기에 젖어들었다.

"작은누나는 남자든 여자든 상관없다고 했었잖아?"

그 누구보다도 실의에 빠진 표정으로 어깨를 늘어뜨리고 있는 작은누나에게 내가 물었다.

"하지만 저 여린 것이 이유 없이 받을 온갖 수모와 차별을 생각해봐."

누나가 말했다.

"아무리 생각해봐도 황진이나 논개 같은 기생말고는 자기 이름도

갖지 못했던 신사임당밖에 안 떠올라."

그리곤 말끝에 긴 한숨을 달아 내쉬었다.

"큰누나는 괜찮아요?"

분만실에 가서 산모를 면회하고 나오는 매형에게 내가 물었다.

"괜찮아. 탈수현상이 있긴 하지만 곧 회복될 거래."

매형이 대답했다.

"그런데 말야, 아기가 이상해."

"아기가 왜요?"

식구들이 매형 앞으로 모여들었다.

"아기가, 아기가 바뀌었대지?"

사돈어른도 잔뜩 기대에 찬 얼굴로 달려들었다.

"그건 아니구요."

"그럼?"

"아빠를 닮은 것 같지도 않고 엄마를 닮은 것 같지도 않아요."

"그것 봐, 바뀐 거여!"

사돈어른이 눈을 빛냈다.

"그게 아니라 아이가 아빠도 엄마도 안 닮고 이상하게 탤런트 채시라를 빼닮았어요. 이게 과학적으로 설명 가능한 일이에요?"

"형부!"

작은누나가 매형을 흘기곤 웃었다.

하루 두 차례, 신생아실 유리창 너머로 아기 얼굴을 면회할 수 있었다. 꿈을 꾸는 것일까? 아니면 전생에 있었던 재미있는 추억을 마지막으로 한 번 더 떠올리는 중일까? 머꼬는 눈을 꼭 감은 채로 입술을 오므리며 살짝살짝 웃었다. 그때마다 유리창에 이마를 댄 식구들 엉덩이도 살짝살짝 들렸다.

"저 봐 웃지? 그렇지? 분명히 웃지? 그런데 우리 공장 사람들에게 내가 면회만 가면 아이가 웃는다고 하니까 거짓말하지 말라며 믿으려고도 하지 않아."

매형이 말했다.

어쩌면 그것은 다만 모유를 빨려는 본능인지 모른다. 그러나 그것은 분명히 웃음처럼 보였고, 둘러선 식구들은 아기가 웃는다며 모두들 따라 웃었다. 아마 아기도 우리가 야단 떠는 걸 보곤 속으로는 정말 웃었을지 모른다.

생후 사흘 만에 집으로 데려온 머꼬는, 아직 액체 상태에 가까워서 택시가 덜컹거리자 그 몸뚱이에서 출렁이는 물소리가 날 정도였다. 발가락과 손가락이 마치 맑고 투명한 액체를 깎아서 만든 섬세한 조각품 같았다. 뼈조차도 액체였다. 손목을 건드리면 손목이 흘러내렸다. 집에 와서도 실내 온도는 섭씨 24도, 습도는 70퍼센트로 항상 맞춰놓아야 했다. 건조하거나 너무 더우면 신생아는 금방 물이 되어 증발되어버린다는 것이다.

사람이 들락거리는 틈새로 찬바람이 조금만 들어오거나 기저귀를 가느라 추워지기만 해도 금세 딸꾹질이었다. 딸꾹질이 심해지면, 다만 목 언저리만이 아니라, 몸뚱이 전체가 딸꾹거렸다. 그리곤 마침내 자기도 놀라서 응애, 하고 운다. 정말 웃기는 놈이다. 자기 딸꾹질조차도 이겨내지 못하는 이 어처구니없는 여린 신생아.

젖을 먹을 때를 제외하고 대부분의 시간을 잠만 잤다. 간혹 깨어나면 두 눈을 말똥말똥거리다가 제 눈동자마저 그만 무겁게 느껴지는지 곧잘 사시가 되었다. 제 손을 입으로 가져가서 그게 무엇인지 알아보려고 빨아보려고 한다. 식구들이 가까이 다가가 쳐다보면 전혀 울거나 웃지 않고 매우 당황한 그리고 낯설고 두렵고 놀라워하는 표정을 짓는다. 이게 뭐지? 도대체 이게 뭐야? 하는 표정이다.

열흘쯤 지나 우유 먹는 양이 배로 늘었다. 그러나 목욕시킬 때 보니까 아직도 얼굴이나 피부가 붉다. 깨지기 쉬운, 겨우 초벌구이 해놓은 도자기 같았다. 아이 목욕시킬 때 어머니를 도와 거들어준 적이 있는데, 어찌나 불안하고 겁이 나던지 다 끝내고 나자 내가 목욕하고 난 것처럼 땀에 흠뻑 젖어 있었다.

보름쯤 되자 아이가 하루에 한두 번 어쩌다 웃었다. 식구들은 그 한 번의 배냇짓을 목도하기 위해 하루 종일 옆에서 쪼그려 앉아 기다렸다. 그래도 수고가 아깝지 않았다. 지구가 평평하거나 둥글게 느껴지지 않고 머꼬가 누워 있는 곳을 중심으로 세상이 둥글게 팬 것처럼 느껴졌다. 어디에 있든 식구들은 온통 머꼬가 누워 있는 안방을 향하여 마음이 15도쯤 기울어져 있는 것이다.

생후 삼칠일이 지나자 순례자들 발길이 끊이지 않고 이어졌다. 매형네 친척들뿐만 아니라 이모, 이종사촌 누나네, 당숙, 외숙모, 고종사촌, 돌아가신 외삼촌과 아버지, 할아버지와 할머니, 증조할아버지와 증조할머니도 다녀가셨다. 일천만 노동자를 대표해서 매형의 공장 동료들이 겨우 귤 한 봉지를 사가지고 왔으나, 일백만 일일노역자를 대표하는 어머니의 공장 사람들은 사과 한 박스나 사가지고 왔다.

모두들 와서는 손부터 깨끗이 씻고, 일렬로 차례를 기다리고 섰다가 자기 순서가 되면 강보에 싸인 신생아 앞으로 가서 무릎을 꿇고 얼굴을 바짝 디민 다음, 엉덩이를 하늘 높이 치켜들고는 아기가 자신에게 눈 맞춰주기를 하염없이 기다렸다. 행여 아기가 눈을 맞춰주기라도 하면, 마치 예수 옷깃을 잡은 걸인처럼 기뻐 어쩔 줄 모르면서, 웃음과 행복이 가득 담긴 아기 같은 얼굴로 바뀌어 돌아들 가는 거였다.

배냇저고리를 벗기고 내복 상하의를 한 벌로 입혀놓으니 그제야 사람 같아 보였다. 아직은 소매가 길어서 팔을 흔들면 마치 탈춤이라도 추는 꼴이다. 식구들은 자기 순서를 기다렸다가 아기를 안고는, 아기의 참을 수 없는 가벼움에 매달려 구름처럼 둥게둥게 이 방에서 저 방으로 삼사 분씩 떠다녔다. 소아과 가서 BCG 주사를 맞히고 돌아왔다. 4킬로 49센티.

"이제부터는 하루 이삼 분씩 햇볕을 쪼여주래."

작은누나가 책을 보다가 말했다.

"아이에게 필요한 영양가가 햇볕에 들어 있대."

"우리집은 해가 안 들잖아?"

작은누나가 눈을 깜박이더니 말했다.

"네가 건너채 지붕에 올라가서 거울을 들고 서 있어라."

나는 정말로 거울을 들고 지붕 위로 올라갔다.

"됐어?"

"응."

"좋아해?"

"웃어."

"웃어?"

"응."

"이제 누나도 들고 있어봐, 나도 좀 보게."

너무 급하게 내려가다가 넘어져 무르팍을 까고 말았다. 작은누나가 깔깔깔 웃어댔다. 조심하지 않구! 큰누나가 약상자에서 머큐로크롬을 꺼내 발라주었다. 머꼬가 세상에 나온 한 달 전후로 우리집에서 생긴 가장 큰 고통은, 사돈어른의 낙담을 예외로 친다면, 정말이지 내 무릎 까진 일이었다. 머꼬가 하늘에서 내려온 것 같지가 않고 우리집이 하늘로 붕 올라간 것만 같은 하루하루였다. 도대체 세상이 어떻게 돌아가는지에 대해서는 아무도 관심 갖지 않았다. 그저 머꼬가 잠든 동안 조간이나 건성으로 재빨리 뒤적여볼 뿐이었다.

"세상에, 웃기지도 않아."

신문을 들춰보던 작은누나가 탄식했다.

"왜?"

내가 물었다.

"조그맣게 말해라, 아기 깬다!"

어머니가 우리보다 더 큰 목소리로 말했다.

"오른뺨을 때리면 왼뺨을 내놓는 자세로 자기 길을 가겠대."

작은누나가 말했다.

"누가?"

"전직 대통령이."

"하하. 우리나라 전직 대통령들은, 그것이야말로 삶의 깨달음에 대한 컨닝인 줄도 모르고, 왜 하나같이 경전에 있는 문구를 즐겨 인용하는지 몰라."

내가 웃어댔다.

"그나저나, 도대체 우리나라 경제는 어떻게 돌아가는 거래니?"

어머니가 물었다.

"경제요?"

작은누나가 신문을 뒤적뒤적 넘기더니 읽었다.

"금융감독원은 곧 여신관행혁신팀을 구성해서 새로운 여신건전성 분류기준 및 대손충당금 적립제도 시안을 마련할 계획이래요. 그리고 코스닥 주가는 연 사흘 하락세를 보였지만 벤처지수는 올 들어 최고치를 경신해서, 이대로 나간다면 2000년에는 코스닥시장의 시가총액이 백조원을 돌파할 가능성이 높대요. 또, 정부 당국의 인위적 금리조정으로 금리왜곡현상이 심화되어가는 가운데, 채권시장 만기 1년 11개월 남은 삼성전자 회사채는 연 10.40퍼센트 전후로 매매될 거로 예상되고 있대요."

"당최 무슨 소린지 하나도 모르겠다."

어머니가 눈을 껌벅이며 중얼거렸다.

"그래서 옛부터 그런 말이 있잖아요. '배워서 미쳤다고 남 주냐.'"

내가 말했다.

"사람들이 괜히 일류대를 나오려 하겠어요?"

일류대를 나와 일류대기업을 다닌다는 바보 같은 형은, 어머니에게 금융감독원이 뭐 하는 덴지 코스닥이 뭔지 일일이 설명하려고 들었다.

삼성이면, 어머니가 형의 말을 자르곤 물었다.

"지난번에 백지수표 내고 젊은 여자 탤런트와 잤다는 그 노인네 말하는 거 아니여?"

"하하, 아니에요. 젊은 여자 탤런트와 잔 게 아니라 젊은 남자 탤런트와 잔 건데, 그 노인네는 다른 사람이에요."

"하하."

"뭐, 하지만 권력을 세습시키려는 점에선 그놈이 그놈이죠, 김일성과 다를 바가 없어요."

식구들 중에선 그나마 똑똑한 내가 멋지게 설명해주었다.

"우리 같은 사람들은 간단하게 생각하면 돼요. 반찬수가 주는데 빚은 자꾸만 늘면 나라 경제가 어려운 거고, 일은 많은데 월급은 그대로면 아직도 글러빠진 나라인 게 틀림없어요."

그러자 어머니가 내 말이 채 끝나기도 전에 신경질을 부렸다.

"반찬이 이 녀석아, 뭐가 줄었다고 그래. 배부른 소리 하지 말어, 죄 받어!"

산후 조리를 한 달도 채우지 못한 채 퉁퉁 부은 몸으로 큰누나는 다시 공장에 나갔다.

내 사랑 해연, 나의 사랑 머꼬

"오래 기다렸지?"

해연이 팔짱을 꼈다.

"아니, 오히려 네가 십 분 정도 일찍 왔어."

한 시간이나 늦게 나타났지만 나는 읽던 책을 가방에 집어넣으며 설명했다.

"다음 페이지까지 읽을 생각이었거든."

"차라리 학원으로 들어오지 그랬어. 휴게실에 사람도 없고 조용하던데."

전철역 계단에 앉아 기다렸던 것이다. 그녀는 미술학원에 격일제 강사로 나가고 있었다. 그런 날이면 나는 고작 몇 정거장이지만 함께 전철을 타기 위해 기다렸다.

"난 이상하게도 이렇게 복잡하고 시끄러운 데서 공부가 더 잘 돼. 너무 고요하면 숨이 막혀."

내가 말했다.

"정신없지 않아?"

"늘씬한 아가씨들 종아리도 틈틈이 훔쳐볼 수 있어서 머리 식히기에도 좋아."

하하, 해연이 웃고 나서 말했다.

"식구가 많은 집에서 자라서 그런가?"

"맞아. 우리 어머니는 나만 보면 정신이 없대."

전철 안은 생각보다 붐비지 않았다.

나는, 가방을 선반에 올려놓으며 말했다.

"나중에 내 직장도 전철역같이 복잡한 곳이면 좋겠어."

"좌판 장사하면 되잖아?"

해연이 말해놓고는 깔깔 웃어댔다.

"그것도 좋아."

"형은 늘씬한 아가씨들만 왔다갔다하면 무조건 좋지?"

그녀가 팔짱을 조이며 물었다. 그리곤 재빨리 내 뺨에 입을 맞추는 거였다. 전철이 급정거하는 것 같은 충격이 내 몸을 치고 지나갔다. 사람들이 보거나 말거나 나도 입을 맞춰주었다. 그리고 말했다.

"단지 여자를 말하는 게 아냐. 따분하고 단조로운 건 질색이야. 내가 원하는 건 말야, 아주 바쁘게 사는 거야. 죽으라고 바쁘게 사는 거지."

동작까지 취해 보이며 내가 설명했다.

"한쪽으론 팩스를 넣으면서 다른 쪽에는 컴퓨터를 켜놓고 인터넷 정보를 확인하고 또다른 손으로는 미스터 김에게 서류작성을 지시하면서, 동시에 어깨와 턱으로는 전화기를 받아들고 정신없이 일 처리를 하는 거야. 내가 생각하는 건 바로 그런 거야."

"증권회사 같은 데?"

"어떤 회사여도 상관없어. 밥장사 같은 것이라도 상관없지. 전화 받으면서 돈 받고 동시에 주문도 받으면 되는 거지. 아무튼 간에 무엇을 하든 한꺼번에 서너 가지씩 일을 처리하면서 아주 정신없이 사는 거야. 아무리 보수가 좋아도 지루하고 단조로운 일이라면 나는 단 하루도 못 견딜 거 같아."

"형은, 공무원은 어렵겠네."

"그건, 천당을 믿는 사람들에게나 가능한 직업이야."

"어째서?"

"사후세계를 믿지 않고서야 어떻게 그렇게 하루하루 무사히 흘러가기만을 바라면서 살 수 있어?"

"하하."

해연이 웃어대고는 또 내 볼에 뽀뽀를 했다.

나는 신이 나서 떠들어댔다.

"거기에 비해서 대기업은 윤회를 믿는 사람에게 좋은 직장이야."

"그건 왜?"

"윤회가 가능해야 다음 생에서라도 계속해서 부장이나 이사로까지 승진해볼 생각을 할 수 있잖아."

"하하."

해연이 웃어댔다. 상체를 비비꼬면서 막 웃어대는 것이다. 사람들이 다 쳐다보아도 아랑곳 않았다. 게다가 그 와중에도 쉬지 않고 유리창에 비친 제 모습을 힐끔대는 거였다.

"형이랑 결혼하는 사람은 좋겠다."

해연이 말했다.

"왜?"

"하루 세 끼는 굶어도 하루 세 번은 웃을 수 있을 테니까."

"너랑 결혼하는 사람은 더 좋을 거야."

"왜?"

나는 그녀 귀에 대고 속닥여주었다.

"하루 세 번도 넘게 섹스하고 싶어질 테니까."

"하하하."

해연이 마구 웃어댔다. 엉덩이를 삐쭉삐쭉 흔들면서 동시에 두 발을 마구 굴러대며 더는 못 참겠다는 듯이 웃어대는 거였다. 그러다가 그만 내릴 역을 지나쳐버렸다.

난, 해연이 내릴 준비를 하며 한숨 쉬듯 중얼거렸다.

"지루하고 따분하고 지위가 낮아도 좋으니까 빨리 취직이나 됐으면 좋겠어."

"오우, 마이 마마!"

대문을 열어주는 엄마 얼굴에 나는 다짜고짜 뽀뽀를 해주었다. 어머니가 기겁을 하곤 징그럽다며 뿌리쳤다.

"제발 나에게 시집을 와주오! 오우, 마이 마마!"

소리치며 어머니를 뒤에서 힘껏 껴안았다.

"오우, 마이 마마, 그대는 하늘에서 내려온 선녀 같구려!"

그리곤 어머니를 내려놓은 뒤 재빨리 마루로 뛰어들어가며 소리쳤다.

"오우, 마이 베이비!"

"마이 베이비!"

작은누나가 머꼬를 안고 마루로 나왔다.

"오우, 마이 베이비, 머꼬!"

내가 두 팔을 활짝 벌려 보이며 녀석의 이름을 부른 다음 웃어 보이자, 녀석도 외삼촌인 줄 알아보고는 활짝 웃으면서 반갑다고 엉덩이까지 들썩대는 거였다. 그것이 녀석의 인사법이었다. 자기가 아는 사람이 나타나면, 그냥 웃는 정도가 아니라, 마치 죽은 줄 안 사람이 다시 살아나기라도 한 것처럼 깜짝 놀라며 반가워하는 표정으로 온몸을 껑충껑충 뛰는 거였다. 늙어빠진 인간들이 만나면 건성으로 나누는 그런 악수하고는 질이 다른, 그것은 정말이지 선승들의 활기 같은 멋진 인사법이었다. 헤어짐에 익숙하지 않은 녀석에게 이별과 사별은 아직 같은 느낌인지 모른다. 정말이지 예뻐 죽겠는 것이다. 나는 손을 높이 들어서는 엉덩이와 어깨와 머리와 팔을 마구 흔들어 보였다. 그러면 녀석은 물에 빠진 놈마냥 두 손을 어푸어푸거리면서 나에게 오려고 발버둥쳐대는 거였다.

그런 녀석이 오히려 제 아빠를 보면 가려고 하지도 않고 안으면 울음부터 터뜨렸다. 새벽 일찍 출근했다가 밤늦게야 돌아오는 매형이 녀석 눈에는 설었던 것이다. 휴. 매형이 한숨을 쉬었다. 녀석의 환심을 사기 위해 매형은 갖은 노력을 다했다. 입술 두꺼운 원숭이로 변했다가 코가 찌그러진 곰으로 변했다가 두 발로 허우적대는 말로 변했다가 다시 입술 두꺼운 원숭이로 변했다. 가만히 지켜보던 머꼬는 그러나 마침내 울음을 터뜨리고 마는 거였다. 결국 녀석이 잠들기를 기다렸다가 몰래 가서 뽀뽀를 해보는 게 매형의 유일한 낙인데 그때는 또 누나에게 자는 애를 건드린다고 엉덩이를 꼬집히거나 얻어맞아야 했다. 그러자 매형은 색다른 작전을 쓰기 시작했는데, 공장에서 돌아올 때마다 장난감 하나씩을 만들어가지고 와서 머꼬에게 갖다 바치는 거였다.

뒷다리가 지나치게 길다란 말, '사랑한다 머꼬' 라고 매직으로 한 글자씩 써넣은 육면 주사위, 긴 그림자 모양의 사람, 떼었다 붙였다 할 수 있는 오징어 다리처럼 생긴 찍찍이 수염, 바퀴 없는 기차, 가죽으로 만든 왕관, 속에 아주 맛있는 과자가 들어 있을 것만 같은 빠삭빠삭한 비닐 소리가 나는 둥근 공, 중국식 숫자판, 가죽버선, 플라스틱 손바닥, 사막의 바람 소리가 들어가 있는 원뿔형 나무토막, 코를 비벼대기에 알맞은 곤봉, 세상이 모두 저녁노을에 물든 빛으로 보이는 나무테 안경, 머리가 땅에 질질 끌리는 공룡, 누구든지 닿기만 하면 쓰러지게 만드는 칼, 아빠 엉덩이에 꽂을 수 있는 하얀 말꼬리……

우리 형은 강남에 살아요

가족 회의가 열렸다. 형이 분가를 선언한 것이다. 그것은 일단 축하해줄 일이었다. 하지만, 하고 내가 먼저 말을 꺼냈다. 사실은 우리 가족 역사상 아니 가문 역사상 처음으로 가족 회의라는 것을 연 것이었다. 그래서 다들 몹시 어색해하고 있었으며 눈이 마주치면 쿡, 하고 웃으려고만 들었다.

"작은누나도 실직한 상태고 어머니마저 무릎 때문에 공장을 쉬는 판국에 굳이 분가를 해야 하는지, 한번 더 생각해봤으면 좋겠어."

그러자 형이 차분한 목소리로 설명했다.

"그 점에 대해서는 나도 생각해보지 않은 게 아니야. 오래 전부터 밤잠을 설쳐가며 정말 이 생각 저 생각 아주 많은 생각에 생각을 거듭해봤어. 내가 혼자 얼마나 고민했는지는 아무도 모를 거야."

"그건 내가 증언해줄 수 있어요."

형수가 과일을 꺼내오며 말했다.

"그래도 오빠가 맏인데, 나가면……."

작은누나가 토를 달자 형은 그것에 대해서도 차분히 설명했다.

"나도 내가 맏이라는 걸 누구보다 잘 알아. 어릴 때부터 맏아들이다라는 생각이 내 머릿속을 한 번도 떠난 적이 없어. 정말 아무도 맏이 되어보지 않고는 맏이의 입장을 몰라. 인생이란 게 다 그렇지만 그건 정말 자기가 직접 살아봐야 알 수 있는 일이야. 그러지 않고는 상대방을 백 프로 이해했다고 할 수는 없는 것 같아."

형의 하나도 틀리지 않은 말을 들으며 진작부터 머리를 떨군 채 앉아 있던 큰누나가 방바닥에다 손가락으로 무언가를 끝없이 적어보더니 말했다.

"사실 나가야 할 사람은 난데, 누나랍시고 도움은 못 줄망정 나 때문에 괜히 너희들이 쫓겨가는 것 같아, 입이 열 개여도 나는 아무 할 말이 없어."

마침내 매형이 끙, 하고 일어나 바깥으로 나가버렸다.

안방에서 머꼬에게 우유를 먹이며 어머니가 말했다.

"그래, 한 사람이라도 먼저 나가는 게 좋아. 다 쓰러져가고 무너져가는 이 초라한 집구석에 언제까지 식구들이 모여 살 수는 없는 거다."

나는 어머니가 마음에도 없는 소리를 하는 줄 알았다.

나 같으면, 타고난 지성 때문에 언제나 바른소리 하기 좋아하는 내가 말했다.

"분가할 돈이 있으면 그 돈으로 은행이자 받아먹으면서 적어도 아기 낳을 때까지는 그냥 여기서 살겠다."

"친정에서 무이자로 빌려주는 거예요. 이런 기회를 놓칠 수는 없잖아요?"

형수가 과일을 깎으며 말했다.

"집은 봐둔 게 있는 거니?"

큰누나가 물었다.

"강남 쪽에요."

"거긴 너무 비싸지 않아?"

어머니가 물었다.

"그래도 이 사람 직장도 가깝고 또 장차 아이들 교육시키기도 좋을 것 같아서요."

"거긴 집값이 얼마나 한대냐?"

어머니가 물었다.

"강남도 위치에 따라 들쑥날쑥이에요. 서른 평에 이억 하는 데도 있고 삼사억도 해요."

"아니, 뭐가 그렇게 비싸?"

어머니가 입을 크게 벌리며 놀랐다.

"강남은 벽돌로 안 짓고 금싸라기라도 발라서 지었다냐?"

"살기도 좋고 일류대학도 많이 가잖아요."

이야기가 여기까지 진행되자 더이상 의논이고 뭐고가 불가능했다. 일류대학을 몇 명이나 간다더냐, 정말로 한 집당 차가 두세 대씩 있더냐, 대학은 그 주변에 하나도 없는데 대학교수들은 다 거기 모여

산다던데 정말이냐.

가보니까, 여기와는 비교도 안 되긴 하지만 그렇게 소문만큼 비싸진 않더라. 그리고 무엇보다 이웃들이 믿을 만하고 주변이 깨끗하니까 사람 사는 동네 같아 보이더라. 더구나 우리가 가려는 집 주인은 지방에 자기 땅만 수천 평 건물만 수십 채인 사람이어서, 아무 때라도 세를 빼달라고 하면 그 즉시 현찰로 빼준다니 요즘같이 아무도 믿을 수 없는 시절에 그만한 사람 만나기 어렵다.

옛날에 친구 따라 강남 간다더니 그 말이 맞긴 맞는가 보구나. 얼마나 좋으면 그런 말이 생겼겠느냐. 하하, 그런 뜻이 아니에요. 뜻이야 아무려면 어떠냐. 아무튼 조심해야 한다. 내 친구네 형부는 전세금을 안 빼줘서 부부가 따로따로 살고 있다더라. 내가 아는 사람의 사돈네는 바로 지난달에, 저당 잡힌 집인 줄 모르고 들어갔다가 졸지에 빈털터리가 되어버렸다더라. 어디 사는 사람인데 그 꼴을 당했느냐. 왜, 형 결혼식 때 일톤 트럭 끌고 와서 일 도와준 사람 있잖아요. 아, 그 사람은 요즘 뭐 한다더냐. 그 사람 와이프를 저번에 시장 앞에서 봤는데 서로 그냥 지나쳐버린 적이 있었다. 시장엔 당신이 무슨 일로 갔었느냐…….

자꾸만 삼천포로 빠져들어가는 대화를 바로잡기 위해 어머니가 말했다.

"그나저나, 그럼 빈털터리가 된 그 사돈네는 지금은 뭐 먹고살어?"

처음 해본 것치고는 매우 길고 오랜 시간에 걸쳐 실로 다양한 의견

과 생각들이 거침없이 제기된, 그러면서도 아무런 대립 없이 마무리
된 참으로 성공적인 가족 회의였다.

형이 이사 가는 날, 식구들이 짐을 싸고 옮기고 이고 나르고 버리
고 또 버리는 것 중에서 자기한테 소용 있는 것을 찾아보느라 다들
정신없이 분주한 때에, 어머니가 형을 안방으로 슬그머니 불러서는
속곳에서 무엇인가 하얀 봉투 같은 것을 꺼내 건네 쥐어주는 것을 우
연히 목격했다. 확인해보진 못했지만 아마도 수백억쯤은 들었을 게
틀림없다. 역시 형이 맏이기 때문에 어머니가 편애하는 게 틀림없다
는 생각에, 나는 약간 질투가 났지만 내색하지는 않았다.

축하 선물 하나씩을 준비해가지고 형네 집들이에 다녀왔다.

큰누나와 작은누나는 돈을 합쳐 '최신 자동 공기방울 청정 건조
깔끄미 세탁기'를, 어머니는 하이타이와 초를 샀다. 나는 용돈을 쪼
개 플래시와 긴 자를 하나씩 사가지고 갔다. 십이층이었는데, 국립
도서관 정원이 자기 집 것인 양 내려다보이는 기가 막히게 좋은 자리
에 위치해 있었다. 아마 아버지도 도심지 한가운데 이런 멋진 풍경이
있을 줄은, 더구나 형이 이런 식으로 되찾을 줄은 상상도 못 했을 것
이다.

"와, 멋지군요!"

창 밖을 내다보며 내가 감탄했다. 그리고 실내를 둘러보며 실망했
다. 텔레비전이 있을 만한 자리에 텔레비전이 놓여 있고, 식탁이 놓
여 있을 만한 자리에는 어김없이 식탁이 놓여 있었다. 이제 형네도
아부해야 할 만한 자리에서는 아부를 떨고 우쭐대고 싶을 만한 자리
에서는 우쭐거리며 살 게 틀림없는 것이다.

"플래시와 자는 어디에 쓰라고 가져온 거예요?"

형수가 물었다.

"필요하실 것 같아서요."

내가 설명했다.

"어떤 책에서 봤는데 부자가 되면, 플래시와 자가 없이는 자기 엉덩이도 긁지 못하게 된다길래요."

"하하. 재미있군요."

형수가 얼굴을 붉히며 웃었다.

혼자 뭐라뭐라 중얼거리면서 매형은 방마다 돌아다니며 발뼘을 재보더니 말했다.

"이거야 원, 정말 순금으로 장판을 깐 값쯤 되겠네."

"아무튼 좋긴 좋구나."

어머니가 마룻바닥을 쓸어보며 말했다.

"이게 요즘 선전에 나오는 그 나무무늬 장판이구나?"

"하하, 아니에요."

형이 말했다.

"이건 진짜 나무로 만든 거예요."

"진짜 나무예요?"

다들 놀랐다.

"야아, 이거 보니까 초등학교 때 매일 초 갖고 교실바닥 청소하던 기억 난다."

매형이 직접 미끄럼을 타 보였다.

"나 좀 끌어봐"

큰누나가 매형 손을 뒤에서 잡으며 말했다. 나도 멋지게 스케이트 타는 시늉을 내보았다. 커브를 돌 때는 다리에 쥐가 날 만큼 겁을 잔뜩 먹고 긴장하던 게 기억났다.

"아무려면 어때."

어머니가 바닥을 다시 쓸어보며 말했다.

"매끈매끈하니 좋은 게 내가 볼 땐 나무무늬 장판과 별반 다를 게 없구나."

엄마는! 작은누나가 퉁박을 주었다.

"이게 나무무늬 장판보다 훨씬 더 좋은 거야!"

하하하, 식구들이 웃어댔다.

식사가 나왔다. 자장면, 돈까스, 후라이드치킨, 탕수육, 만두, 생선회와 소갈비, 그리고 백 가지도 넘는 나물무침이 즐비하게 차려져 있었다. 나물무침은 사돈어른이 밤새워 요리해서 싸준 것이었다.

"아이고, 이런 걸 언제 다 장만했어?"

어머니가 반기며 물었다

"준비할 시간이 없어서 그냥 조금씩 샀어요."

그러면 그렇지, 하는 표정으로 큰누나가 따지듯 물었다.

"아니, 이걸 다 돈 주고 샀단 말이야?"

"계산해보니까 사는 게 더 싸게 먹히더라구요."

"그래도 그렇지."

큰누나가 못마땅한 표정을 지었다. 매형이 큰누나에게 눈치를 주곤 생선회를 맛나게 쩝쩝거리며 말했다.

"참 맛있네요."

"회를 좋아하시나 봐요?"

형수가 묻고는 말했다.

"제가 정말 생선회 잘하는 식당을 하나 알아요. 정말이지, 거기 생선을 먹어봐야 진짜 회맛이 뭔지 알겠더라구요. 언제 같이 한번 가요."

가짜 생선을 맛나게 씹으며 똑똑한 내가 한마디 했다.

"음식 맛은 돈으로 구하는 게 아니라 식욕으로 찾는 거예요."

나의 멋진 말을 알아듣고 동의하는 것은 그러나 엉뚱하게도 형수뿐이었다.

"맞아요. 뭐니뭐니 해도 배가 고파야 불평 안 하고 아무거나 맛있게 먹죠."

다들 이것저것 맛보느라 정신이 없었다. 정신없이 먹어대고는 배가 터질 것 같은 포만감을 느끼며 물러나는데, 어머니가 화를 냈다.

"아니, 이 아까운 걸 이렇게 남기면 어떡해!"

식도까지 음식물로 꽉꽉 눌러 채워놓고서야 상에서 물러나 방귀를 뀌고 트림을 해대고 혁대 단추를 풀어놓던 식구들은 어머니의 고집과 성화에 각자 남은 음식 접시를 한두 개씩 떠맡아 깨끗하게 비워내야 했으므로, 후식으로 과일이 나왔을 때는 다들 기겁을 하며 도리질을 치거나 겁먹은 얼굴로 지구 끝까지 도망을 갔다. 그러나 그 과일이란 게 또 평소에는 먹어보지도 못했던 외국산이거나 무공해였으므로 아무리 안 된다고 소리치고 협박해도 어느새 손은 그리로 가 있었고, 마침내는 쌀 한 톨도 더는 삼킬 수 없는 만땅이 되어버렸고, 궁여지책으로 목을 길게 만들어서라도 소화제를 삼켜야 하는 눈물겨운 지경에 이르렀다.

"혹시, 좌약식 소화제는 없습니까?"

"푸하하하."

고스톱은 포기해야 했다. 배가 너무 불러서 도저히 웅크리고 앉을 수가 없는 것이었다. 다들 자기 배를 쿠션인 양 끌어안고는 소파에 기대어 텔레비전을 봤다.

"집에서는 그렇게 커 보이던 텔레비전 화면이 여기선 되게 작게 느껴지네."

텔레비전을 쳐다보고 있을 뿐이지, 다들 아무 생각도 없이 맥을 놓고는 그저 포식 삼매경에 빠져 식식대고 있는데 작은누나가 중얼댔다.

"처남 방에 있던 그 텔레비전 맞아?"

매형이 물었고, 큰누나도 동의했다.

"나도 그거 아닌 줄 알았네."

"그 텔레비전 아닌데, 뭐!"

내가 리모컨으로 텔레비전 채널을 사방 돌려보며 말했다.

"봐! 형 방에 있던 그 텔레비전에서는 저런 건 나오지도 않았잖아."

일본놈 두 명이 나와서 뭐라고 신나게 지껄여대고 있었다. 화면이 훨씬 더 깨끗할 뿐 아니라 채널 숫자만 해도 수십 개였다. 확실히 집에 있던 그 텔레비전이라고 말할 수 없었다. 아무리 틀어봐도 우리 식구들이 즐겨보던 르포나 뉴스는 어디에서도 방영되지 않는 거였다. 아홉시 뉴스가 나오긴 했지만, 집에서 보던 것과는 내용도 이야기 초점도 진행방식도 모두 달랐다. 처음엔 철새들이 날아들었다는 소식과 함께 매우 아름다운 영상을 삼 분간 보여주었다. 그리고 나서는 시간 내내 잡범들에 대한 보도만 계속되는 것이었다. 모텔에 투숙한 주부들이나 여대생만을 골라 전문적으로 폭행 강간하고 돈을 갈취해온 악질 폭력범 일당이 검거되었다는 소식과, 일간지 기자로 사칭하고 다니면서 몇 년째 교수들을 협박하고 괴롭히던 사기꾼이 마침내 검거되었다는 소식과, 음주 운전자만을 골라 일부러 교통사고를 내고는 거액의 합의금을 요구하는 파렴치범들이 심야의 거리에 횡행하고 있다는 소식과, 값비싼 수입산 밍크코트를 사다가 대여섯 배의 엄청난 가격으로 판매함으로써 중산층 주부들의 과소비 풍조를 부추기는 악질 백화점들을 고발하는 소식 등등, 그야말로 인간 말종들의 얘기 일색이었다.

"저런 놈들은 다 씨를 말려야 해!"

식구들은 모두 경악하고 분노했다. 옛집에서는 늘 관점이 약간 달랐던 형과 형수도 식구들 말에 동의하며 함께 개탄했다.

"정말이지 세상이 어쩌다 저렇게 되었는지 몰라요."

그러자, 뉴스앵커가 형수에게 말하는 거였다.

"그렇게 분개할 것까지는 없어요. 이런 인간들은 극소수에 불과할 뿐이에요. 우리같이 한없이 선량한 대다수 시민들은 사실 껌종이 하나 버리는 일에도 주춤대잖아요. 그렇지 않습니까?"

형수가 하긴, 그렇긴 하죠, 동의하니까 앵커는 방향을 바꿔 앉으며 옆자리의 양복 입은 사내에게 물었다.

"어떻습니까, 교수님? 이러한 범죄들이 판을 치는 원인은 어디에 있다고 보십니까?"

어머! 형수가 설명했다.

"바로 옆 동에 사시는 분이에요."

안녕하세요? 교수가 형수에게 알은체했다.

"새로 이사오셨나 봐요?"

네, 형수가 착한 아이처럼 대답해놓곤 식구들에게 소곤대는 거였
다.

"보세요. 인사성도 얼마나 밝은지 몰라요."

"지난주말에 식구들과 바닷가에 다녀왔는데요, 제가 다 먹고 난
수박 껍질을 바다에다 던져버렸어요. 사실 버리려고 했던 건 아니고,
나도 모르게 어릴 때 하던 습관이 나와서 그렇게 버린 거지요. 우리
어릴 땐 과일 껍질은 거름이라고 생각하고 그냥 아무 데나 버리곤 했
지 않습니까?"

"그렇지요."

앵커가 동의했다.

"바로 그겁니다."

교수가 말을 이었다.

"옛날 습관에 젖어서 그냥 버렸던 것인데, 우리 아이들이 목도하
고는 제게 화를 내는 거였어요. 그래서 당장 일어나 파도가 세찼지만
바다로 들어갔죠."

"오, 목숨을 아끼지 않으셨군요."

"그런 셈이지요. 그러나 그러면서도 내심으론 흐뭇하더군요. 이
아이들이 있는 한 아직 우리의 미래는 밝다는 생각이 들었던 거예

152

요."

"맞습니다. 그 아이들이야말로 우리 선량한 시민 다수들의 희망이 겠지요. 바쁘신 가운데 이렇게 나와주셔서 정말 감사합니다."

앵커가 정중한 감사의 말로 인사하자, 교수는 화면 밖으로 나오더니 형과 형수에게 그럼, 다음에 또 뵙겠다면서 양손을 바지 재봉선에 붙이고 허리 숙여 인사한 다음, 현관 밖으로 총총히 사라졌다.

화면은 그새 스포츠 뉴스로 바뀌었다.

"아래층 천백이호에 아주 점잖은 노부부가 살거든요."

형수가 화면을 가리키며 말했다.

"바로 저 아나운서의 큰집이래요."

어머니가 입을 벌리곤 고개를 주억댔다.

"우리 동네는 모두 꾀죄죄한 인간들뿐이어서 어쩌다 범죄사건 났을 때나 텔레비전에 나오는데, 여긴 정말이지 좋은 이웃들이 많이 사는구나."

가장 행복하고 가장 아름답고 가장 따뜻하답니다

"정말이지 죽여준다구!"

내가 말했다.

"내가 머꼬 녀석이 잘 때 몰래 발가락을 빨아봤는데, 차마 세 번 이상은 도저히 빨 수가 없어."

"왜?"

해연이 눈을 깜박이며 물었다.

"그 질감이 아이스크림보다도 더 부드러운 거야. 더 빨다가는 그만 녹아버릴 것 같더라니깐."

하하, 해연이 웃었다.

"그렇게 예뻐?"

"그럼!"

"나보다?"

"네 입술보다야 못하지!"

일어나 이마에 입을 맞춰주고는 엉덩이를 흔들어댔다. 해연이 깔깔 웃어댔다.

난, 콜라 빨대를 입에 문 채로 그녀가 말했다.

"아이 안 낳을 거야."

"하하. 우리 누나도 너만할 때는 수녀가 될 거라 그랬어."

"절대 안 낳을 거야."

"큰소리치지 마. 사람이란, 자기 주장을 번복하게 되는 깨달음과 언제 마주칠지 모르는 거야."

"난 자신 있어. 결혼을 안 할 거니깐."

"왜?"

"그냥."

해연이 어깨를 들었다 놓으며 대답했다. 여전히 빨대를 입에 문 채였다.

불가능해. 그건, 나는 고개를 가로저으며 설명했다.

"네가 우리 엄마 고집이 얼마나 센지 몰라서 하는 소리야."

"하하, 꿈도 야무져!"

해연이 빨대 끝에 콜라를 묻혀 내게 끼얹었다. 그리곤 말했다.

"형네 집에 가보고 싶어."

"날부터 잡아."

"이번 주 토요일 어때?"

"안 돼."

내가 웃으며 말했다.

"아무것도 준비해둔 게 없는데 그렇게 일찍 어떻게 식을 올려?"

해연이 눈을 흘겼다.

잠깐 망설인 다음 약도를 그려주었다. 그녀가 받아들고 한참을 들여다보더니 말했다.

"무슨 보물찾기 지도 같아."

"어서 와요."

작은누나가 대문까지 나와 해연을 반겼다. 어머니는 안방에서 머꼬에게 우유를 먹이고 있었다.

"엄마, 저번에 말한 바로 그 후배야."

내가 해연을 소개했다.

"안녕하세요?"

해연이 인사했다.

그러자 어머니가 고개를 끄떡이곤 말했다.

"찬바람 들어와. 빨리 문 닫아."

문을 닫고 우리는 어머니 곁으로 바투 앉았다.

"어때?"

내가 보물을 꺼내 보여주는 기분으로 해연에게 물었다.

"와!"

해연이 눈물까지 글썽이며 아이를 바라보았다.

너, 내가 물었다.

"나랑 결혼하면 이런 보물 낳을 자신 있어?"

해연이 내 종아리를 꼬집었다.

마침내 해연이 머꼬를 받아 안았다. 그러자 녀석이 울먹울먹대는 거였다.

"내가 싫은가 봐?"

"아니야."

내가 말했다.

"아가란, 약간 늦게 반사되는 거울 같은 거야. 자기를 예뻐해주는 사람을 절대로 싫어하지 않아. 조금 시간이 걸리기도 하지만 반드시 그만큼 좋아해준다구!"

내가 머꼬를 받아 안았다. 녀석은 신이 나서 가동질쳐댔다.

해연이 웃는 표정, 우는 표정, 화난 표정을 교대로 지어 보이며 머꼬 녀석을 얼렀다. 한참을 쳐다보던 머꼬 녀석이 손을 뻗어 해연의 뺨을 할퀴었다.

"네 재롱을 받아들인다는 뜻이야."

내가 설명해주었다.

해연이 머꼬 녀석의 코를 손가락으로 눌러주며 말했다.

"나도 네가 마음에 들어."

그러자 녀석은 다시 울먹거리더니 그예 울음을 터뜨렸다.

어머니가 머꼬를 받아 안더니 얼렀다.

"외숙모야, 외숙모."

해연이 큰 소리로 하하하, 웃어댔다. 머꼬뿐만 아니라 어머니와 나까지도 놀랄 만큼 커다란 소리로 웃는 거였다. 그리곤 한술 더 떠서 묻는 거였다.

“얘가 외숙모라는 말을 알아듣기나 해요, 어머니?”

어머니가 머꼬와 눈을 맞추며 말했다.

“아이고, 이래 보여도 알아들을 건 다 알아듣는다. 그치?”

해연이 형수가 입던 옷으로 갈아입고는 저녁 차리는 일을 도왔다. 바지가 짧아서 마치 어릴 때부터 입던 것처럼 깡총맞았다. 그새 낯이 익었는지 해연이 어르면 머꼬 녀석도 좋아라고 웃어대기 시작했다. 저녁을 먹는 중에 큰누나와 매형이 들어왔다. 해연을 소개했다.

“그러잖아도 처남 여자친구가 오신다고 해서 서둘러 들어온 겁니다.”

매형이 밥상에 섞여 앉으며 말했다.

“처남이 어찌나 자랑을 해대던지 도대체 어떤 분인가 궁금했는데 정말로 미인이시네요. 우리 머꼬보다는 조금 못하지만 말입니다.”

그리고는 혼자 만족스럽게 하하하, 하고 웃었다.

“고맙습니다.”

해연이 인사하고는 나를 쳐다보며 웃었다.

해연이 돌아가고 나자 어머니는 혼잣말 삼아 중얼거리셨다.

“노인네 죽으니 아기가 태어나고, 나가는 사람이 있더니 들어오는 사람 맞으려고 그랬나 보구나.”

지붕에는 다시 풀이 돋고, 환한 봄볕이 펼쳐놓은 스케치북만한 크기로 오전 한때 마당 귀퉁이 담벼락까지 내려와 잠시잠깐 머물다 갔다. 그러면 어머니는 사진이라도 박는 사람처럼 머꼬를 안고 그리로 들어가서는 부신 볕을 쬐다가 나왔다. 작은누나는 마치 직장 다니는 사람처럼 부지런히 직장을 구하러 다녔다. 매형네는 하루가 멀다 하고 야근이더니 기어코 큰누나가 산후 후유증에 피로가 겹쳐 앓아눕고 말았다. 온몸이 술 먹은 반죽처럼 퉁퉁 부어오르는 거였다. 처음엔 배부터 불러왔으므로 또 임신인 줄 알고 사돈어른은 내심 반기는 눈치였다. 그러나 손과 얼굴까지 부어오르기 시작하자 그제서야 공장을 쉬게 하고 약을 썼다.

가까운 동네약국에 가서 사흘치를 조제해 먹었으나 약효가 없었다. 좀더 유명하다는 다른 약국에 가서 약을 지어먹었다. 그러나 마찬가지로 별다른 효험이 없었다. 결국 병원에 가서 보름치 약을 받아왔는데 처음엔 약간 나아지는가 싶었는데, 이상하게도 완치가 되지 않았다. 나아질 만하다가 도로 심해지는 거였다. 결국 한약을 지어먹고 침까지 맞으러 다녔다. 어머니는 어머니대로 주위 사람들이 말해주는 온갖 민간처방들, 일테면 늙은 호박과 이무기, 고양이 오줌 삶은 물, 개구리 기름, 지네 말린 것 따위들을 달여 먹였고 사돈어른은 사돈어른대로 산에서 캐온 온갖 약초와 버섯과 나물을 꿀에 재 먹였다. 마침내 어머니의 무릎 관절 때문에 달여 먹는 약과 큰누나의 약을 서로 착각해서(해연의 실수로 그만 약봉지 위치가 바뀐 것이다) 일 주일 이상을 바꿔 달여 먹고서야 부기가 내려앉았다. 아침에 일어나 보니 씻은 듯이 나아 있었던 것이다.

그러는 동안 머꼬 녀석은 하루가 다르게 쑥쑥, 옥수숫대처럼 자라올랐다. 전에는 강아지 그림을 손가락으로 가리키면서 강아지, 멍멍! 하고 아무리 가르쳐주어도 내 입술만 쳐다보며 눈을 껌벅껌벅하던 놈이 이제는 강아지, 멍멍! 하고 손가락으로 가리키면 그 즉시 내 손가락부터 잡아 입에 넣어 빨려고 손을 뻗었다. 해연과도 친해져서는 그녀가 놀러 오면 작은누나나 어머니보다 더 오래 안겨 있었다. 해연이 머꼬와 놀고 있는 모습을 보고 있으면 오륙 년 후, 내 신혼의 어느 봄날인 것처럼 느껴지곤 해서, 언젠가 이런 일이 있었던 것처럼 여겨지는 기시감이란 것도 이런 식으로 만들어지는 게 아닐까 하고 생각될 정도였다.

형네가 분가한 뒤로 언제 어느 때나 그들이 피웠던 소란만큼의 적막감이 어쩔 수 없이 따라붙기는 했지만, 세상에서 가장 순결하고 가장 빠르게 자라나는 머꼬와 세상에서 가장 예쁘고 가장 매력적인 해연이 마루에서 노는 모습을 보고 있으면, 나는 세상 부러울 것 없는 족장 같은 기분이 되어 웃고 노래하고 춤추고 도망가고 잡으러 가고 말이 되어 평원을 내달리고 사자가 되어 포효하고, 세상에서 가장 긴 사다리가 되어 밤하늘 꼭대기의 가장 빛나는 별도 따올 수 있었다.

집들이에 다녀온 다음날, 매형은 난데없이 아버지께서 생전에 쓰시던 연장을 찾았다.

"그건 뭐 하게요?"

광으로 들어가보며 내가 물었다.

"머꼬에게 화단을 만들어줘야겠어."

매형이 뒤따라 들어오며 대답했다.

"비켜보세요. 어두워서 아무것도 안 보여요."

매형을 한쪽으로 밀어내고는 눈을 찌푸려 광 속을 한참 동안 들여다보았다. 컴컴했던 시야가 차츰 밝아왔다. 찾으며 물었다.

"우리 동네는 도서관도 없는데 화단을 어디에다 만들어요?"

"만들려면야 얼마든지 만들 수 있어. 장독대나 대문 위, 아니면 담장 위에라도 만들면 돼."

"담장에요?"

"블록을 놓고 상추나 호박 따위를 심으면 돼."

"뭐 하는 거야?"

해연이 매형 뒤를 따라 들어오며 물었다.

"찾아볼 게 있어서!"

내가 소리질러주었다.

"장인어른이 쓰시던 연장을 찾는 중이야."

매형이 설명했다.

"아이구, 엄마도 참!"

내가 중얼거렸다.

"이걸 버리지 않고 여기다 놔뒀네."

"뭔데?"

해연이 물었다.

고장난 흑백 텔레비전, 전기 다리미, 라디오, 복숭아밭에서의 숨바꼭질, 장갑, 밥 먹으라고 공터까지 부르러 왔던 큰누나 목소리, 다리가 세 개뿐인 의자, 찢어진 우비, 초코파이 하나로도 지극히 만족스러웠던 입맛, 털모자, 아까워서 조금씩만 사용하다가 그만 통째로 잃어버린 크레파스, 딱딱하게 굳어버린 비료, 농약 분무기, 탈곡기, 빗소리를 내던 놋쇠 요강까지 거기에는 없는 게 없었다. 차라리 내 기억 속을 뒤지는 기분이었다. 과거 속에 두고 왔다고 생각했던 모든 물건들이 그 속에 고스란히 들어 있었다.

"여기 있었구나!"

"찾았어?"

매형이 뒤에서 물었다.

"아뇨."

내가 초등학교 때 메고 다니던 가죽가방이었다.

"저번에 작은누나랑 이걸 찾느라 다락을 샅샅이 뒤졌었거든요."

"그걸 뭐 하게?"

"요즘은 이런 복고풍 가죽배낭이 유행이에요."

설명하고 해연을 불렀다.

"이거 너 가질래?"

먼지를 털어 매형에게 넘겼다.

"정말이야?"

"가져. 그게 그래 보여도 미제야. 내가 초등학교 입학했을 때 이모가 미군부대에서 얻어다 선물한 거야."

하하, 해연이 웃고는 말했다.

"또다른 거 없나 찾아봐!"

"하하, 기다려봐."

허리를 바짝 구부린 채 속으로 한 발짝씩 쟁여 들어가며 내가 말했다.

"우리집에는 아무도 그 끝까지 들어가본 적 없는 신비의 동굴이 세 곳이나 있어. 안방의 장롱 서랍 속과 냉장고의 냉동실과 그리고 이 광 속. 별걸 다 넣어두었지만 엄마가 기억을 못 하시기 때문에 무엇이 들어 있는지 아무도 몰라. 이걸 전부 꺼내 보려면 석 달씩은 걸릴 거야."

어릴 때 논에 나가 타던 썰매, 기차가 밟고 가서 납작해진 못, 권투 글러브, 학교 갈 때마다 아버지가 쓰고 가라고 일러주던 귀마개, 처음 보는 녹이 슨 사냥총도 하나 있었다. 그리고 괭이 자루가 보이기에 거기 어디 아버지의 연장가방도 있겠거니 하고 자루를 잡아당겨 보았다. 그러자 번쩍 하고 어디선가 빛이 새어들어오더니 주변이 환하게 밝아지면서 새소리가 들리는 거였다. 부신 눈을 뜨고 고개를 들자 아버지가 아주 높은 집 창문 베란다에 앉아 계셨다.

"아버지, 거기서 뭐 하세요?"

내가 놀라 물었다.

"오, 왔구나!"

아버지가 고개를 숙여 나를 내려다보며 말했다.

"잠깐만 기다리거라."

그리곤 커다란 가방 하나를 내게로 던졌다. 얼떨결에 그것을 받아 안았는데, 생각보다 무거워서 하마터면 뒤로 나자빠질 뻔했다. 가방을 안고 끙끙거리는 나를 향해 아버지가 말했다.

"빨리 돌아가거라."

"뭐라구요? 어디를 돌아가라는 말씀이세요?"

내가 물었다. 그러나 아버지는 웃기만 할 뿐 더이상 아무 말도 하지 않았다. 다만 아버지 뒤로 작은누나와 매형과 해연의 얼굴이 겹쳐 보일 뿐이었다.

"정신이 들어?"

매형이 물었다. 짐짝들이 무너지면서 내가 깔렸었다는 것이다. 나
는 아버지의 연장가방을 품에 안고 있었다.

그날부터 장장 십여 년 동안에 걸쳐 매형은 집 안 구석구석을 고쳐
나갔다. 첫차를 타고 가서 공장의 기계 속도만큼의 노동을 하고는 막
차를 타고 돌아왔으므로 한 잔의 커피를 식혀가며 마실 여유조차 허
락되지 않았지만, 그래서 자신에게 단 일 분 일 초라도 빈틈이 생기
면 그것이 얼마나 소중한 것인지 누구보다 절실히 알고 있었으므로
분초를 아껴 몸을 놀리는 거였다. 담장 둘레와 창문, 그리고 장독대
와 세면장 지붕에다 크고 작은 화단을 만들어놓았다. 그리곤 어머니
와 함께 담장 위에는 들깨를, 담장 밑에다가는 오이와 호박을, 세면
장 지붕에는 상추와 고추와 콩을 심었다. 박스를 얻어다 베고니아와
칸나도 심었다.
　심은 지 나흘이 지나도록 잠잠하던 녀석들은 봄비가 한번 다녀가
자 머꼬 손톱만한 싹을 틔우기 시작했다. 그리곤 머꼬만큼이나 부적
부적 자라났다.

작은누나는 맞선 보러 갔어요

"어땠어?"

내가 물었다.

"별로야."

"왜?"

옷을 갈아입고 나온 작은누나가 저녁상에 섞이며 말했다.

"사람은 좋아 보이는데 집이 너무 가난해."

"그렇다고 저녁도 안 먹고 헤어졌어?"

"마음에 안 드는 걸 어떡해."

작은누나는 손수 밥을 퍼다 먹었다.

"그래도 사람이 좋아 보이면 두서너 번 더 만나보면서 차분히 따
져보든지 할 일이지!"

어머니가 혀를 차고는 말을 이었다.

"이모 말에 의하면 교회도 아주 열심히 나간다고 하던데."

이모가 맞선을 주선한 거였다.

"그러면 뭐 해, 가난한데!"

밥을 입에 문 채로 누나가 신경질을 부렸다.

"가난한 남자는 싫어!"

"그런 사람이 오히려 평생 한눈 안 팔고 제 마누라와 자식만 위하고 살아!"

"마음씨는 좋아 보이더라, 얼굴도 잘생겼구!"

누나가 웃음 문 얼굴로 젓가락을 빨면서 말했다.

"그럼 됐지!"

어머니가 응수했다.

"일평생 마누라만 위하며 살면 뭐 해?"

누나가 중얼중얼 혼잣말하듯 말했다.

"내 친구 중에도 그런 남편 둔 애 있는데, 처음엔 지 남편 자랑만 매일 해대더니 요즘은 결국, 나만 사랑하지 않아도 좋으니 제발 돈 좀 많이 벌어오라고 눈 흘기는 아내로 속상해하며 늙어갈 뿐이더라, 뭐."

"누구?"

내가 물었다.

"재선이 말야."

"아, 그 누나, 지금 어디 살아?"

"넌 이러면 이래서 싫다 저러면 저래서 싫다. 도대체 그러다 언제나 시집을 가겠어. 내가 늙어 죽은 뒤에나 갈 거야?"

어머니가 잔소리를 늘어놓았다.

어머니는 요즘 아니, 언제나 두 가지 근심걱정에 사로잡혀 있었다. 얼마 전 어머니가 작은누나를 안방으로 불러놓고 말했다.

"나는 요즘 두 가지 근심 때문에 잠도 제대로 못 잔다. 하나는 네 오빠가 빨리 자식을 가졌으면 하는 것이고 또하나는 네가 빨리 시집을 갔으면 하는 거다. 그러니 네가 내 근심 하나를 덜어주면 나도 좀 살 것 같아."

두 가지 근심 때문에 잠도 제대로 못 잔다는 소리는 어머니 입에 배다시피 한 말이었다. 어머니는 언제나 그렇게 말하는 거였다. 나에게는 요즘 밤을 꼬박 새우게 만드는 두 가지 근심이 있는데 이것만 없어지면 죽어도 소원이 없겠다.

아버지가 편찮으시던 무렵, 어머니의 두 가지 근심걱정은, 아버지가 완쾌하는 것이고 내가 대학에 들어가는 거였다. 그 다음 아버지가 돌아가시고 나서는 시집간 큰누나가 집을 마련하는 것과 형이 취직하는 거였다. 그리고 나서는 형이 결혼하는 것과 작은누나가 취직하는 것이 새로운 두 가지 근심걱정이었다. 따져보면 세번째 네번째 근심걱정들이 언제나 뒤로 줄을 이어서 있었지만 어머니는 언제나 그렇게 말씀하는 거였다. 나에겐 두 가지 근심이 있는데, 하고. 그러면 그 말은 마치, 그 두 가지만 해결되면 우리집도 이제는 더이상의 근심은 없을 것 같은 착각을 불러일으키는 한편, 그 두 가지 근심 중 하나가 된 사람은 상당한 압박감을 짊어지고 근심을 없애기 위해 노력하게 되는 거였다.

그렇게 어머니에게 불려갔다 온 뒤로 작은누나 역시 직장 못지않게 맞선을 보러 다니느라 바빠지기 시작했던 것이다.

"저번에 올케가 소개해준 사람하고는 연락해?"

큰누나가 물었다.

"아직 연락이 오긴 와."

"넌?"

"뭐가?"

"네 생각은 어떠냐구."

"난 싫어. 그 사람은 너무 못생겼어."

"생긴 게 뭐가 그리 중요해?"

이번에는 큰누나가 잔소리했다.

"직장도 그만하면 괜찮겠다."

"맞아."

내가 끼어들었다.

"오히려 못생긴 사람이 신랑감으론 더 좋아. 마음씨는 아주 착하거든. 내 못된 성격과 매형 착한 것만 비교해봐도 알 수 있잖아."

큰누나가 웃으면서 나를 흘겼다. 매형은 오늘 야근인가 보았다.

"그런 사람하고 결혼하면 친구들이 뭐라 그러는 줄 알아?"

"도대체 얼마나 못생겼길래 그래?"

내가 물었다.

"친구 앞에서는 '네 남편 인간성 끝내준다, 애!' 해놓고는 당사자가 앞에 없으면 '그렇게 못생긴 주제에 마음까지 사악해봐, 누가 쳐다보기나 해? 호호호호!' 하고 비웃어댄다구."

"에그그, 넌 시집을 갈 생각이 아예 없는 애 같다."

어머니가 빈 그릇을 들고는 무릎을 짚고 일어나며 말했다.

작은누나가 젓가락으로 김치 쪼가리를 조작조작 집어먹으며 말했다.

"맞아. 내가 지금 바라는 건 결혼 상대자를 만나기 전에 먼저 돈 많고 잘생긴 남자를 만나서 멋지게 연애나 한번 해보는 거야."

"야, 돈 많고 잘생긴 남자가 미쳤다고 너랑 결혼하려 들겠니? 너보다 더 예쁘고 돈 많고 능력 좋은 여자가 얼마나 쌔고 쌨는데!"

큰누나가 혀까지 차가며 타박했다. 다시 봐도 어머니 이삼십 년 전의 모습을 꼭 빼박았다.

작은누나가 웃으며 말했다.

"나도 알아. 그냥 말이 그렇다는 것뿐이야."

내가 끼어들었다.

"작은누나 말도 일리는 있어. 그런 경험을 일단 해보고 나야 못생겨도 좋고 가난해도 좋으니 착실한 남자면 좋겠다고 생각이 바뀌게 되는 거지. 그러니까 우선은 작은누나에게 돈 많고 잘생긴 남자를 소개시켜줘야 해."

"내 말이 그 말이야."

작은누나가 무표정한 얼굴로 말하며 밥을 비웠다.

그러자 뜬금없이 어머니가 말하는 거였다.

"그래도, 네 형부만한 사람은 아무리 눈을 씻고 찾아봐도 없다!"

그러자 이번엔 또 큰누나가 갑자기 태도를 바꾸며 신경질을 부리는 거였다.

"엄마는, 그 사람이 뭐가 그렇게 잘났어! 사실 남편으론 빵점이
지!"

그때, 머꼬가 찡찡대는 소리가 들렸다. 저마다 동작을 멈추곤 안방
으로 몰려들어갔다.

"일어났어?"

어머니가 머꼬를 일으켜 안았다.

"엄마네요?"

큰누나가 머꼬와 눈을 맞췄다. 작은누나와 내가 각각 팔 하나씩을
잡고 흔들었다.

"머꼬! 잘 잤어?"

그러자 녀석이 벙긋벙긋 웃으며 온몸으로 가동질을 쳐댔다. 마치
서역 만리 여행을 갔다가 가까스로 살아 돌아온 사람처럼 그렇게 반
갑고 신나는 표정을 지어 보이면서 웃는 거였다.

나는 오늘도 열씨미 공부합니다

학원을 때려치우고 학교도서관에 나가 공부했다. 도서관 역시 새벽부터 지하철 속처럼 표정 없는 인간들과 어딘가로 달려가는 듯한 소란으로 붐볐다. 책의 두께를 살펴보면서 그날 공부할 양을 재어보고 있는데 누군가 내 어깨를 노크했다. 돌아보니, 맹숙이 놀라는 표정을 지어 보이고 서 있었다. 나는 웃어 보이곤 옆자리 물건을 치워주었다.

"빈자리야?"

맹숙이 눈을 치뜨며 속닥였다.

"내가 잡아놓은 거야."

맹숙이 놀라 기절하는 표정을 지어 보이곤 앉더니 책만 펼쳐놓고는 복도의 커피 자판기로 나를 불러냈다.

"언제 왔어?"

자판기에 동전을 넣으며 맹숙이 물었다.

"새벽에. 아마 다섯시도 채 못 되었을 거야."

대답하며 그녀가 뽑아주는 커피를 받았다.

"그 시간엔 버스 없잖아?"

"말도 마."

커피를 불어 마시곤 내가 흥분해서 떠들었다.

"집 밖으로 나가보니까 끝도 보이지 않는 긴 줄이 하나 늘어져 있더라구."

"줄?"

"응. 혹시나 하고 물어봤더니, 아니나 달라! 취직 못 한 우리 학교 졸업생들이 도서관 자리 먼저 잡으려고 서 있는 줄이 거기까지 밀려 있잖아. 버스 탈 필요도 없이 그 뒤에 가서 서 있다보니까 도서관 안이지 뭐야."

말을 끝내기도 전에 맹숙이 눈을 흘기며 팔꿈치로 내 허리를 쥐어박았다. 그리곤 중얼댔다.

"정말 최악의 실업률이란 말이 실감나긴 해. 선배마저 주말인데도 도서관에 나와 공부하니 말야."

"그럴 수밖에 없어."

투덜대며 커피를 마저 비웠다.

"왜?"

"집에 있어봐야 머꼬 녀석만 들여다봐야 하거든."

"작은누나가 봐준다며?"

"궁금해서 십 분마다 다시 가서 들여다보게 돼. 그리고 그때마다 깜짝깜짝 놀라."

"왜?"

"녀석이 어찌나 빠르게 자라는지 볼 때마다 달라져 있거든."

"하하."

맹숙이 웃었다.

"게다가 우리집 요즘 기상시간이 몇신 줄 알아?"

"?"

"네시 오십분이야. 매형과 큰누나가 회사에 가려면 의정부 가는 첫 전철을 타야 하거든. 그러니까 지하도에서 라면박스 펼치고 자는 노숙자와 내 기상시간이 똑같은 셈이야. 그 시간만 되면 머꼬 녀석이 엄마 찾느라 울어대서 자명종이 따로 필요없다구."

"주말에도 나가?"

"요즘은 일요일도 나가더라구."

"잘됐네."

맹숙이 내 종이컵까지 걷어서 쓰레기통에 버리며 말했다.

"뭐가?"

"덕분에 새벽 일찍부터 도서관 나와서 공부하잖아!"

"하하. 그런 식으로 말하면 잘되지 않은 일이 어디 있겠어!"

"해연이는, 자주 만나?"

맹숙이 물었다.

"아니, 서로의 공부를 위해 떨어져 있기로 했어."

"그래?"

"응"

"언제 만났었는데?"

"어제."

"그럼 또 언제 만날 건데?"

"오늘 저녁에."

대답하고는 도서관의 정숙함 속으로 재빠르게 도망쳐 들어가버렸다.

"이대로 집에 들어갈 거야?"

해연과 맹숙에게 내가 제안했다.

"맥주나 한잔 하자구!"

"맥주?"

"종일 공부하고 나니까 어떤 큰일을 해낸 것처럼 마음이 뿌듯해서 도저히 얌전하게 집으로 돌아가기는 어려울 것 같아!"

말해놓고 제일 먼저 눈에 띄는 카페로 앞장서 들어갔다. 마치 공사 중인 실내처럼 록음악이 요란하게 쿵쾅대고 있었다. 나는 가볍게 어깨를 까불며 걸어가 구석 테이블에 가 앉았다.

그때, 누군가 예고도 없이 갑자기 내 뒤통수를 때려댔다. 정신 차릴 새도 없이 연타로 두들겨대는 거였다. 돌아보려고 하니까, 재빨리 두 손으로 내 눈을 가리곤 이번엔 가슴팍을 마구 간질이면서 내 사타구니까지 손을 뻗쳐 더듬어대는 거였다. 나는 기겁을 하고 용솟음치듯 뿌리치며 벌떡 일어났다. 진관이었다.

"야아, 이 새끼!"

소리지르곤 나도 녀석의 뒤통수와 뺨과 어깨를 닥치는 대로 갈겨주었다. 내가 첫 휴가 나왔을 때 만난 게 마지막이니까 무려 삼 년 만에 만난 거였다. 녀석은 근사한 감색 양복을 빼입고 있었다.

"너 영국 가 있지 않았어?"

내가 묻자, 녀석이 반문했다.

"너야말로 캘리포니아에 가 있는 줄 알았는데 여기서 뭐 하는 거야?"

"하하. 캘리포니아 가려고 했었지."

"그런데?"

"출국 전날, 갈증이 나서 물을 마셨는데, 그게 글쎄 해골바가지잖아."

"미친놈!"

진관이 내 얼굴을 손바닥으로 치며 말했다.

"여전하구나?"

그리곤 명함을 꺼냈다. 영국으로 어학연수를 떠났다는 소식까지만 들어 알고 있었는데, 녀석은 문화산업 컨설팅 자문 연구소의 연구원이 되어 있었다.

"연구원?"

"쉽게 말해서 소비자들의 문화적 기호와 취향을 설문, 조사하는 일이야."

"구체적으로 어떤 걸 조사하는데요?"

명함을 어깨 너머로 들여다보며 해연이 물었다.

"매우 여러 가지예요. 내가 주로 하는 일은 일종의 문화 이벤트를 짜는 건데 가령, 그 지역의 병원들과 보험회사, 첨단의료기구를 만드는 외국의 공장과 자동차회사, 그리고 지방자치단체와 자동차 동호회 등을 하나의 문화 네트워크로 엮어서 '자동차 경주대회'와 같은 지역 이벤트를 개최하는 거죠. 그러면 그것을 통해 그 지방의 문화산업뿐만 아니라 외국 자동차회사에 대한 선호도를 높이고, 뿐만 아니라 과속을 유도하고 교통사고율을 높여 자동차 판매율과 보험 가입 따위도 동시에 함께 활성화시킬 수 있는 거죠."

짓궂기는 여전했다.

해연을 인사시킨 뒤 서로의 잔을 채우고 부딪쳤다.

그나저나, 녀석이 핸드폰을 꺼내 들여다보며 중얼댔다.

"이 자식이 전화가 없네."

"누구, 만나기로 했어?"

"'베아뜨리체'에서 친구 만나기로 했는데, 아무리 찾아도 없더라구."

"그 커피숍, 없어진 지 오래됐어요."

맹숙이 말했다.

"아, 없어진 거구나!"

녀석이 제 이마빡을 쳤다.

"그런 줄도 모르고 삼십 분도 넘게 찾아헤매고 있었잖아. 그러잖아도 혹시 그 커피숍이 없어졌으면 그 옆 건물에 있던 레코드 가게에서 만나기로 했거든. 그런데 그 레코드 가게도 없더라구. 그래서 나는 내가 골목을 잘못 찾은 줄 알고 계속 헤매다가 네가 이곳으로 들어오는 걸 발견하고 따라 들어온 거야. 가게들이 한둘이 아니라 전부

다 바뀌었으니 어디가 어딘지 알 수가 있어야지 원."

"학교 앞에서 만나기로 하니까 그렇죠."

맹숙이 맥주를 따라주며 말했다.

"학교 안에서 만나기로 했으면 금세 만났을 거예요. 거긴 옛날이랑 달라진 게 아무것도 없거든요."

"하하, 좋잖아."

내가 말했다.

"학교 앞이 화려해지니까 근방의 예쁜 중고생들까지도 몰려들고!"

음악에 맞춰 고개를 까닥이며 다른 테이블을 둘러보던 해연이 내 입술에 묻은 땅콩 부스러기를 떼주다가는 볼을 꼬집어댔다.

"먹고살려니 어쩔 수 없겠지 뭐. 어떤 가게든 개업하고 나서 삼사년 내로 재투자해야 생존이 가능하다는 통계가 나와 있어요."

진관이 응수하자, 맹숙이 보탰다.

"이렇게 조그맣게 장사하는 사람들도 끊임없이 변신을 꾀하는데 학교는 무슨 배짱으로 변함이 없는지 모르겠어요."

"아우, 아퍼."

뺨을 문지르며 내가 중얼거렸다.

"정말 아퍼."

음악이 잠깐 끊기자 턱없이 올라가 있던 목청 탓에 반대편 테이블의 대화 내용까지도 귀에 들어왔다.

"참, 전창현 교수님 아직 그대로 계셔?"

진관이 핸드폰을 다시 걸어보며 물었다.

안경 쓴? 내가 묻고, 있어요, 맹숙이 대답했다.

"아직 계시구나. 그 교수님이 가장 기억에 남아."

녀석이 핸드폰을 내려놓으며 맹숙에게 물었다.

"학점이 빵구 나서 졸업 못 할 뻔했거든. 그런데 아무것도 사들지 않고 가서 사정했는데도 B학점으로 고쳐주시더라. 그런 교수님은 처음이야. 아직도 그 교수님 학점 후하게 주셔?"

"그런가 봐요."

맹숙이 맥주를 비우며 설명했다.

"후배들 말에 따르면, 너희 학번처럼 말귀를 못 알아듣는 학생들은 없었다는 말도 여전히 하고 있대요."

"하하."

진관과 내가 동시에 웃어댔다.

해연이 담배에 불을 붙여 몇 모금 빨다가 내게 주었다.

"교수님들이야 예나 지금이나 다들 똑같아요. 돋보기 안경을 쓰고서는 마침내 자기가 깨달은 게 있다며 한다는 소리가 고작,"

맹숙이 가성으로 노인네 목소리를 냈다.

"이게 일젠데 말야, 아주 가볍고 편해서 좋아요. 안경을 쓴 지 내가 언 삼십 년이 다 되어가는데 제일 낫더라구. 확실히 우리가 일본 따라가려면 아직도 멀었어요."

"하하. 엄청식 교수님?"

진관이 웃고 나서 말했다.

"아, 정말 엊그제 같았는데 말야, 벌써 옛날이 되어버렸네!"

"와서 한번 들어보세요. 그때 생각이 새록새록 날 거예요. 왜냐하면,"

문장 끝에 팝콘 하나씩을 집어 입에 넣으며 맹숙이 종알댔다.

"그때나 지금이나 강의내용이며 시험문제까지 거의 똑같으니까요."

"그래도 이젠 교수평가제니 계약제니 해서 많이 달라지고 있지 않나?"

내가 물었다.

"전혀요."

맹숙이 대답했다.

"그런 강의를 어떻게 들어?"

내가 따졌다.

"일단 강의시간이 되면 꼼짝 않고 열심히 듣게 돼요. 왜냐하면,"

맹숙이 설명했다.

"우리가 바스락대지 않아야 알아먹을 정도의 크기로만 말씀하시기 때문이죠. 정말 끝내주는 기술이죠. 게다가 어떤 궁금함이 생겨 교수실을 정중히 노크하고 응답을 기다리면요, 조교가 뒤에서 나타나 그 학생의 등을 정중히 노크하며 말하는 거예요. '교수님께서는 교수회의하러 일식집에 가셨어' 라고요."

"일식집?"

"맨날 일식집에들 가시잖아요."

"하하."

해연이 웃고 나서 말했다.

"어느 학교나 마찬가지구나. 우리 교수님들도 맨날 일식집 가시던데."

"그래도 우리 때는 교수님들이 간혹 우리와 술자리도 함께 하시곤 했는데?"

진관이 중얼댔다.

"지금도 일 년에 한 번 정도는 학생들과 술자리를 같이 하시곤 하세요."

맹숙이 남은 잔을 비우곤 말했다.

"그때 비로소 농담도 하시지요. 그러나 평소에 안 하던 농담이 술자리라고 해서 되겠어요? 교수님이 농담하면 아무도 안 웃는데 교수님 혼자만 웃으세요. 학생들이 안 웃어도 그렇게 혼자 웃고 만족하시는 거예요."

"맞아. 교수님이란 분들은 늘 혼자서만 떠들어대딘 습관이 배어서 어쩔 수가 없나 봐."

말해놓곤 해연이 하하, 웃어댔다.

"하지만 교수님들끼리 서로 보고 웃을 때도 있어."

맹숙이 말했다.

"우리 학과 교수님들은 거의 다 같은 학교 출신이기 때문에 서로 간에는 추억할 것도 많고 말도 잘 통하거든."

"맞아. 전부 S대 아니면 Y대 출신이지?"

진관이 묻고,

"우리 학교는 S대 아니면 K댄데."

해연이 대꾸했다.

나도 화가 나서 언성을 높였다.

"그러니까 초등학교 때는 학원 다니고 중고등학교 때는 과외하고 대학교 땐 외국 나가서 어학연수를 받아야 한다니깐!"

해연이 다시 끼어들었다.

"우리 학교는 S대나 K대 출신이 아닌 교수님들이 꽤 많긴 해. B대, N대, D대 출신들도 있어. 그런데 그분들의 공통점이 뭔지 알아요? 이사장과 같은 교회에 나간다는 거야. 하하하."

"하여튼 엉망이야."

맹숙이 투덜댔다. 흥분한 탓인지 술 탓인지 그녀 뺨에 5촉쯤의 전구불이 켜져 있었다.

"더구나 총장은 다음 국회의원 선거에 나가려고……."

맹숙이 이번엔 총장 얘기로 화제를 돌렸다. 현 총장은 다만 여당 공천을 받아 국회의원 선거에 나가려고 혈안이고, 학교 당국에서 갑자기 법학 대학원을 추진하는 이유는 장학금과 학위를 무작위 수여하는 방식으로 법무부 직원들을 입학시킨 후, 이사장이 운영하는 회사 직원들도 입학시켜서 교분관계를 쌓게 하기 위해서라는 거였다. 또 학교 교직원 식당에서 접시나 그릇을 없애고 플라스틱 식판을 사용하는 이유는 교수들간의 밥그릇 싸움이 한창이기 때문이라는 것이다. 처음 들어보는 우습고 놀랍고 경악스러운 비화들을 맹숙이 무궁무진 늘어놓았다. 그리곤 덧붙였다.

"그래도 간혹 몇몇 뜻있는 교수님들은 날카롭게 지적하세요. '학교 재단을 비난하지 마세요. 한달 밤을 꼬박 새도 모자라요. 그러니 그러다 공부는 언제 하겠어요!'"

"하하, 맞아."

해연이 웃어댔다. 몸을 자꾸 기대오는 것으로 봐서 다소 취한 것 같았다.

"총학생회에서는 그런 것들에 대해 아무 말도 안 해?"

진관이 물었다. 녀석의 얼굴에 피곤과 짜증이 묻어났다. 학교에 대한 불만만, 끝도 없이 늘어놓는 대화에 겹으로 불만이 쌓인 표정이었다.

"안 해요."

"왜?"

"이미 다 알고 있는 사실이거든요. 말해도 아무도 안 놀래요."

"하긴 이슈란, 신선하지 않으면 먹혀들지가 않지."

진관이 중얼댔다.

"가뜩이나 등록금이 부담스러운 지경인데 이런 얘기들을 듣고 있자니까 복학할 마음마저 사라지네!"

내가 투덜대자,

"그렇다고 졸업을 포기할 수도 없는 노릇이잖아."

진관이가 변명 삼아 대거리해주었다.

그러자 맹숙이 병 주고 약 주는 격으로 격려해준답시고 떠들어댔다.

"선배, 별로 걱정할 거 없어. 그 순간만 다소 망설여질 뿐이고 일단 복학하고 나면 내일 모레까지 리포트 내야 하는데, 라는 생각밖에 안 들게 되잖아."

지하도를 건너가다가 남의 집으로 잘못 들어온 줄 알고 하마터면 돌아나갈 뻔했다. 노숙자들이 여기저기 이불을 깔고 누워 있었던 것이다. 나는 해연을 부축하고, 진관은 맹숙을 떠메다시피 한 상태로 지하도를 건너갔다. 특히 맹숙은 완전히 취해버렸다. 불만이 주량보다 많으면 누구나 취해서 거지 꼴이 되고 마는 것이다.

"쯧쯧, 멀쩡하게 생긴 젊은 연놈들이 지랄하고 자빠졌네!"

노숙자 무리 중에서 누군가 혀를 차며 지껄였다. 나와 해연이, 그들을 향해 신나게 엉덩이를 흔들어주었다.

뒤늦게 휘파람이 날아왔다.

여름 깊어가는 소리가 들려옵니다

담장마다 호박잎이 어른 손바닥만하게 자라올라 흔들거렸다. 화
단에는 베고니아가 고운 자갈밭처럼 피었다. 두세 마리의 나비가 교
미하는 듯한 모양으로 팬지가 피었다. 들깨는 내 무릎 높이로 자라올
랐으나 담장 위에다 심어놓았으므로 올려다보면 하늘에 닿아 있는
거대한 고생대 식물 같아 보였다. 상추는 새털구름이 약간 흩어져 있
는 하늘을 서툰 대패질로 깎아 모은 것같이 파랬다. 고추와 콩도 실
했다. 바람이 불면 녀석들이 일제히 손을 흔들며 어딘가로 떠나가는
듯한 소리를 냈다. 어머니는 소일거리 삼아 녀석들을 가꾸면서 머꼬
에게도 일일이 하나하나 설명해주었다. 이건 네 아빠가 심은 상추란
다. 이건 네 아빠가 심은 고추란다. 이건 네 아빠가 심은 콩이란
다……

그러면 녀석은 일단 잡아뜯어서 제 입으로 가져가고 보는 거였다.

한동안 가물더니 아주 짧은 비가 내렸다. 얼마나 짧은가 하면 떨어진 빗방울 자국을 일일이 세어볼 수 있을 정도였다. 그 위로 서늘한 바람이 한차례 불었다. 그러자 화단이며 담장에서 흙 냄새와 풀잎 냄새가 진동을 하는 거였다. 눈만 감고 있으면 어느 한적한 시골 밭둑에 들어가 있는 것 같았다. 그리고 오후에 또 한차례 소나기가 내렸다가 갰다. 작은누나와 나는 머꼬를 데리고 성주산에 올라가 한때는 우리집 것이었으나 이제는 공원의 소유가 되어 직접 찾아오는 사람들의 것이 되어 있는 저녁노을을 보여주었다.

성주산 꼭대기에서는 63빌딩까지도 보였는데, 평소에는 뿌연 스모그에 묻혀 보이지 않다가 비가 내리고 난 서너 시간 동안은 그 너머 지평선까지도 맑게 나타나는 거였다. 그리고 서편으로 지는 노을을 볼 수가 있었다. 비를 머금은 나뭇잎들은 스위치를 내렸는데도 불빛을 머금은 형광등처럼 환한 푸른빛을 내고 있었다. 하늘에는 정교하게 만들어진 우주함선처럼 구름 몇 조각이 제자리에 꼼짝 않고 정거해 있었다. 그리고 서서히 떨어져내리는 저녁 햇살에 따라 붉게붉게 물들어가기 시작했다. 그 어느 때보다도 짙고 맑은 노을이었다. 나는 마치 불타는 자기 집 건물을 구경하는 사람처럼 한 발짝이라도 더 가까이 노을 쪽으로 가기 위해 자기도 모르게 산꼭대기 벼랑 밖 서너 걸음까지 더 내딛고서는 공중에 뜬 채로 노을을 바라보았다.

"머꼬야, 저것 봐! 저게 노을이야. 멋있지? 끝내주지?"

내가 손가락 너머를 가리키며 말했다.

그러자 녀석은 가동질을 쳐대고 기분좋은 소리를 꽥꽥 내지르며 내 손가락을 잡아 입으로 깨물려고 했다. 누나와 나는 노을을, 녀석은 내 손가락을 구경하고 산을 내려오는데 셔터가 닫히듯 등뒤로 비가 다시 몰려들었다. 이번엔 제법 굵은 비였다.

"여름이 시작되나 보구나."

어머니가 들어오시며 중얼거리셨다. 집 주변에 가득 심어놓은 깻잎이나 호박 잎새 따위 때문에 빗소리는 그 어느 때보다도 더 깊고 두텁게 느껴졌다. 마음까지도 물처럼 서늘하니 가라앉는 그런 저녁이었다. 매형까지 일찍 들어와서 식구들은 다 함께 저녁을 비웠다. 그리곤 둘러앉아 내려간 체감온도보다 약간 더 따뜻하게 데운 레몬차를 모처럼 한 잔씩 마셨다. 빗소리와 잠든 머꼬의 숨소리가 섞였다가 풀리고 다시 섞이는 소리가 물때같이 들렸다.

"김서방이 채소를 심어놓은 덕분에 마치 옛닐 집 같구나."

"맞아, 옛날의 그 복숭아 나뭇잎도 이렇게 깊은 소리를 냈었어."

큰누나가 중얼거렸다.

"그래, 꼭 과거의 어느 날 같아."

무슨 주문이라도 외는 중얼거림으로 마당을 내다보며 작은누나도 말했다.

그때 무언가 마루 들창을 두들겼다. 식구들이 일제히 그쪽으로 고개를 돌렸다. 내가 일어나 창문을 열었다. 빗발이 후두둑, 찬바람을 몰면서 들이쳤다. 나는 재빨리 그 소리의 진원을 손으로 집어올리고는 창을 닫았다. 그것은 빗물에 젖어 날개를 파득거리는 한 마리의 잠자리였다.

"아니, 늦봄에 웬 잠자리야?"

어머니가 먼저 놀랐다.

식구들이 다들 희귀 곤충 구경하듯 눈을 동그랗게 뜨고는 녀석을 들여다보았다.

"정말 잠자리 맞네?"

"벼이삭 팰 때나 돼야 나오는 녀석이 어디 있다가 벌써 나타난 거야?"

"그러게요."

"혹시 척후병 아닐까?"

매형이 혼잣말로 물었다.

"그러니까 올가을은 어떨까 하고 미리 한번 다니러 온 놈인데 그만 예상치 못했던 비의 폭격을 받아 낙오되고 만 거지."

"이이는, 누가 해병대 출신 아니랄까 봐."

큰누나가 핀잔을 주었다.

아니, 내가 볼 때는, 내가 말했다.

"봄이 지나고 여름이 지나야 가을이 오는 게 아닌 것 같아. 그건 우리 인간들의 생각이고, 사실은 봄은 봄대로 가을은 가을대로 동시에 어딘가에 존재하는 거야. 그런데 이 녀석이 그만 길을 잘못 들어서 자기도 모르게 봄으로 빠져나온 거지. 어때?"

"엘리뇨 때문이야."

이번엔 작은누나가 의견을 냈다.

"이상기온 때문에 봄에도 코스모스가 피고 그러잖아. 그러니까 이 녀석은 코스모스가 피니까 자기도 얼떨결에 알을 까고 나왔다가 길을 잃고 만 거지."

"김서방이 집에다 채소를 심어놔서 생긴 건지도 모르지."

어머니도 한마디 보탰다.

이걸, 매형이 멋진 제안을 냈다.

"머꼬 깨워서 보여줘야겠다!"

"자는 애를 왜 깨워!"

어머니가 말렸지만, 이미 매형은 머꼬를 일으켜 안고 있었다. 녀석이 눈을 반쯤만 뜬 채로 찡찡댔다. 아주 괴롭다는 표정이었다. 평생을 고생만 하며 산 그 어떤 노파도 저 녀석처럼 멋지게 괴로운 표정을 짓지는 못 할 것이다. 녀석이 너무 예뻐서 나도 모르게 꼬집어주고 말았다. 그러자 기어코 울음을 터뜨리는 거였다. 큰누나가 안아 달랬다. 울음을 그치기를 기다린 다음 잠자리를 녀석 코앞에 디밀어 주었다. 잠자리와 처음 만나는 녀석의 반응이 궁금한 나머지 식구들은 아무도 숨을 쉬지 않았다. 드디어 녀석이 잠자리를 발견했다. 눈동자가 휘둥그레지는 거였다. 그리곤 휘둥그레지기 무섭게 손으로 재빨리 낚아채더니 휴지 구기듯 쥐어서는 제 입으로 집어넣는 것이었다.

"안 돼!"

큰누나가 소리를 질렀다.

"하하하."

식구들이 웃어댔다.

"어딨어?"

큰누나가 머꼬 녀석의 입 속을 살폈다.

"아, 해봐, 아!"

머꼬가 귀찮다는 듯이 고개를 저었다.

"아, 해봐!"

큰누나가 억지로 손가락을 머꼬 입 속에 집어넣었다. 그리곤 좌우
로 훑어보더니 말했다.

"없어!"

"없어?"

"그럴 리가?"

그새 삼키지는 못했을 거였다. 사과 쪼가리도 밥톨만한 것은 삼키
지 못하고 그냥 뱉는 애였다. 그런데 정말이지 아무리 살펴봐도 녀석
입 안엔 잠자리는커녕 잠자리 다리 한 쪽도 보이지가 않았다. 식구들
모두 어안이벙벙해져서는 두 눈이 잠자리 눈이 되어버렸다.

"이놈의 잠자리가 도대체 어디로 간 거야?"

매형이 중얼대며 다시 머꼬 녀석 입 안을 살폈다. 그러나 분명 녀
석의 입에는 아무것도 없었다.

귀신 곡할 노릇이었다.

삐걱! 하고 낡은 집도 놀라 비틀거리는 소리가 들렸다.

우리 지금 외식하러 가는 거예요

비는, 사흘이 멀다고 찾아왔다. 사흘이 멀긴 뭐가 멀다고 그래, 인석아! 어머니가 타박했지만 그래도 찾아오는 거였다. 나는 비가 오고 눈이 오고 바람이 불고 폭풍우가 몰아쳐도 취업재수생들의 긴 줄 꽁무니에 서서 학교 도서관으로 들어가 잘못하면 도태될지도 모른다는 공포심에 무릎을 달달 떨고 어떡하든 살아남아야 한다는 생각에 손톱을 물어뜯고 그러나 내 머리로는 도무지 불가능할 것 같은 불안에 머리를 쥐어뜯어가면서 공부했다. 영어와 일어. 영어와 일어. 영어와 일어. 이 두 가지만 해놓으면 되는 거다. 졸업하기 전에 영어와 일어. 영어와 일어. 영어와 일어. 이 두 가지만 해놓으면 먹고살 수 있는 것이다.

"공부 잘돼?"

캠퍼스를 걸어나오며 맹숙이 물었다. 비가 그쳐 있었다. 자정 무렵의 어두운 캠퍼스에는 가로등 불빛만 발길이 오래 전에 끊긴 거대한 징검다리 모양으로 드문드문 내려앉아 있었다.

"잘되긴, 억지로 하는 거지."

"해연이는?"

"취직하고 나서는 거의 못 만났어."

해연이 지난주부터 진관이 다니는 회사에 수습사원으로 나가고 있었다.

"난 요즘 슬럼프 같아."

맹숙이 한숨을 쉬었다.

지난달 취업시험 결과에 낙망하는 눈치다.

"나도 오늘은 계획표만 짰어."

"계획표 며칠 전에 만들어 붙이지 않았어?"

"사흘이 지났거든, 그래서 새로 짰어."

"계획표를 사흘마다 짜?"

"아니, 일단 계획표를 짜면 일 년 동안 공부할 목록을 촘촘히 짜놓지."

"그런데?"

"하지만 그렇게 되나. 작심삼일이지. 사흘쯤 지나면 이미 계획하고는 차질이 생겨버려. 그러면 또 계획표를 처음부터 다시 짜는 거야. 그러니까 작심삼일을 나흘마다 한 번씩 하는 거야. 나흘에 이틀만 공부하고 사흘째는 놀고 나흘째는 다시 계획표 짜고."

"하하."

맹숙이 웃었다.

"너도 해봐. 생각보다 재밌어."

"그럼, 내일은 나도 일단 놀아야겠다."

맹숙이 말하고는 마침 들어오는 버스에 올라 손을 흔들었다.

나도 마주 흔들어주었다.

버스가 시야에서 사라지자 나도 모르게 한숨이 나왔다. 단어장을 꺼내 외우며 전철역을 향해 터벅터벅 걸어갔다. 지하도를 건너는데, 바닥에 모래가 밟혔다. 그러나 나는 내려다보지 않았다. 그러자 이번에는 아찔한 벼랑이 양쪽으로 나타나는 거였다. 그래도 나는 내 갈 길만을 향해 내딛었다. 거대한 불기둥이 덮쳤다. 그리고 온갖 잡귀가 나타나 나를 유혹해댔다. 팬티를 뒤집어쓴 미녀, 코가 다섯 개 달린 우락부락하게 생긴 공룡, 다리가 기린처럼 긴 사자, 온갖 맛있는 만반진수를 가득 차려놓고는 유혹하는 뚱뚱보 아줌마, 눈앞을 날아다니며 요란하게 춤을 춰대는 몬스터, 손가락이 저녁 그림자처럼 길게 늘어나는 괴물도 있었다. 그러나 나는 한눈팔지 않고 영어단어를 주문처럼 외우며 앞만 보고 걸어갔다. 다시 비가 쏟아지고 있었다.

"대문 잠가!"

큰누나가 대문을 따주곤 뛰어들어가며 말했다.

"매형은?"

대문을 잠그며 물었다. 호박잎과 들깻잎 위로 떨어지는 빗소리가 유달리 굵었다.

“자.”

“벌써?”

“피곤한가 봐. 저녁은?”

“먹었지. 그런데 출출해.”

나는 냉장고를 뒤지며 중얼거렸다.

“라면이나 끓여 먹을까?”

“그래라.”

“끓여줄래?”

“니가 끓여 먹어. 나도 피곤해.”

나는 포기하고 우유나 한 잔 따라 마셨다. 그때 매형이 건너채에서 넘어왔다.

“왜 일어났어?”

“비가 들이치는 바람에 깼어.”

매형이 머리에 묻은 빗물을 털었다.

“머꼬는요?”

내가 물었다.

“아까 곯아떨어졌어.”

매형이 대답하곤 중얼거렸다.

“배가 좀 출출한데.”

“라면 끓여줘요?”

“내가 끓여달라니까 피곤하다더니!”

내가 끼어들었다.

“이런 날은 감자전 같은 걸 해먹어야 하는데 말야.”

매형이 냉장고와 싱크대를 뒤적거렸다.

"감자도 없네?"

"라면 먹어요. 계란 풀어서 해줄 테니."

"만두나 만들어 먹을까?"

매형이 이번엔 냉동실을 열어보며 중얼댔다. 라면이 당기지 않는 모양이었다.

그때 누가 대문을 흔들었다.

나가 보니 해연이었다. 비를 맞고 서 있었다.

"웬일이야, 이 시간에?"

나는 놀라 기절하는 줄 알았다.

"보고 싶어서 왔어."

젖은 그녀 몸에서 김이 모락모락 났다. 귀신은 아닌가 보았다.

"옷이 달라붙으니까 아주 매혹적인데?"

내가 놀렸더니 해연이 안기며 시간을 꽉 눌러서 정지시키려는 것 같은 키스를 했다.

"아니, 누가 왔다구?"

주무시던 어머니가 속곳바람으로 나왔다. 내가 황급히 몸을 떼며 말했다.

"엄마는 왜 출연하지 않아도 되는 장면까지 나오시고 그래요?"

"아이고, 누가 너 보고 싶어서 나왔냐, 해연이 보고 싶어서 나왔지!"

어머니는 해연을 자기 딸처럼 안으로 데리고 들어갔다.

"공장 나가느라 힘들지야?"

어머니가 물었다.

"공장이 아니라 회사예요."

큰누나가 수정했다.

"힘들기로야 거기나 저기나 매일반 아녀!"

"하하, 맞아요. 어머니."

해연이 대답했다.

"저 어머니 보고 싶어서 왔어요."

"그래, 잘했다. 내 새끼!"

해연의 엉덩이를 두드려주며 어머니가 말했다.

"그려, 정말 잘했다. 우리 새끼!"

나도 말하며 해연의 엉덩이를 두드려주었다. 해연이 깔깔 웃어댔다.

"여어, 해연씨도 왔는데 우리 외식이나 하러 나갈까?"

매형이 뜻밖의 제안을 냈다.

"이 시간에 무슨 외식이야?"

새벽 한시가 넘고 있었다.

"야식집은 하잖아?"

"어때?"

내가 해연에게 물었다.

해연이 어깨를 옹송그린 채로 웃으며 고개를 끄덕였다.

"그래. 그러면 오늘은 내가 사마."

어머니가 먼저 무릎을 짚고 일어나셨다. 어머니가 아픈 무릎까지 짚고 일단 일어나면 그 일은 아무도 번복할 수가 없는 것이다.

잠든 머꼬와 작은누나까지 깨워 나갔다. 큰누나는 모처럼의 외식
이라면서 화장까지 하려고 들었다.

"그냥 가!"

다들 짜증을 내는데도 립스틱까지 바르고는 번듯하게 외출복으로
갈아입고 나오는 거였다. 그래봐야 청치마지만 말이다. 큰누나 고집
에 매형도 할수없이 옷을 갈아입어야 했다.

손을 밖으로 내밀어봐야 느낄 수 있는 비가 내리고 있었다. 매형의
양쪽 어깨에 큰누나와 작은누나가 팔짱을 끼곤 앞서 걷고 나와 해연
이 뒤따랐다. 어머니는 야식집이 어디 있는지 길도 모르시면서 머꼬
를 업고는 맨 앞장을 서서 걸어갔다. 어머니, 저희랑 같이 가요! 해연
이 불렀지만 어머니는 돌아보지도 않았다. 우산을 쓰지 않았는데도
어머니 둘레 이삼 미터 내로는 이상하게 빗물이 떨어지지 않았다. 그
런데도 해연은 나를 내버려두고 달려가서 어머니랑 같이 쓰고 가는
거였다.

"넌 눈치도 없니?"

큰누나가 기분좋은 목소리로 작은누나를 타박했다.

"가뜩이나 우산도 좁아 죽겠는데 말야."

"내 우산이야, 왜 이래?"

작은누나도 맞대들었다.

장대비만큼이나 굵고 푸짐한 칼국수가 나왔다.

어머니는 눈 깜짝할 새에 먹어치우곤 칭얼대는 머꼬를 업어 달랬
다. 매형은 국물까지 알뜰히 발라먹고는 큰누나 것까지 탐을 냈다.

196

해연이 자기 것의 반을 매형에게 덜어주었다.

"허허."

매형은 무슨 상이라도 받는 사람처럼 코까지 실룩거리며 받아먹었다. 한동안 다시 빗소리와 칼국수 먹는 소리만 바쁘게 섞였다.

"정말 맛있다."

제일 늦게 그릇을 비우며 큰누나가 말했다.

"맛있지?"

매형이 물었다.

"정말 감칠맛이다."

작은누나가 말했다.

"감칠맛이란 게 무슨 뜻이야?"

해연이 나에게 물었다.

"나도 몰라."

작은누나가 대신 대답하고는 웃었다.

"방금 먹어보고도 몰라?"

매형이 반문하곤 허허, 웃었다.

"감친다. 감친다……."

내가 중얼거려보고 나서 대답했다.

"그러니까 혀가 감겨들 만큼 맛이 있다. 아니면 감춰두고 혼자만 먹고 싶을 만큼 맛있다, 그런 뜻 아닐까?"

하하, 큰누나가 웃고 나서 말했다.

"그렇게 말하니까 정말 그런 뜻 같은데?"

그리곤 두어 번 입맛을 쩝쩝 다신 다음, 물을 마시고 나더니 더는 아무것도 바라지 않는 자족의 미소를 머금는 거였다. 빨간 립스틱으로 도금된, 그래서 약간은 엉성한 시중의 부처상 같은 미소였다.

"어떻게, 맛있게들 드셨어요?"

야식집 주인 사내가 그릇을 치우며 말을 건넸다.

"네, 너무 맛있어요!"

유치원 학생들처럼 일제히 합창했다.

"요즘 장사 좀 됩니까?"

매형이 물었다.

"어디요. 죽지 못해 하는 거지요."

"이런 장사 하려면 얼마나 들어요?"

이번엔 어머니가 물었다.

주인이 소리없이 웃고 나서 대답했다.

"한 백억은 들어요."

"그렇겠네."

어머니가 이쑤시개를 쑤시면서 사방을 둘러보며 말했다.

"거울도 사방에 달아놓은 걸 보니, 신경을 많이 쓰셨어."

"으아!"

매형이 팔을 들어 기지개를 켜며 중얼댔다.

"비 오는 날 한숨 자고 일어나서 칼국수 한 그릇 비우니까 근심걱정이 다 사라진 것처럼 세상 부러울 게 없네요."

그리곤 주인에게 말을 걸었다.

"사람들이 말이죠, 이렇게 비가 오는 날에는 칼국수가 제일인데 다들 입맛을 버려갖곤 이 맛을 몰라요."

"맞습니다. 맞아요."

마침 들어오는 손님을 받으며 주인사내가 건성으로 대꾸했다. 열렸다 닫히는 출입구로 젖은 비닐 같은 질감의 바람이 날아들어왔다.

"일은 할 만해?"

해연을 바래다주러 큰길로 내려가며 물었다.

"힘들어."

해연이 말해놓곤 덧붙였다.

"많이는 아니고."

그녀를 내 쪽으로 돌려세우고 키스했다. 안에서 혀가 몇 번인가 매듭으로 감겼다. 오랜만에 해서 그런지 돌아버릴 것만 같았다. 정말이지 죽여주는 입술인 것이다. 몸을 떼며 내가 물었다.

"이제 알겠지?"

"뭘?"

"이게 감칠맛이라는 거야."

해연이 소리없이 웃으며 기대왔다. 약간 무거운 가방을 멘 것만 같았다. 승용차 한 대가 지나치고 나자 한동안 빗소리만 이어졌다.

"어떡하면 좋을지 모르겠어."

해연이 중얼거렸다.

"뭘?"

"집에서는 선을 보래."

물웅덩이를 비켜 걸으며 내가 물었다.

"언제?"

"그런데 나는 유학을 가고 싶어."

물웅덩이를 피하느라 우산 밖으로 나갔다 들어오며 그녀가 말했다.

"유학?"

"진관 오빠와 상의해봤는데 나가서 한 삼 년 정도 이쪽 일을 공부하고 돌아오면 좋을 것 같대."

나는 걸음을 멈춰 섰다.

"그 새끼가 같이 나가재?"

해연이 대답하지 않았다. 다만 손으로 머리카락을 쓸어올렸다.

한숨을 쉬고 나서 내가 다시 물었다.

"녀석이랑 같이 갈 생각인 거야?"

"혼자 갈 거야!"

"그래서?"

그녀가 나를 쳐다보더니 웃으며, 안겼다.

"아직은, 어떡해야 할지 아무것도 결정을 안 내렸어. 형에게 일단 말해봐야 할 것 같아서."

그녀를 밀어내며 말했다.

"결정을 내리고 나서 찾아와."

해연이 나를 한참 동안 쳐다보더니 한 것 같지도 않은 짧은 입맞춤을 하고는 택시에 올랐다. 그리곤 쳐다보지도 않고 손바닥만 차창에 댔다. 나 역시 팔짱을 낀 채로 택시가 떠나는 것을 묵묵히 지켜보았다. 사거리의 노란 신호등 불빛 밑으로 내달려 사라지는 택시를 확인하며 돌아서는 찰나였다. 마치 극장 안으로 뛰어든 화물차처럼 택시가 사라지는 장면 속으로 트럭 한 대가 튀어들어오는 거였다. 영상인지 실제인지 구분이 가지 않았다. 뒤편에 따로 설치된 스피커에서 들리듯, 내 등뒤 어디로부턴가 강한 충돌음이 뒤늦게 들려왔다. 믿어지지 않았다. 나는 설마, 설마, 하는 걸음으로 앞으로 걸어나갔다. 그러다가 다른 자동차들과 몰려드는 인파로 사거리가 수라장이 되는 것을 확인하고 나서야 비명을 내지르며 뛰었다. 차도를 뛰고 있는 것이 아니라 늪의 수면을 밟아 들어가는 것만 같았다. 화면의 질이 좋지 않아 씹힌 장면처럼 택시는 짜부라져 있었다. 택시 운전사가 피만 조금 흐를 뿐, 아주 말짱한 모습으로 문을 밀치고 나오더니 채 걸음을 내딛지 못하고 흘러내리듯 주저앉았다. 달려가 문을 잡아당겼지만 열리지 않았다. 사람들이 운전석 문을 밀치고 해연을 반대쪽으로 빼냈다. 그녀는 뜯겨진 화면처럼 널브러져 있었다.

그녀를 안고 뛰었다. 승용차 한 대가 와서 멈췄고, 그녀를 안아 태웠다. 나의 온몸이 총탄 세례를 받는 듯이 떨렸다. 오히려 그녀 숨소리만은 고르고 평온했다. 그 밖의 아무 소리도 들리지 않았다. 차가 멈추고, 하얀 가운을 입은 의사와 간호사가 해연을 받아 이동침대에 누이는데, 그들 옆모습이 어딘가 낯익었다. 하! 나는 경악했다. 외할머니와 아버지였던 것이다.

"아버지!"

그러나 그들은 나를 알은체하지 않았다. 시선도 주지 않았다. 내 말소리가 들리지 않는 듯 서둘러 침대에 해연을 누인 후 하얀 빛이 새어나오는 곳으로 데리고 들어가는 거였다.

나는 일어나 해연의 핸드폰 번호를 눌러보았다.

"여보세요?"

해연이 받았다. 나는 아무 말도 하지 않고 수화기를 내려놓았다.

해연이 받았다. 나는 아무 말도 하지 않고 수화기를 내려놓았다.

내 사랑 잃었네

　과외선생 노릇을 때려치우고 새로운 일자리를 구하러 다녔다. 구청 노동계와 직업소개소에도 들러 다시 아르바이트 신청서를 한 부씩 제출하고, 취업정보가 적혀 있는 용지를 한 부 받아갖고 나왔다. 나는 그것을 길 건너 포장마차에 들어가 가락국수로 허기진 배를 때우며 훑어보았다.

　"자네도 일자리 구하나?"

　옆자리에서 누군가 말을 붙여왔다. 사십대 후반쯤의 폭삭 늙어빠진 사내였다. 그는 내 것과 똑같은 취업 정보지를 들어 보이며 웃었다. 나도 웃었다. 그도 나처럼 거기에다 동그라미와 세모와 가위표를 쳐놓고 있었던 것이다.

　"좀 있던가요?"

내가 인사치레로 물었다.

그는 대답 대신, 소주를 물컵에 따라 맹물 들이켜듯 벌컥벌컥 삼켰다. 그리고 나서 들릴 듯 말 듯한 크기로 뇌까리는 거였다.

"없어. 씨가 말랐어."

그리곤 호기 있게 내게 술잔을 건넸다. 나는 사양하고 대신 따라주었다. 그는 안주로는 다만 왕소금 접시만 앞에 놓고 손가락으로 찍어 빨았다. 콧등과 눈에는 이미 붉은 취기가 지펴져 있었다.

"있던가?"

사내가 손가락을 쪽, 소리 나게 빨고는 물었다.

"아직은 잘 모르겠어요."

"이렇게 일자리 씨가 말라붙어버린 적은 태어나 처음이야."

그가 중얼거렸다.

"그런가요?"

"나라에서 하는 건 아무것도 믿을 게 못 돼!"

사내는 선언하듯 말한 다음 톤을 낮춰 이었다.

"정신을 차리고 한번 둘러보게나. 온통 일자리 찾아 떠돌아다니는 노숙자투성이지 않은가."

나는 그가 시키는 대로 고개를 들어 포장마차 바깥을 살펴보았다. 과연 그랬다. 거리에는 온통 이곳저곳을 기웃거리며 일자리를 찾고 있는 삼사십대의 추레한 사내들뿐이었다. 그들은 하나같이 무겁고 낡은 커다란 가방을 메고 있었으며 일 주일 이상을 굶은 것 같은 표정들을 하고 있었다.

"정말 그렇군요."

주저앉으며 내가 말했다.

"그러니 나같이 늙어빠진 놈에게까지 자리가 올 리 없지. 더구나 이까짓 것은 이제 믿을 것도 못 돼!"

사내는 말하고 정보지를 바닥에 구겨던졌다.

"왜요?"

내가 묻자 그는 다소 흥분한 목소리로 시큼한 술내를 풍기며 말을 늘어놓기 시작했다. 그의 말에 따르면 단군 이래 최악의 실업률이기 때문에 조건이 좋은 일자리는 빽 있는 놈들이 벌써 다 채갔다는 것이다. 장담하건대, 노동부에서 만든 정보지가 뿌려지기도 전에 알짜배기 정보는 노동부 직원들을 통해 그 친척들에게 다 새나갈 게 틀림없다는 거였다. 그러므로 그 친척들이 다 취업이 되길 기다리거나, 아니면 노동부 직원의 친척을 사귀어두는 게 일자리를 구하는 제일 빠른 지름길이라는 것이었다. 그리고 자기가 나처럼 젊다면 아마 서슴없이 후자를 택할 거라는 거였다. 하지만 굶어 죽어가는 처자식들이 있기 때문에 그럴 시간적 여유가 없다면서 눈물을 찔끔거려댔다. 그러자 그때까지 곁귀로 듣고만 있던 포장마차 주인이 그를 위로하며 말을 거들고 나섰는데, 그의 경험에 의지해보건대 요즘은 그런 뒷줄도 돈을 써야지 그렇지 않고는 여간 쉽지 않다는 것이었다.

"하긴, 요즘 세상이 어떤 세상인데, 연줄과 돈 없이는 어림없는 수작이지, 어림도 없어."

사내가 눈물을 씀벅거려 말리며 중얼댔다.

그러나 방법이 아주 없는 것은 아니라며 포장마차 주인은 목소리를 은근히 낮추더니 자기가 좋은 정보 하나를 알려주겠다면서 쥐와

새를 경계하는 눈초리로 사위를 살피는 거였다. 그의 간지러운 소곤거림에 의하면 그 다음으로 조건이 좋은 자리는 정보지를 찍는 인쇄공들의 친척들에게 돌아갈 게 사필귀정, 인지상정이라는 거였다. 그런데 그들은 대개 생활이 몹시 빈궁하므로 술 한잔만 사주면 입이 떡 벌어진다는 얘기였다.

"오호!"

사내가 과연 그렇겠다는 표정으로 고개를 주억거리더니, 좋은 정보를 가르쳐줘서 대단히 감사하다며 그에 대한 보답으로, 포장마차 문턱이 닳을 정도로 빠질나게 손님들이 드나들도록 하는 묘안을 가르쳐주겠다고 말했다. 바로 '사람 구함'이라고 써붙이면 된다는 거였다. 사내의 어이없는 조크에 우리는 눈물이 빠지도록 한바탕 웃어대지 않을 수 없었다.

그들이 주고받던 터무니없는 그 풍문들이 아주 틀린 소리만은 아닌가 보았다. 이번에도 나는 맹숙의 도움을 받아 일자리를 구한 것이다. 그녀의 친구 형부네가 하는 학원에서 강사를 구한다는 거였다. 다음날 이력서를 써가지고 그녀와 함께 학원으로 향했다.

"이게 뭐야?"

내 이력서를 들춰보던 맹숙이 물었다.

"뭐?"

"경력이 없다고 써놓으면 어떡해, 선배!"

"사실이잖아?"

"그래도 다른 학원에서 육 개월 정도 일했다고 해야 제대로 된 강사료를 받을 수 있어!"

"저쪽에서 확인해보면 어떡해?"

"그걸 뭐 하러 확인해? 딱 보면, 초짜인 줄 알 텐데."

"알면서 속아준단 말야?"

"속아준다고도 할 수 없어. 처음부터 강사료를 아예 낮게 책정해 두니까."

"그럼, 뭐야? 전부 다 속이면서 아무도 안 속는 거네?"

"그렇지."

"골 때리는군!"

나는 실제로 내 이마를 손바닥으로 쳐 보였다. 그리고 물었다.

"까짓 거, 학교도 서울대라고 고칠까?"

"하하하."

맹숙이 웃어댔다.

면접은 간단하게 끝이 났다. 이번에는 다소곳이 홍차를 마시는 절차조차도 없었다. 맹숙이가 추천하는 사람이니까 안 보고도 믿겠다는 거였다. 자기는 사람을 너무 쉽게 믿는 편이어서 지금까지 손해를 많이 봐왔지만, 그러나 사람이 사람을 믿지 않고 어떻게 이 세상을 살아가냐는 것이었다. 자기가 생각하건대 사람이 사람을 불신하면서부터 이 세상이 이 모양이 되어버렸다는 것이다. 그러면서 자기는 기독교 신자지만 왠지 모르게 불교의 윤회론은 꽤 멋진 이론처럼 여겨진다는 거였다. 전생에서 수천 번을 만나야 이승에서 옷깃 한 번 스치는 인연이 맺어진다는 생각은 정말 너무 멋진 것 같지 않냐며 나에게 동의를 구하는 거였다. 내가 웃으면서 고개를 끄덕이자, 그제서

종교가 있느냐고 물어왔다. 나는 무신론자지만 어머니가 기독교 신자라고 하니까 그렇다면 더욱더 믿어 의심치 않는다면서 앞으로 잘 꾸려나가보자며 내 어깨를 두들겨댔다.

"취업기념으로 한잔 할까?"
맹숙에게 제안했다.
"식사도 같이 할 수 있으면 좋겠는데."
맹숙이 말하며 주변을 둘러보았다.
"전쟁이 난 것처럼 시끄러운 곳이면 좋겠어. 박격포 소리가 이십사 비트로 터지는 곳 말야."
내가 중얼거렸다.
김밥을 사먹고 나서 테크노 바로 갔다. 지하였다. 맹숙이 뭐라고 떠들었지만 물고기 벙긋거리듯 입 모양만 읽혔다. 나는 맥주 한 병을 비우곤 곧바로 거미로 변했다. 거대한 독거미였다. 하늘로 하늘로 올라가 거미줄을 쳐서는 태양과 달을 잡아먹었다. 나는 다시 맥주 한 병을 더 비우고 이번에는 잠자리로 변했다. 그러자 맹숙이 가을바람으로 변했다. 나는 바람 속을 날다가 날다가 바람이 멈추면 함께 멈췄다. 세 병째 맥주를 비우고 나는 거대한 공룡으로 변했다. 허공을 향해 화산 같은 포효를 하며 걸음을 내딛었다. 산과 들이 쾅쾅 울렸다. 맹숙은 골짜기의 작은 토끼였다. 나는 곱추로 변했다. 맹숙은 장님이고 나는 절름발이였다. 맹숙은 공주고 나는 왕으로 변했다. 가만히 서서 좌우를 시찰하는 거였다. 나는 건달로 변했고 맹숙은 수다쟁이 아줌마로 변했다. 나는 머리에 일곱 개의 뿔과 엉덩이에 아홉 개의 꼬리가 달린 괴물로 변했다.

"내가 가수가 되면 선배를 백댄서로 쓰겠어."

맹숙이 양손으로 머리를 묶어맸다. 그리곤 웃음을 빼물고 물었다.

"술도 별로 마시지 않고 어떻게 그렇게 미친 사람처럼 춤을 출 수가 있어?"

새벽이었고, 내 옷은 흠뻑 젖어 있었다. 그리고 또 비가 내리고 있었다.

"슬픔이 주량보다 많으면 누구나 지랄을 떨게 되는 법이지, 뭐."

내가 중얼거렸다.

소리도 없이, 거리의 불빛 속으로만 내리는 그런 가는 비였다.

"택시 탈 거야?"

맹숙이 물었다.

"배고파."

"그래?"

차양 밖으로 손을 내뻗어본 맹숙이 먼저 편의점을 향해 뛰었다.

"따라와."

이미 젖어 있었으므로 나는 터벅터벅 걸었다.

"습도가 높아서 나는 여름이 싫어."

사발면에 물을 부으며 맹숙이 말했다. 밖을 내다보며 내가 중얼거렸다.

"나는, 이 세상에 못 살 거 같아."

줄곧 해연이만 생각하고 있었던 것이다. 정말이지 죽고 싶었다. 왜? 라고 맹숙이 물었으면 그녀의 입술을 물어버리거나 내 혀를 깨

물며 울음을 터뜨렸을지 모른다. 그러나 그녀는 다만 두 손으로 사발
면을 감아쥐며 말하는 거였다.

"그래도 사발면이 익기를 기다리는 시간은 좋아."

후후, 내가 웃고 나서 말했다.

"그래, 그런 게 좋아. 가령, 빈 화장실을 확보하고 앉아 있는 순간
은 나쁘지 않지."

훗, 맹숙도 웃고는 말했다.

"아이스크림이 먹는 속도보다 빨리 녹으면 신이 나."

"레코드를 사서 한 곡 정도는 듣지 않고 내버려두는 것도 나쁘지
않아."

내가 말했다.

"옛날 사진 속의 내가 촌스럽고 못생겨 보일 때, 애쓴 보람이 느껴
져서 좋아. 하하."

"시계를 오 분 빠르게 맞춰놓은 사실을 기억해내는 등교길도 나쁘
진 않아."

"약속이 취소되어버리면 마치 우주복을 입고 유영하는 기분이 들
어."

맹숙이 말했고, 엉덩이를 가볍게 흔들어 보이곤 내가 말했다.

"관성의 법칙 때문에 아직도 춤동작이 나와."

맹숙이 웃고는 음, 하고 다음 말을 찾았다.

"이제 다 익었을 거야."

내가 말했다.

편의점을 나와 비를 맞으며, 평생 집에 안 들어가고 이렇게 살았으면 좋겠다, 내가 말했다.

"테크노 바에서 밤새고 편의점에서 아침 때우고 도서관 갔다가 다시 카페 갔다가 분식점 갔다가 비디오방 갔다가 야식집 갔다가 하는 식으로 말야. 그렇게 살다 늙기 전에 이 세상에서 사라져버리는 거야."

"왜 그런 생각을 해?"

움츠린 어깨로 택시를 기다리며 맹숙이 물었다.

"나도 몰라. 방금 그런 생각이 들었어."

"선배, 요즘 사는 게 힘들구나?"

맹숙이 묻고는 덧붙였다.

"생각나는 대로 다 지껄여대는 걸 보니 말야."

"하하."

나는 시치미를 뗐다.

집에 돌아와서부터 앓기 시작했다. 어깨가 저려오는가 싶더니 오한이 드는 거였다. 입맛도 잃었다. 밥조차 역겨웠다.

"약이라도 지어먹어야 하는 거 아냐?"

작은누나가 걱정했다.

"국이라도 훌훌 마셔. 젊은 놈이 오뉴월 감기 가지고 뭘 그래?"

어머니는 오히려 잔소리였다.

"해연씨가 자주 오지 않으니까 처남이 맥을 못 추는구만!"

매형이 혼잣말로 중얼댔다.

"그냥 잠이나 더 자야겠어요."

나는 수저를 내려놓았다.

"그래, 자. 한숨 푹 자고 일어나면 괜찮을 거야."

큰누나가 거들었다. 그리곤 덧붙였다.

"머꼬 곁에는 절대 가면 안 돼. 알았지?"

매형네가 출근하는 소리를 들으며 나는 잠으로 빠져들었다. 거대한 바다 속 같았다. 나는 버둥대고 있는데 사람들은 멀쩡하게 출근을 서두르거나 등교를 하고 있었다. 그들은 물의 압력이나 존재 자체를 전혀 느끼지 못하고 있는 것 같았다. 이봐요, 어떻게 숨을 쉬지요? 어떻게 그렇게 말짱한 모습으로 걸어다닐 수 있어요? 나는 지나다니는 사람들의 어깨를 붙들고 말을 걸어보려 했지만 헛일이었다. 내 손아귀가 그들의 옷깃을 잡지 못하고 그냥 관통해버리는 기였다. 자세히 관찰해보니 그들끼리도 서로 부딪치지 않고 섞이듯이 관통해가는 거였다. 나는 깜짝 놀라 뒤로 물러났다. 자동차가 클랙슨을 울리며 지나가면서 욕설을 퍼부어댔다. 그러나 나는 이미 차에 치여서 다시 공중으로 부웅 떠오르고 있었다. 가까스로 정신을 차렸지만, 발이 땅에 닿지 않고 자꾸만 허둥대며 떠오르는 바람에 몸의 균형을 잡을 수가 없었다. 꼬마 녀석 하나가 나를 보고 손가락질하며 웃어댔다. 나는 약이 올라 녀석을 죽여버려야겠다고 생각했다. 나는 집으로 뛰어들어갔다. 광으로 들어가 긴 칼을 찾아가지고 나오는데 아버지가 내 팔을 잡았다. 놔요, 아버지! 나는 아버지에게 신경질을 냈다. 참아, 이 녀석아! 아버지가 고함을 질렀다. 놔요, 씨팔! 하고 나는 욕을 해댔다. 그러자 난데없이 외할머니가, 이놈의 새끼가 이제 지 애비한

테까지 욕을 해대는구나! 하고는 빗자루를 들고 쫓아나왔다. 외할머니의 빗자루 앞에는 어떤 항우장사도 당해낼 재간이 없는 거였다. 나는 쓰레받기를 들고 외할머니와 한판의 난자한 칼싸움을 벌였다. 그때쯤엔 꼬마 녀석은 이미 어딘가로 사라지고 없었다. 그러나 나는 계속해서 녀석을 때려잡아 죽이겠다고 고집을 부렸다. 꼬마 녀석은 이미 어딘가로 사라진 뒤이며 사실은 꼬마 녀석을 때려주고 싶은 마음도 이미 사그라졌는데도 불구하고, 그것을 잘 알면서도 나는 여전히 고집을 부려대는 거였다. 비켜요, 죽여버릴 거야! 그러자 이번에는 어머니가 내게 달려들었다. 그리곤 내 멱살을 그러쥐더니 말했다. 이놈아, 나부터 죽여. 죽이려면 나부터 죽여! 사람 목숨을 니가 뭔데 함부로 죽여, 이놈아! 놔요! 나는 어머니를 옆으로 떠다밀었다. 그러자 어머니가 담장에 이마를 박고는 나동그라지며 에구구, 하고 비명을 질러댔다. 형이 괭이 자루를 들고 나오더니 나를 사정없이 내려패기 시작했다. 이 더러운 새끼. 니가 이 새끼야 어머니 아버지한테 이럴 수 있어? 나는 저 무지막지한 몽둥이질에 머리를 맞으면 큰일난다는 생각에 고개를 가랑이 속으로 바짝 집어넣고 기어서 도망을 쳤다. 매형이 하하하, 웃어댔다. 해연이 어디서 나타났는지 내 코앞에 얼굴을 디밀고는 묻는 거였다. 아파?

깨어나 보니 아침인지 저녁인지 분간이 가지 않는 어스름 속이었다. 온몸이 수중처럼 젖어 있었다. 책상 위의 물컵을 찾아 비우고 나는 다시 까무룩히 잠에 빠져들었다.

"저녁까지 굶을 거야?"

어머니가 나를 깨웠다.

"병원에라도 가봐야 하는 거 아니에요?"

매형이 어머니 등뒤에서 말했다.

"이거 꿀물인데, 일단 이거라도 마셔봐."

큰누나가 사발을 디밀었다. 나는 그것을 천천히 삼켰다.

"조금만 남겨."

뒤에서 머꼬를 안고 있던 작은누나가 말했다.

"머꼬가 자기도 달라고 난리다."

녀석이 손을 뻗어 내 쪽으로 오려고 몸을 비트는 게 보였다. 나는 반만 먹고 작은누나에게 건넸다.

"다 먹어."

큰누나가 말했다.

"괜찮아."

나는 이불을 도로 뒤집어쓰고 누웠다.

"머꼬, 먹이지 마."

큰누나 목소리가 들렸다.

"감기 옮을지 몰라."

"에이, 괜찮아."

매형이 말했다.

"안 돼. 만약 감기가 아니라 일본 뇌염 같은 거면 어떡해?"

큰누나가 그릇을 가로채는가 보았다. 머꼬가 울음을 터뜨렸다. 내가 조용히 말했다.

"제발 나가서 싸워."

"뭐라구?"

작은누나가 이불을 들추며 물었다. 내가 말했다.

"아무것도 아냐."

"뭐?"

"아무것도 아니라구!"

신열에 싸여 그렇게 꿈과 현실 사이를 자맥질하기를 수백 번도 더 했다.

겨우 정신을 차리고 일어나 보니, 어느 날의 평범한 아침이었다.

"오늘 하루만이라도 햇볕이 쨍쨍해야 할 텐데."

어머니가 혼잣말로 빨래를 널고 있었다. 어머니는 내가 마루 끝에 나와 앉은 것도 보이지 않는지 또 뭐라뭐라 궁싯거리며 'ㅅ'자로 걸려 있는 줄을 따라 빨래를 마당 가득히 널었다.

나는 맨손으로 얼굴을 쓸어내렸다. 비가 그쳐 있었다는 것 외에는 세상에 변한 것은 아무것도 없었다. 하지만 나는 앓아누운 채로 얼마나 많은 꿈을 꿨는지 그 장면들만 잘 편집해도 영화 수십 편짜리가 족히 될 거였다. 별의별 장면이 다 있었는데, 그 어떤 천재적인 감독도 상상해보지 못했을 아주 독특하고 기발한 장면들도 엄청나게 많았다. 구체적으로 떠올려보라고 하면 기억나는 것은 아무것도 없었지만 아무튼 대단한 장면들이 많았던 것만은 분명했다. 마치 온갖 물건들이 다 들어 있는 가방을 홀랑 까뒤집었다가 다시 모든 것을 제자리에 집어넣고는 잠근 것만 같았다. 나는 정신없이 영화를 보고 나온 극장 밖의 사람처럼 멍하니 어머니를 쳐다보았다. 어머니가 널어놓는 빨래 위로 구름이 떠가고 있었다. 그 구름을 비껴내리는 하늘의 햇살만은 속절없이 부셨다.

나는 두 손을 내밀어 펴고는 남의 것 같은 손등을 쳐다보았다. 봄으로 들어왔던 잠자리처럼 문득, 다른 세상으로 이전해온 기분이었다.

열반에 드시다

사돈어른께서 돌아가셨다.

처음엔 아무도 몰랐다. 사돈어른의 주검을 목격한 사람들은 수천 명에 이르렀지만 설마 그분이 죽어 있는 줄은 아무도 눈치채지 못했다. 아니 그들은 전부터 노인을 이미 죽은목숨이나 다름없는 존재로만 치부해왔었는지 모른다.

우리 식구조차 그저 산에 또 나물 캐러 가신 줄로만 알고 있었다. 며칠째 자꾸 지나가는 말로, 여름 장마는 무사히 지나고 봐야 할 텐데, 하고 중얼거리셨는데 그것이 설마 자기 죽음을 예견한 말씀인 줄은 매형조차도 눈치채지를 못했던 것이다. 비가 와서 나물 팔리지 않을 걸 걱정하는 줄로만 알았다는 것이다. 그래서 나흘째 집에 들어오시지 않았지만 아무도 걱정하지 않았다. 평소에도 산골짜기로 나물 캐러 갔다가 폭우나 눈발을 만나면 근처 흉가나 도깨비집에라도 들어가 귀신과 도깨비들에게 옛날얘기도 해주고 바느질도 해주고 나물죽도 삶아주고는 그 대가로 구중궁궐에서나 먹을 법한 진수성찬도 얻어먹으면서 사나흘쯤 지친 삭신을 쉬다가 몇 냥의 엽전까지도 얻어가지고 나오시곤 했었기 때문에 이번에도 그런 줄로만 안 것이다.

사돈어른의 주검을 처음 목격한 사람은, 지하철 역사를 지키는 경비 아저씨였는데, 그는 사돈어른이 밤늦게까지 좌판에 앉아 있는 것을 보고는 오늘도 나물을 떨이로라도 마저 다 팔고야 자리를 뜨려나 보다 하고 오히려 안심하기까지 했다고 한다. 다음날 새벽부터 교대근무를 한 수위도 마찬가지로 사돈어른을 보고는 저 노인네 오늘도 새벽같이 나와 있구먼, 하고 내심 반가워하기까지 했다는 것이다. 나물을 사려고 값을 물어봤던 어느 행인조차도 노인이 나물 팔 생각이 없어서 입을 다무는가 보다 하고 그냥 지나쳤으며 단골로 나물을 사가는 아주머니는,

"아이고, 할머니. 그간 별고 없으셨어요?"
하고 평소대로 인사까지 건네고는 자기네 집에 잔치할 일이 생겼다고 자랑까지 해대면서 나물을 뒤적이다가 도라지 한 묶음을 사고는 평소의 가격대로 오백원짜리 동전 두 개를 바닥에 떨어뜨려놓고 갔다는 것이다.

모두들 노인의 숨이 이미 멎어 있는 줄은 꿈에도 몰랐다는 것이다. 그도 그럴 만한 것이, 바짝 늙어버린 사돈어른의 피부는 이미 생기가 사라진 지 오래인 채로 비가 오나 눈이 오나 날이 더우나 추우나 검

버섯투성이에 거무죽죽하다 못해 만져보면 딱딱하기까지 했었다. 더구나 얼굴은 온통 주름살투성이로, 아마도 한 번 웃을 때마다 가는 줄이 생기고 한 번 울고 났을 때마다 거기에 덧줄이 생기는 식으로 겹겹이 늘어났을 그 주름들은, 이제 노인이 웃거나 울지 않아도 노인 얼굴 가득히 패서, 평소 무념하게 앉아 있을 때에도 어떻게 보면 웃는 것 같고 또 어떻게 보면 꼭 우는 것도 같은 묘한 느낌을 자아내는 그런 상태로 그려져 있었던 것이다. 따라서 노인이 뭐라고 말을 꺼내기 전까지는 아무도 그 속내를 알아챌 수가 없었다.

그러던 것이 손녀를 받은 후로는 실망인지 체념인지 저승 가서 조상 볼 면목이 없어서인지, 아니면 다 초탈해버린 것인지 그도 아니면 내심 둘째를 기대하는 것인지…… 도무지 그 속을 알 수 없는 채로 말수가 점차 줄어들더니, 누가 먼저 말을 붙이기 전에는 그나마 그조차 거의 끊다시피 하고 사셨다. 그러니 노인네가 기침이라도 하지 않으면 우리 식구들조차 집에 들어와 계신지 나가 계신지 알 길이 없었고 단골 손님들 역시 왔으면 먼저 인사하고 혼자 지껄이다가 좌판 앞에 적어놓은 금액대로 돈을 놓고는 인사하고 물러나는 식이어서 항간에는 '나물 자판기 할머니'라는 고약한 별명으로도 통했는가 보았다. 아무튼 간에 전철역 앞 시장통에서 나물을 잔뜩 깔아놓곤 결가부좌를 튼 채로 나물을 다듬거나 멍하니 앞만 보고 앉아 있는 사돈어른의 모습은 어느덧 전철역사 앞의 출구표시만큼이나 사람들에게는 익숙하고 자연스러운 풍경이 되어버렸고, 사람들은 노인의 나물맛이 좋아서 혹은 값이 쌌기 때문에, 아니면 그냥 지나치다 눈에 띄어서 반 근도 좋고 한 근도 좋고 나물을 사가는 식이었다.

　그러나 그렇게 사가는 단골이라고 해봐야 하루 한 명꼴도 안 되고 그래도 근근이 팔아준다고 팔아주는 사람은 시장통에 늘어선 음식점 주인 아주머니들이었다고 하는데, 맛이나 가격보다도 노인네가 너무 안됐고 불쌍해서 적선하는 셈치고 사갔다는 것이다. 어떻게 그 사실들을 알았고 또 어떻게 그것이 그렇게까지 부풀려졌는지는 알다가도 모를 일이지만, 아무튼 시장통 아주머니들에게 노인은 거지발싸개 같은 난봉꾼 자식이 하나 있을 뿐이며, 어려서는 부모 빚 때문에 젊어서는 남편 노름빚 때문에, 늙어서는 그 자식 난봉빚 감당하느라 평생을 안 해본 일 없이 고생고생 온갖 고생만 하다가 늘그막까지도 저 고생이라며 수군수군 혀를 차고 에그에그 불쌍해하면서, 거기에 비하면 자기들 팔자는 이래저래 상팔자라고, 행복한 줄 알고 감사해야 한다고, 어려운 일 속상한 일 있을 때마다 폭폭해진 마음을 노인네 보며 돌려놓곤 했다는 것이다.

　어쩌면 사돈어른이 그 차가운 시멘트 바닥에 엉덩이를 붙이고 앉아 세상 사람들에게 나누어준 것은 나물이 아니라 위안이었는지 모른다. 부자들이야 어떡하든 돈부터 벌어놓고 탈세까지 해가면서 재산 증식한 다음에 월 삼만원씩 아까운 마음 떼어서 불우이웃돕기 하는 것으로 자기 양심의 뚜껑을 덮어 누르고 살아가지만, 평생 남에게 땡전 한푼 적선한 일 없고, 나물 한줌 더 쥐어준 적 없이 악다구니로 살아온 사돈어른은, 그러나 더럽고 사나운 자신의 인생살이 전체를 통해 단 한순간도 쉬지 않고 주변의 불우이웃들에게 희망을 주고 자신감을 주면서 그렇게 살았던 것인지도 모른다.

　이것 역시 나중에 안 사실이지만, 이런 사실을 어렴풋이 눈치챈 젊

은 중 하나가 있어서 웃지 못할 해프닝이 벌어진 적도 있었던가 보았
다. 그러니까 그 중이 역 광장에 나타난 것은 봄볕이 따사로워지기
시작한 지난 초봄이었다. 그는 사람 앉은키만한 시주함을 전철역 광
장 한가운데 정중히 모셔놓고는 목탁을 두드려대며 거기다 대고 끝
없이 합장과 염불과 절을 올려대기 시작했다. 그 불심이 다만 시주만
을 위한 것은 아닌 듯 만만치가 않아서 여호와의 증인이며 메가폰을
쥔 젊은 목사며 합창단까지 동원되어 주 예수를 믿으라고 예수쟁이
들이 고래고래 고함을 치고 소리를 높여봐도 종내 끊이지 않고 행인
들 귓속으로 아미타경 염불 외는 소리를 끝도 없이 넣어주었다.

사실 그것은, 처음엔 시주함에 땡전 한푼 넣어주지 않는 고약한 세
상인심과의 싸움이었고, 나중엔 예수쟁이들과의 대결의식을 통해
더욱 가열차게 진행된 투쟁이었으며, 그 경쟁의식마저 최고조에 다
다르자 중은 비로소, 자기가 자기 자신과 싸우는 중임을 홀연히 깨
치고는, 비가 오나 눈이 오나 배가 고프고 허리가 아프나 하루도 쉬
지 않고 광장에 나와 시주함을 놓곤 합장과 염불과 절을 올리는 구도
의 집념을 태워나갔다.

그러던 어느 날, 그날도 중은 삐질삐질 땀을 쏟으며 염불과 절과
합장을 올려대는 중인데, 어느 행인의 짓궂은 장난인지 아니면 어린
애가 지나가다 무심코 그랬는지 시주함이 쓰러지면서 그 너머로 결
가부좌를 튼 채 꼼짝도 않고 있는 노파 하나가 눈에 띄더라는 거였
다. 자기 자신과의 맹목적인 싸움에 지쳐가고 있던 중은, 벽돌을 세
면서 지루한 심부름을 다녀오는 아이 같은 심정으로 이번에는 저 노
파와의 싸움이라고 생각하고는 노파가 몸을 흐트릴 때까지 자기도

결코 쉬지 않고 절과 합장과 염불을 올릴 작정을 세웠다. 그러나 자기가 촬영당하는 줄도 모르고 행동하는 사람처럼 자연스러운 연기를 토해낼 수 있는 배우는 없는 법이다. 중은 마침내, 손을 들었다. 그리곤 시주함을 들고 나온 이래 처음으로 자기 일심은 저 무지렁이 가난한 노파만도 못하다는 것을 시인하면서 진심에서 우러나온 절을, 여전히 시주함을 세워놓고 있기는 했지만 내심으로는 노파를 향해 올렸다. 그리고 하안거에 들어가기 전날, 중은 변복을 하고 나타나 노파에게 가서 직접 말을 시켜보았다. 처음엔 그저 나물 사러 온 사람처럼 이것저것 뒤적여보다가 슬쩍 지나치는 말로 물어보았다고 한다.

"할머니는 연세가 어떻게 되세요?"

그러자 노인은 귀찮게 별걸 다 물어본나는 표정으로 사내를 노려보다가 한 번 더 다그쳐 묻자 대답하더라는 거였다.

"몰러요."

"나이도 모르세요?"

"그까짓 것 알아봐야 다 귀찮기만 해."

노인이 손사래를 쳐댔다.

사내는 노인의 말뜻을 알아차렸다. 그러나 침착하게 한 가지 더 채근해보았다.

"할머니, 소원이 뭐예요?"

이번에도 한참 뜸을 들인 다음에야 노인은 단 한마디로 대답했다.

"없어요, 그런 거."

그리곤 다른 손님 나물값을 치른 후에야 덧붙이더라는 거였다.

"부처새끼 같은 내 손주년이나 잘 자라면 되지, 뭘 더 바라겠소?"

이제 사내는 거두절미하고 단도직입적으로 물었다.

"도란 뭐라고 생각하십니까?"

그러자 할머니도 이번엔 꾸물거리지 않고 즉답을 했다.

"도라지는 한 근에 천원씩이여."

그야말로 '마삼근'이 아닐 수 없었다. 사내는 그 즉시 삼배를 올리고 왼쪽으로 일곱 바퀴 돌며 반야심경을 나직이 외운 후 자리를 떠났으며, 시장통 아주머니들은 아주머니들대로 그가 노인의 그 난봉꾼 자식인 줄 알고 한동안 또 수군수군 에그에그 혀를 찼다.

그 젊은 중이 보았더라면, 앉은 채로 숨을 끊은 사돈어른의 주검은 선승의 장난기 어린 좌탈입망의 입적으로 여겨졌을지 모르나 사흘 뒤에나 그 사실을 알게 된 매형의 자식된 도리로서는 실로, 불효요 통한이었다. 그러나 당장 경황 없는 중에, 돌아가신 지 이미 사흘이나 지났으니 장사를 오늘 지내야 하는지 그래도 사흘 뒤에나 치러야 하는지 옥신각신했고, 화장을 해드려야 하는지 공원묘라도 써야 하는지에 대해서도 설왕설래가 그치지 않았다. 어머니는 어머니대로 교회식 장례를 치르자고 고집했고, 매형은 친모 장례마저 처가댁 신세를 질 수는 없다고 병원 영안실을 고집했다. 그리고 그때마다 조문객들도 각자 자기 의견을 냈다. 남으로 내려오는 피난길에 남편 잃고 남은 자식이라고 달랑 매형 하나 키운 터라 조문객으로는 시장통 아주머니들이 전부였지만, 아주머니들은 각자 자기 시댁의 가풍을 일례로 들면서 반드시 그렇게 해야 사람된 도리인 것이라고 저마다 목청까지 세우며 고집을 부려댔다. 그래도 그나마 그런 소란 덕분에 첫

날은 장삿집답게 집 안이 소란하고 붐볐다. 해연도 직장이 끝나면 달려와 옷을 갈아입고는 일을 도왔다. 어찌나 바지런히 일을 돕는지 다들 이미 데려온 며느리인 줄 알 정도였다.

"아이고, 색시 잘 얻었네! 색시 잘 얻었어! 요즘 저런 색시 보기 힘들어!"

조문객들은 망자에게보다도 나와 어머니 귀에다 대고 해연을 칭찬하기에 더 바빴다.

이튿날부터는 그나마의 조문객도 바닥이 나버리고 초상집이래 봐야 목쉰 매형 대신에 딴엔 손주딸이랍시고 이따금 까닭도 모른 채 자지러지게 우는 머꼬 울음소리만이 새어나올 뿐이었다. 다만 밤이 깊어가서야, 마당이 수런수런 하늘이 일렁일렁 흔들리더니 산 속 짐승들과 도깨비들과 귀신늘이 하나씩 둘씩 들어와서는 인긴 흉내를 내어 한 놈씩 절을 하고 돌아갔다.

사흘째 되는 날, 매형은 화장을 시키곤 그 뼛가루를 자신조차도 정확히 어딘지 모르는 깊은 산중으로 들어가서 뿌려주곤 돌아왔다. 사리 같은 돌조각이 한줌이나 나와서 만약 젊은 중이 있었더라면 또 한 바탕 해프닝을 벌였을지 모를 일이나, 매형은 오히려 어머니 가슴에 맺힌 한이 얼마나 많으면 이렇게 돌멩이로 응어리져서 남아 있느냐고 간신히 그쳤던 곡을 반나절이나 다시 더 토했을 뿐이었다.

그대는 갔지만 나는 그대를 보내지 아니하였습니다

결혼식에 다녀왔다. 야외에서 열렸는데 이상하게도 그곳은 단풍이 붉게 물들어 있었고, 하늘조차도 여름 우중이 아닌 완연한 가을빛으로 높고 눈이 부셨다. 아이보리색 연미복을 멋지게 빼입은 진관이 녀석은 연신 웃어대면서 하객을 맞았고 신부는 대기실에서 친구들 속에 둘러싸여 웃고 있었는데 그녀는 바로 해연이었다. 나는 두 사람 모두에게 축하의 인사를 건넸다. 그리고 부조금도 5억씩이나 냈다. 그리곤 맹숙을 비롯한 몇몇 낯익은 학교 친구들이 몰려 서 있는 곳으로 들어갔다.

"살아 있었구나!"

소식 끊겼던 몇몇 녀석들과 악수를 나눴다.

창공에 떼를 지어 날고 있던 잠자리 한 마리도 내게 와서 알은체를 했다. 봄에 만났던 바로 그놈이었다. 나는 녀석과도 잠시 서로의 가족 안부를 건넸다.

"어떻게 된 거야?"

맹숙이 둘만 남기를 기다렸다가 물었다.

"뭐가?"

내가 반문했다.

"나는 선배가 저 자리에 서 있을 줄 알았어."

주례사를 듣고 있는 신랑 신부 쪽을 턱으로 가리키며 그녀가 말했다.

"나도 전혀 예상하지 못했어."

"선배도 몰랐던 거야?"

그게 아니라, 내기 설명했다.

"내가 이렇게 태평하게 지켜볼 수 있으리라고는 생각지도 못했어. 심지어, 나는 진심으로 두 사람이 행복하기를 바래."

맹숙과 나는 식당으로 가서 다른 친구들과 섞였다.

이미 결혼한 녀석들도 있었다.

"넌, 여자친구 없어?"

한때 친하게 지낸 적이 있지만 지금은 이름도 가물가물한 녀석이 내게 물었다. 나는 지갑에서 사진을 꺼내주었다.

"오호!"

해연과 얼굴을 맞대고 찍은 사진이었다. 녀석은 알아채지 못한 채 감탄했다.

"예쁜데?"

“너는?”

내가 물었다.

“만나는 애인이 있긴 있는데 아무래도 조만간 헤어질 것 같아.”

녀석이 한숨까지 섞어가며 말했다.

“왜?”

내가 물었다. 이런 어수선한 자리에서 저렇게 과장된 한숨까지 섞어가며 제 애인 얘기를 쉽게 꺼내는 녀석 따위는, 나는 절대 믿지 않는 편이었다. 하지만 형식상 대거리를 안 해줄 수도 없는 노릇이었다.

“여자 쪽 나이가 너무 많아.”

“몇 살인데?”

“서른.”

“그 정도면 극복할 수 있지 않아?”

정말이지 이런 식의 대화는 짜증나는 것이었지만 나는 계속 대거리해주지 않을 수 없었다.

“하지만 둘 다 이미 결혼한 상태에서 이젠 아이도 낳아야 하니까 계속 만난다는 건 어려울 것 같아.”

“하하!”

나는 녀석의 뒤통수를 갈겨주었다. 이런 녀석이라면 믿을 만한 것이다. 나는 기분이 좋아져서 맥주를 집으려고 일어난 김에 엉덩이까지 흔들어 보여주었다. 헤어지면서 우리는 전화번호까지 적어 교환했다. 나는 아무런 쓸모도 없는 그 종이를 찢어서 전철역 휴지통에 내버렸다. 이 바보 같은 자식이 제 이름은 적어주지 않은 것이다.

　식장 바깥으로는 달군 놋쇠 같은 여름볕이 퍼붓고 있었다. 양산이 없는 사람들은 바깥으로 나갈 엄두를 내지 못한 채 지하도 계단 그늘에서 한참을 망설이다가 비에 젖을 각오를 한 사람 같은 표정으로 나서는 거였다.

　나는 커피숍으로 들어가 창가에 자리를 잡고 앉아 양복 상의를 벗고는 넥타이도 풀어서 주머니에 넣었다. 그리고 방금 전에 내가 지나온 지하도 입구를 내려다보며 해연이 나타나기를 기다렸다. 그런데 누가 내 뒤통수를 치는 거였다.
　"어, 뭐 타고 왔어?"
　놀란 표정으로 내가 물었다.
　"지하철 타고."
　그녀가 맞은편에 앉았다. 머리를 뒤로 묶은데다가 목이 파인 셔츠를 입고 있어서 목덜미가 길고 시원해 보였다.
　"그런데 왜 내가 못 봤지?"
　"나는 형 봤어. 내가 손까지 흔들어줬잖아!"
　"그래? 귀신 곡할 노릇이군!"
　그녀가 토마토 주스를 시키곤 물었다.
　"결혼식은 잘 끝났어?"
　"멋지더군. 신랑도 식장도 신부도."
　"신부 예뻐?"
　나는 잠시 딴전을 피우다가 말을 이었다.
　"그런 생각이 얼핏 들었어. 그때 너를 잡지 말고 녀석에게로 가게

228

내버려둬야 했던 게 아닐까."

"왜?"

"그냥, 순간적으로 그런 생각이 들었어. 그랬다면 진관 녀석도 너도 지금보다 더 행복해졌을지 모른다는……."

"형이 이런 소리나 지껄일 줄 알았으면 정말 그 오빠한테 시집가버릴 걸 그랬어."

그녀가 말하고 쇼윈도에 얼굴을 비쳐보는 거였다.

"사랑이란 그런 거야."

내가 말했다.

그녀가 흘겼다.

"뭐가?"

"만약 네가 그 결혼식장에 있었으면 나는 또 이렇게 생각했을 거야. 그때 저 여자를 붙잡았어야 했던 게 아닐까. 사랑이란 이름으로 보내준다는 건 위선이 아니었을까, 하고 말야."

턱을 괴고는 그녀를 쳐다보며 마저 말을 이었다.

"자꾸만 다른 가정과 예상을 해보면서 불안해하고 미안해하고 그러나 결국은 이렇게 절대로 보내지 않는 거, 이게……."

내가 말을 맺기도 전에 그녀가 쥐치처럼 뾰족한 입술로 내게 뽀뽀를 해왔다. 우리는 평소 하던 장난대로 그렇게 입을 맞댄 채로 각자의 들린 엉덩이를 좌우로 흔들어주었다. 수족관의 물고기들처럼 말이다. 커피숍 안에 있던 모든 인간들이 시샘과 부러움의 눈초리로 우리를 쳐다보았다. 우리는 그 짓을 세 번이나 더 해 보였다. 그러자 어떤 패거리는 자기들도 함께 해보고는 마구 웃어대는 거였다.

집에 돌아와 보니 해연이 보낸 편지가 와 있었다. 거기엔 아만트리 아오렐리디아, 라고 하는 아주 긴 도시 이름이 적혀 있었다. 해변을 따라 그 이름만큼이나 길쭉하게 형성된 도시라고 밝히면서, 그러나 그녀는 이제 겨우 기숙사 친구들 이름과 교내 매점까지의 길밖에 구별을 못 하고 있다고 했다. 주말엔 얼마든지 외출이 가능하지만 교내에 온갖 위락시설과 해수욕장까지 구비되어 있어서 새삼 밖으로 나갈 필요를 느끼지 못하게 하는 방법으로 학생들을 가둬두는 매우 매력적인 학교라고 적고 있었다. 그러나 그 어떤 편리와 안락과 배움의 열정도 형네 집에서의 따뜻했던 추억만은 못하다고, 비록 좁고 작고 사방에 금이 가긴 했지만 형네 집만큼 궁금증과 신비와 이상한 일이 많이 도사리는 집은 그곳에서는 찾을 수 없을 거라고, 언제나 이곳이 그리울 거라고 적어놓고 있었다. 그리고 자신이 그곳에서의 외로움을 이겨내게 된다면 그것은 오로지 외로울 때마다 형과 형네 집을 기억하고 떠올린 덕분일 거라고, 형에게 진심으로 미안하고 진심으로 고맙다는 말로 끝을 맺고 있었다.

우리 망했다

봄 내내 내렸다 그치고 다시 내리는 식으로 지루하게 흩뿌리던 빗발은, 여름으로 들어가면서 차츰 굵어지더니 급기야 장대비로 변했다. 벌써 장마가 시작된 거 아냐? 하고 어머니가 혼잣말로 중얼거린 다음날, 기상청은 이제 곧 본격적인 장마가 시작될 것이라며 호우주의보를 내렸다. 발가벗고 앉아 있어도 젖은 천을 뒤집어쓰고 있는 것처럼 몸이 후텁지근해서, 하마터면 그 차림으로 문을 열고 나갈 뻔한 적이 한두 번이 아니었다. 정규방송이 끝난 텔레비전을 볼륨을 키운 채로 끄지 않고 틀어놓은 것 같은 빗소리가 종일 귓전으로 쏟아져들어왔다. 비가 내린다기보다는 함지박으로 물을 한꺼번에 쏟아붓는 꼴이어서 지붕들조차도 물을 한 뼘 높이로 이고 서 있는 형국이었다. 매형과 어머니가 정성스레 가꾼 화단의 채소와 꽃들은 대궁이 꺾인 채로 납작하게 땅바닥에 눌려버리고 말았다. 일기예보를 진행하는 아나운서만 충남 당진이 바다로 들어갔다느니, 지리산 노고단에 하늘로 이어지는 폭포가 생겨났다느니 하고 물 만난 사람처럼 열심히 떠들어댔다. 노아의 홍수 이래 최고의 강우량이 중국 양쯔 강 일대로 쏟아지고 있다는 보도도 연일 끊이지 않았다. 중국 홍위병들이 인간 사슬을 만들어 강둑을 지키는 장면이 나올 때면 어머니는 끌끌 혀를 차며 저걸 어째, 저걸 어째! 하고 안타까워했다.

"정말 큰일이에요."

작은누나도 걱정했다.

"양쯔 강 수위가 올라가는 만큼 가을 곡물값도 올라갈 거라던데."

"강화도에 어제 아침 한 시간 동안 칠만 밀리의 집중호우가 퍼부어서 수재민만 수백만 명이 생겼대요."

내가 신문기사를 읽어주고 토를 달았다.

"아예 강화도 전체가 바다 속에 들어갔다 나온 꼴이야."

"아이고, 말세여, 말세!"

어머니가 중얼거렸다.

"환경을 더럽혀놓으니까 하느님이 노하신 거여. 자기가 만들어놓은 화단을 망쳐놨는데 화내지 않을 사람이 어디 있겠어."

내가 따졌다.

"하느님도 웃기지. 아니, 강화도 사람들이 무슨 죄를 졌다고 그래, 거기에다가만 그렇게 물을 뿌려댔대요?"

그리곤 토를 달았다.

"아무튼 개인 단위로 권선징악을 못 하는 건 우리 하느님의 최고

맹점이야."

"벌 받을 소리 하지 말어, 이 녀석아!"

어머니가 하느님처럼 화를 내더니 개인 단위의 권선징악을 내리는 거였다.

"엄마!"

머리를 감싸쥐며 성질을 냈다.

"제발 그 효자손으로 아들 이마 좀 때리지 말아요!"

마침내 빗발은 우리집 마당으로도 세차게 들이퍼부어대서 텔레비전 소리조차도 들리지 않을 지경이더니 안테나가 부러졌는지 텔레비전 화면조차도 아예 물방울로만 가득했다.

"우리도 피난가야 하는 거 아냐?"

내가 물었다.

어머니가 밖을 내다보며 말했다.

"끄덕없다. 이 동네까지 물이 찬 적은 단 한 번도 없었느니라."

얼마나 빽빽하게 빗방울이 쏟아져내리는지, 밖을 내다보고 있자니 마치 세상이 그대로 수중 같아 보였다.

그때, 빠끔히 안방 문이 열렸다.

머꼬였다.

녀석은 이제 자다가 깨어나도 울지 않고 혼자 기어나오는 거였다. 그리곤 어, 어, 소리를 내어 알은체하는 거였다.

우리는 저마다 앉은자리에서 손을 활짝 벌려 머꼬를 불렀다.

머꼬는 한 사람씩 쳐다보며 생긋생긋 웃어대더니 할머니에게로 기어갔다.

한 달 전쯤 처음 일어나 앉더니 지난주부터는 붙잡히는 것만 있으면 잡고서 일어나는 거였다. 그러더니 어제부터는 붙잡아주면 걸음도 떼는 거였다. 아무도 내 말을 믿지 않지만, 이런 식으로 나가면 올해 안으로 날 수도 있을 게 틀림없었다. 나는 베개에 녀석을 태워서 마루와 안방과 부엌까지 날아다니는 연습을 하루 열 번도 넘게 빼놓지 않고 시키는 중이었다. 그래서 한동안 녀석이 제 엄마 아빠를 제외한 식구들 중에서 제일 좋아하는 건 바로 이 외삼촌이었는데 최근 들어 다시 할머니에게로만 가는 거였다. 왜냐하면 아직 과자를 주면 안 되는데도 불구하고 할머니가 하느님도 모르는 곳에다 새우깡 봉지를 몰래 감춰두고는 수시로 유인하기 때문이었다.

매형과 큰누나는 새벽에야 들어왔다. 전철이 끊기고 강이 넘쳐서 배를 타고 왔다는 것이다. 다음날은 비에 묶여서 모두들 집에 있었다. 식구들이 다 모여 있자 제일 신이 난 건 머꼬였다. 녀석은 사람만 많으면 신이 나는가 보았다. 종일 가동질쳐대고 도리도리 짝짜꿍 박수를 쳐대면서 신이 나서 짓까불어댔다. 음악만 나오면 앉은 채로 엉덩이를 흔들어대는 거였다. 점심때는 만두에 감자전까지 부쳐 먹었다.

"낙양성 십리허에 높고 낮은 저 무덤은……."

반주로 소주 한 병을 비운 매형은 머꼬를 무동 태운 채 둥실둥실 춤까지 춰댔다. 우리 식구는 모두 마음을 졸이며 그 모습을 바라보았다. 갈비집이 망하면서 끊었던 술을, 사돈어른이 돌아가시자 다시 입에 대기 시작한 것이었다.

"이제 그만 내려놔요."

큰누나가 겁먹은 표정으로 말했다.

"왜?"

매형이 버럭 화를 냈다.

"떨어지면 어떡해요!"

큰누나도 신경질을 냈다.

"아니, 멀쩡한 애가 왜 떨어져?"

"당신, 취했잖아요."

"취하긴 누가 취했다고 그래?"

험악한 분위기에 놀란 머꼬가 울음을 터뜨렸다. 그제서야 매형은 머꼬를 내려놓았다. 그리곤 에잇! 하고 신경질을 내더니 마당으로 힘껏 다이빙을 해서는 개구리헤엄을 쳐서 건너채로 건너가버렸다.

"아니, 저게 뭐냐?"

다들 기분이 잡쳐서는 자기 방으로 들어가려는데 어머니가 말했다.

"뭐요?"

"저 대문 밖에 말이다."

어머니의 놀란 시선을 따라가보았다.

전에는 없던 거대한 벽이 대문 너머 뿌연 빗속으로 내다보였다.

내가 눈살을 찌푸려서 읽었다.

"'금, 강, 호,' 라고 적혀 있잖아요?"

"배가 맞긴 맞구나."

중얼거리시더니 그 자리에 주저앉으셨다.

그것은 분명히 거대한 선박의 앞머리였다. 우비를 쓴 사람들이 이쪽을 내려다보며 뭐라고 소리를 쳐대고 있었다. 내가 들창문을 열었다. 빗방울을 머금은 찬바람이 거세게 들이쳤다.

"죽기 싫으면 빨리 나오세요! 물이 들이칩니다!"

우비 쓴 사내들이 외쳐대는 소리가 들렸다. 그들이 밧줄로 묶은 튜브를 던져주었다. 그러나 길이가 짧아서 번번이 도로 떠내려가는 거였다. 정말이지 돌아버릴 것만 같았다. 매형은 아무리 불러도 응답이 없는 것으로 보아 술에 취한 채 건너채에서 자빠져자고 있는 모양인데, 어머니는 앉은 채로 혼절해버렸고, 큰누나는 베개를 머꼬인 줄 알고는 끌어안고 발만 굴러댔으며 작은누나는 귀중품과 머꼬 우유를 챙기느라 아직 집 안까지 비가 들이친 것도 아니건만 정신없이 이 방 저 방을 헤엄치는 모양으로 휘젓고 다녔다. 그리곤 마침내 금강호마저 물살에 떠밀려 아스라이 멀어져가는 거였다.

나는 일단 어머니를 흔들어 깨웠다. 그리고 큰누나에게 부축하도록 했다. 작은누나가 광으로 헤엄쳐 들어가서는 함지박을 가지고 나왔다. 머꼬를 그 위에 태웠다. 나는 건너채로 헤엄쳐서는 매형을 깨워 부축하고 나왔다. 물은 어느새 마당 안까지 들어찬 상태지만 잘만 골라 딛는다면 빠져나갈 수 있을 것 같았다. 다행히 빗줄기는 한결 가늘어져 있었다. 한 걸음 한 걸음씩 식구들은 서로의 손을 맞잡고 내딛어나갔다.

큰길까지는 그런 식으로 간신히 빠져나왔지만 거기부터가 문제였다. 물길은 어느새 가슴 언저리까지 차오르고 있었다. 만약에 헛발이라도 딛으면 단번에 쓸려나가고 말 터였다. 게다가 매형은 만취한 상태이고 어머니는 한쪽 무릎을 거의 쓰지 못했다. 앞이 캄캄했다. 물은 점점 수위를 높여 목을 조여오고 있었다. 처음엔 나들이 나가는 줄 알고 좋아하던 머꼬 녀석이 급기야 울어대기 시작했다. 어머니가 새우깡 봉지를 꺼내 내게 건넸다. 나는 하나를 꺼내 녀석 입에 물리고 손에도 하나씩 쥐어주었다. 녀석은 이내 얌전해졌다. 모퉁이 하나만 더 돌면 될 것 같은데, 수심이 만만치 않았다.

망설이는 사이 물은 어느새 목을 긋고 흘러가기 시작하는 거였다. 마지막 모험을 감행하지 않을 수 없었다. 건물 위로 올라가서 옥상과 옥상을 타고 맞은편 건물로 넘어가는 거였다. 그러나 막상 올라가보니 건물과 건물 간격이 너무 멀었다. 우리는 갈 수 있는 데까지 가서 허공에 대고 소리를 마구 질러댔다.

"아무도 없어요?"

"살려주세요!"

맞은편 건물에서 사람들이 나타났다. 기다려보세요! 그들이 소리치고는 사라졌다. 그리곤 어디선가 긴 판자를 하나 구해왔다. 그것을 넘어뜨리자 그 끝이 가까스로 이쪽 건물 난간에 닿았다. 제일 먼저 어머니가 건너가고 큰누나 작은누나가 엉금엉금 기어서 넘었다. 마지막으로 매형을 건네려고 하자 극구 자신이 나중에 가겠다며 나를 미는 거였다.

"제발 고집 좀 부리지 마세요! 술에 취한 상태에서 어떻게 머꼬를 데리고 건너겠다는 거예요?"

내가 소리질렀다.

"걱정 마. 자신 있어. 머꼬는 내가 데리고 갈 거야."

매형은 한사코 고집을 부리더니 극구 머꼬가 앉아 있는 함지박을 빼앗아 안았다. 그리곤 말릴 새도 없이 판자 위로 우뚝 올라서는 거였다.

"여보! 제발 막내에게 아이를 맡겨요!"

큰누나가 소리질렀지만 매형은 이미 걸음을 딛고 있었다. 한 발 한 발 매형이 걸음을 내딛을 때마다 판자에서는 부서지는 소리가 났다. 그러더니만, 아니나 다를까. 매형은 아직 술이 덜 깬 상태였던 것이다. 오른쪽으로 휘청, 왼쪽으로 휘청. 그때마다 사람들이 비명을 질러댔다. 그런데도 아! 머꼬는 다만 새우깡에 정신이 팔려 아무 생각도 없이 제 손만 물고는 오물오물거리고 있는 거였다. 구경하는 사람들이 오만간장을 다 태워가며 매형과 머꼬가 판자를 무사히 건너오기를 기도하는 동안 머꼬는 양손에 하나씩 쥔 새우깡을 먹느라 공중부양을 즐기는 동승처럼 그야말로 천하태평이었다.

성주산 기슭에 자리한 초등학교 임시 숙소 한구석에 자리를 풀었다. 졸지에 오갈 데 없는 거지 꼴이 되고 만 거였다. 사람들은 대책위원회를 구성하고 삼삼오오 둘러앉아 개탄과 걱정에 잠겼다. 저녁 뉴스가 방영되자 텔레비전 수상기 앞에 모여들어 물에 잠긴 자신들의 가옥과 자동차를 쳐다보면서 혀를 차고 기상대와 정부대책반과 정치인들이 나오면 핏대를 세우며 분개하고 싸잡아 비난했다. 우리 식구도 그 끝자락에 섞여서 혀를 차고 울분을 토했다. 그러나 나는 왠지 거기에 섞이고 싶지 않았다. 다시 그 자리로 돌아가 앉기에는 지난 일이 년의 세월이 너무 억울할 것만 같았다. 우리가 잠시라도 방심하면 그들은 세상을 늘 이 모양 이 꼴로 만들어놓는 것이다. 역사

의 흔적들이 단 한 번도 우리집을 할퀴지 않고 지나가준 적이 있었던
가. 우리집은 이 나라의 가장 변두리에 위치해 있으면서도 언제나 그
한복판의 상처를 받았다. 그러나 우리집을 지나간 그 어떤 정치경제
사의 불운과도 무관하게 우리는 또 행복할 수 있었다! 얼마간의 시
간이 지나보면 그러나 그 행복은 우물 안 개구리의 안일한 자기 만족
이었을 뿐, 결국 위정자들의 부정부패를 도와준 꼴이 되어 있었다.
그렇게 모든 행복은 한순간의 물거품이 되어버렸고 다시 뉴스 앞에
모여앉아 개탄과 핏대를 세워야만 했다. 이 어긋나면서도 맞물려가
는 지긋지긋한 두 개의 나사바퀴로부터 나는 잠시나마 벗어나고 싶
었다.

　머꼬를 무동 태우고 복도로 나갔다. 그리고 복도 끝을 신나게 뛰어
다니기 시작했다. 그러는 게 더 즐거웠다. 녀석이 내 머리카락을 쥐
어뜯으며 좋아라 가둥질쳐댔다. 신나게 달리다 보면 녀석과 함께 날
수 있을 것도 같았다. 비는 그때까지도 멈출 줄을 모르고 허공에 칼
집 같은 빗줄기를 그어대고 있었다.

그때 우리는 공중에 떠 있었어요

"오, 마이 마마!"

대문을 열어주는 엄마 얼굴에 나는 다짜고짜 뽀뽀를 해주었다. 어머니가 기겁을 하곤 징그럽다며 뿌리쳤다. 그러면서 슬금 웃으시는 거였다.

"또 술 먹은 게야?"

술은요, 내가 말했다.

"냄새 맡아보세요."

그리곤 하! 하고 어머니의 까다로운 음주 측정에 협조해주었다.

"하루 종일 도서관에 처박혀서 공부만 하다 왔더니 무릎 아파 죽겠다구요."

내가 말했다.

"도서관에 앉아서 공부만 했다는 놈이 무릎이 왜 아파?"

대문을 잠그며 어머니가 믿지 못하겠다는 말투로 물었다.

"하루 종일 다리를 달달 떨면서 공부해봐요. 더럽게 아프지!"

나는 설명하고 다시 어머니를 안았다.

"오, 마이 마마! 제발 나에게 시집을 와주오!"

"에잇, 징그러워 인석아!"

어머니는 나를 뿌리치고 부엌으로 들어가는 거였다. 그러거나 말거나 나는 부엌까지 따라들어가 등뒤로 어머니를 안았다. 겹치는 그릇처럼 안겼다.

"밥은?"

내가 대답했다.

"먹었어요."

"또 해연이한테 가서 얻어먹었어?"

"엄마는!"

내가 중얼거렸다.

"내가 뭐 여자친구가 해연이밖에 없는 줄 알아요?"

그 즉시 어머니가 내 팔뚝을 꼬집어댔다.

"인석아, 난 너보다 해연이가 더 좋아. 그런 소리 하지 말어!"

내가 머리를 감싸안으며 말했다.

"오, 마이 마마! 그것 참 우리는 희한한 삼각관계에 빠져버렸군요! 아들의 여자친구를 좋아하다니, 과부생활이 아무리 힘들고 세상이 아무리 말세라고들 하지만 이건 정말 너무 종말론적이군요! 오, 마이 마마, 제발, 제발 나랑 결혼해줘요!"

나는 어머니를 뒤에서 안아 한 바퀴 돌려주었다. 아버지는 공사장에서 돌아오는 때나, 술에 취해 귀가하는 저녁때면 늘 이렇게 했던 것이다.

"오, 내 마누라. 오, 내 마누라야! 얼마나 보고 싶었는지 모른다!"

만취하여, 그 독특한 보행법으로 집에 돌아온 아버지가 그렇게 야단을 떨어대다가, 잠에 곯아떨어지기까지의 이삼십 분 동안은 우리집 전체가 갑자기 환해지면서 지상으로부터 30미터쯤 공중부양하는 것만 같았다. 어머니가 이런저런 바가지를 긁어대도 술취한 아버지는 새삼 무엇이 근심이냐는 투로 껄껄껄 웃으셨다. 그리곤 막내, 이리 나오너라! 하시곤 내가 뛰어나가면 나를 안아 하늘에 닿을 만큼 높이 치켜올리는 거였다. 내 등이 구름엔지 천장엔지 딱 달라붙으면,

"거기 가만히 붙어 있거라. 아버지가 네놈 줄라고 사탕 사왔다."

말하시곤, 한 손으로 자신의 주머니를 한참 뒤지시는 거였다.

"어? 어딨더라? 어디다 뒀더라?"

하시면서 나중엔 나머지 한손마저 떼어서는 두 손으로 뒤지시는 거였다.

그런데 놀랍게도 나는 구름엔지 천장엔지 딱 붙어 결코 떨어지지 않는 거였다. 떨어질 것만 같은데 떨어지지 않는 거였다. 겁이 나서

"아빠! 아빠!"

하고 소리지르면 아버지는

"사내녀석이 겁은!"

하면서 다시 나를 내려주셨다. 그리곤 마침내 사탕봉지를 내 앞에 흔들어 보여주시는 거였다.

나는 아버지 흉내를 내어 안방에서 달려나오는 머꼬 녀석을 안아 천장에 딱 붙여주었다.

"아, 삼촌, 무서워! 무서워! 무서워!"

녀석이 소리질러댔다.

"무섭긴, 이까짓 걸 가지고 뭐가 무섭다고 그래?"

나는 한 손을 떼어선 주머니를 뒤지며 말했다.

"머꼬 줄려고 내가 맛이 아주 기가 막힌 사탕을 하나 사왔는데, 어디에 뒀더라?"

"아, 무서워! 무서워! 무서워! 할머니! 할머니! 나 무서워!" 머꼬 녀석이 연신 소리를 질러댔다.

나는 녀석을 공중에 띄워놓았다.

그리고 마침내 세상에서 가장 맛있는 사탕을 꺼내 녀석 눈앞에다 흔들어주었다. 그것은 내가 어릴 때 아버지에게 받았던 바로 그 사탕이었다. 환장할 정도로 맛있을 뿐만 아니라 언제까지나 줄지 않고 계속해서 단맛을 내는 매우 신기한 요술사탕이었다.

유쾌하고 청명한
이야기꾼의 탄생

장은수(문학평론가)

작가는 심층을 희생한 대가로 소설의 또다른 미덕, 절대 재미의 유쾌한 세계를 조작해낸다. 이만교의 경쾌함은 가벼움의 무거움, 그러니까 이성에 대한 현실의 딴지 걸기와 같은 것이다. 그 가벼움은 현실을 구성하는 눈의 가벼움이며, 현상학적 괄호 치기를 통해 끊임없이 현실의 심층을 제거하려는 전략이 빚어낸 가벼움이다.

『결혼은, 미친 짓이다』를 읽을 때에 어렴풋이 생각한 것이었지만, 이제 『머꼬네 집에 놀러 올래?』를 읽어보니 좀더 확실히 알겠다. 어쩌면 한국문학은 세기를 바꾸어가면서 뛰어난 이야기꾼 하나를 갖게 되었는지도 모른다. 문예지에 발표된 그의 단편들을 꼼꼼히 검토하지 않은 채 섣불리 넘겨짚은 것일지도 모르지만, 그보다 조금 먼저 소설을 쓰기 시작한 윤영수, 성석제와 같이(어쩌면 달리), 그는 지난 세기의 마지막 십 년 동안 한국 소설가들이 탐색하고 개발해온 대다수의 문학적 실험들을 부인하고 있는 것처럼 보인다.

　이만교의 소설은 일상의 지루함에 눌리고 접혀서 스스로 순수의 그림자로 전락한 우울증적 생리에 감염되어 있지 않으며, 이념에 눈이 멀었던 세대가 현실의 냉혹함과 마주치면서 빠져들었던 지식인

적 음습함과도 관계를 맺고 있지 않다. 또한 소여된 세계의 폭력을 벗어나려고 세계와 자아를 동시에 비틀어버린 지독한 야유에도 익숙하지 않으며, 가능성의 신비를 딱딱한 현실과 겹쳐 짜면서 리얼-버추얼한 세계의 문법을 만들어가고 있는 은밀한 냉소와도 결별한다. 그의 소설은 우울하지 않고 유쾌하며, 음습하지 않고 청명하며, 야유하지 않고 유머러스하며, 냉소하지 않고 긍정한다. 그럼으로써 그는 지난 연대의 주류 소설가들이 혐오했던 역할인 이야기꾼의 자리를 단숨에 떠맡는다.

지난 연대의 소설은 거의 모조리 "그렇게 말하는 너의 이데올로기는 무엇인가?"라는 미시 권력에 대한 이데올로기 투쟁과 "이제 생각하고자 하는 것을 생각할 수 없다. 움직이는 영상들이 내 생각의 자리에 들어앉았다"는 영상 세계에 대한 절망이 그려내는 쌍곡선의 접점 주변에서 형성되었다. 권력의 네트워크에 일그러진 육체와 정신은 괴물이 아니면 안 된다. 눈에 보이는 것은 온전하지만 진실이 아니며, 눈에 보이지 않는 것은 진실이지만 온전하지 않다. 따라서 인물과 상황은 끔찍하고 낯설어야 하며, 그것을 포착하는 문장들은 들뜨고 비틀려야 한다. 이성이 아니라 감성이 지배의 그물을 치고, 때때로 그 감성마저 구역질 없이는 자신을 응시하지 못하게 된다. 이제 사물은 침묵하지 않고 아우성친다. 보이는 것, 움직이는 것이 생각하고자 하는 것을 밀어내자마자 인간과 사물 사이의 결계는 깨어진다. 갑자기 사물들은 모든 종류의 목소리를 한꺼번에 토해내기 시작한다. 저 파스칼적 침묵 속에서 자라난 근대적 이분법의 세계, 보이는 것과 보이지 않는 것, 말하는 것과 침묵하는 것, 표층과 심층, 현상과 본질, 의식과 무의식의 세계는 깨어지고, 그러한 세계상을 자양분으로 삼아온 소설의 세계는 한순간에 무너져버린다. 그럴 때 소설가들이 할 수 있는 일이란 기껏해야 귓바퀴가 소리를 모으지 않도록 자물쇠를 채우고 눈알을 안으로 뒤집어 속을 들여다보거나, 소리를 좀더 잘 모을 수 있도록 귓바퀴의 주름을 펴고 눈알을 팽팽 돌려 천변하는 세계의 속도를 기록하는 것이다. 끔찍할 정도로 빠르게 모든 것이 변화하고, 영원히 순간만이 지속되는 이러한 상황은 소설가들을 시인으로 만들거나 극작가로 변질시킨다. 지난 연대의 소설들이 매트릭스로서의 이야기성, 서사적 플롯을 포기하고 시적인 문체나 극적인 구성 쪽으로 후퇴해야 했던 사정은 여기에 있었다.

놀랍게도 이만교는 한국소설을 붙잡아두고 있는 이러한 상황적 쌍곡선의 자장을 전혀 의식하지 않는다. 그는 나비처럼 가볍게 날고, 벌처럼 날카롭게 쏜다. 저 젊은 날의 무하마드 알리처럼, 그는 가공할 파괴력을 가진 상황의 핵 주먹을 가벼운 발놀림으로 피해나가면서 한없이 떠벌리고 까불댄다. 그의 세계는 변하는 것에서 변하지 않는 것을, 거품 같은 세계 속에서 딱딱하고 맛없는 본질을 응시하고자 하는 힘(자의식)이라고는 눈곱만큼도 없는, 그러니까 유리 지갑처럼 속이 투명하고 명랑한 인물들만으로 이루어져 있다. 이들은 슬퍼하지만 비통해하지 않고, 즐거워하지만 기뻐하지 않으며, 비난하지만 비판하지 않는다. 그들은 저 심층의 원리에 따라 움직이지 않고 표면 위에 달라붙어서 움직인다. 강물 위를 떠도는 나뭇잎들처럼 그들은 햇살에 반짝이고 바람에 흔들리면서 무던히 다음 사건들을 기다린다. 스스로 사건을 만들어낼 힘을 잃어버렸기 때문에 그들은 세계의 폭력에 좌절할 수조차 없으며, 그저 찌그러진 양철처럼 납작하게 엎드려 있다가 힘이 다하면 녹슬어 부서진다.

이러한 기술 방식은 깊이의 아름다움을 잃어버린 현대인의 에토스를 정직하게 그려내고 있는 것인지도 모른다. 작가는 이렇게 심층을 희생한 대가로 소설의 또다른 미덕, 절대 재미의 유쾌한 세계를 조작해낸다. 그 경쾌함은 저 김영하나 송경아가 그려내고 있는 경쾌함과 비교할 수 없을 정도로 가볍다. 김영하나 송경아의 경쾌함은 무거움의 가벼움, 그러니까 현실에 대한 상상력의 축지법과 같은 것이었다면, 이만교의 경쾌함은 가벼움의 무거움, 그러니까 이성에 대한 현실의 딴지 걸기와 같은 것이다. 그 가벼움은 현실을 구성하는 눈의 가벼움이며, 현상학적 괄호 치기를 통해 끊임없이 현실의 심층을 제거하려는 전략이 빚어낸 가벼움이다. 따라서 마음이 현실의 심층을 들여다보고자 할 때 그 눈은 육체의 주인을 비꼬아버림으로써 독자들의 읽기를 방해한다. 다음을 보라.

저녁이다. 편의점 앞에 쌓여 있는 빈 라면박스들을 뒤적거리는 오십대 신사에게 기자가 다가가서 묻는다.

"지금 뭐 하시는 거예요?"

그러자 신사가 쭈뼛쭈뼛 대답했다.

"방을 좀 보려고 왔습니다."

(……)

뿌옇게 여명이 트는 언덕을 열심히 올라가는 자전거 뒷모습을 롱테이크로 잡다가 화면 정지.

"저 사람들 좀 봐라. 그래도 우린 행복한 거다."

어머니가 치맛자락으로 눈물을 훔치며 말씀하셨다. 식구들은 아무 말도 못 하고 다들 긴 한숨을 쉬었다.(……)

"위안이 좀 돼."

작은누나가 말했다.

"하지만 기왕 보여주는 김에 좀더 처참하게 사는 사람들 꼴을 보여주면 좀 시원하겠어."

"저들이 노리는 건, 바로 그런 심리인지 몰라."

남달리 똑똑한 나는 새로운 시각으로 상황을 바라보고자 했다.

"문제점을 파헤치기보다는, 더 심하게 고생하는 사람들이 얼마든지 많다는 것만 강조하고 있잖아."(50쪽, 윗점 강조는 인용자)

이것이 바로 이만교식 경쾌함의 정체이다. "남달리 똑똑한 나"와 같은 야릇한 표현들은 이 소설에서 수없이 반복되어 나타난다. 현실이 심층에 떨어지지 않도록 야유와 환각을 통해 현실을 가로막기. 자의식이 언어를 사로잡지 않도록 극도로 조심해서 말하기. 이러한 언어 전략을 서슴없이, 자유자재로 구사할 수 있는 인간은 무섭다. 그것을 통해 돼지갈비를 뜯을 때에만 정치경제학의 고수가 되는 우리의 현존재는 처참하게 발가벗겨진다. 그것이 이만교의 유쾌함이 형언할 수 없이 묘한 슬픔을 빚어내는 이유이다. 심층을 들여다보았을 때의 절망과 표면에 붙잡혀 허우적대는 절망, 우리 비루한 현대인들의 삶은 어떠한 경우에도 절망스럽다. 그 절망을 절망이 아닌 것처럼 유쾌하게 그려내고 있는 자는 무섭다, 무섭다.

『머꼬네 집에 놀러 올래?』는 IMF 경제 대란을 맞아 부침하는 한 가족의 풍경을 이 년여에 걸쳐 추적한 작품이다. 외할머니, 어머니, 형과 형수, 큰누나와 매형, 사돈어른, 작은누나, 나, 그리고 나중에는 조카 머꼬 등 십여 명의 가족들이 한데 뭉쳐서 아등바등 살아가는 평범한 가족 세태 소설의 외양을 띠고 있다. 이 가족들 한 사람, 한 사람은 한국 사회의 사회사 한 장면을 상징하도록 조립되어 있으며, 소설 속의 사건들은 한국 사회를 긁고 지나간 지난한 역사들이나 미리 씌어진 어떤 소설 속의 한 장면을 떠올리도록 정교하게 배치되어 있다. 그러나 작품 곳곳에서 불쑥 몸을 드러내는 우화적 과장들이 이 소설을 리얼하지 않게 만들고 있기 때문에 독자들이 이 작품을 낡은 사회 소설로 착각할 염려는 전혀 없다. 오히려 작가는 마치 누드 컴퓨터처럼 사건의 조작성, 인공성을 적나라하게 드러냄으로써 독자들의 감정 이입을 차단하고 강제로 미학적 거리를 만들어낸다. 또한 작가는 신문에나 나올 법한 수많은 사회적 사건들을 강제로 소환해서 조각보처럼 이어붙인 혼성 모방의 기법을 능숙하게 사용함으로써 소설의 현대성을 강화시킨다. 그렇게 해서 이 소설은 IMF라는 무거움을 정녕 풍선과 같이 가볍게 처리할 수 있는 길을 열어놓는다.

한번 더 강조하거니와, 이 소설의 가족 구조는 너무나 전형적이다. 화자인 나의 할아버지는 종이었다가 일제 강점기에 풀려나 농사꾼 반, 술꾼 반으로 살다 죽었다. 그의 고향은 경제 발전기에 댐으로 수몰되어 사라졌으며, 할수없이 고향을 떠나게 된 배운 것 없고 가진 것 없는 아버지는 목수로 떠돌다가 병들어 죽었으며, 어머니는 공장에 나가면서 집 한쪽을 사글세로 놓아 사남매를 무사히 키워냈다. 형은 일류 대학을 나온 과거의 운동권 학생으로 지금은 대기업에 취직해 주식 투자에 혈안이 되어 있으며, 큰누나는 가죽 공장에 다니면서 돈을 벌어 동생을 공부시키다가 남편을 만나 결혼해 고깃집을 하고 있으며, 작은누나는 아마도 고등학교만 졸업하고 취직해서 직장에 다니고 있으며, 막내인 나는 군에 갔다 와서 어학연수를 준비중이다. 너무나 전형적이기 때문에 이들은 일제 강점기 이후 한국 사회가 치러온 격변의 역사를 단 한 번도 비껴갈 수 없었다.

"우리집이 단 한순간이라도 역사적 사건들로부터 비켜난 적이 있었어? 6·25 때는 복숭아나무 지키다가 외삼촌이 총 맞아 죽었지, 박정희 근대화가 시작되면서는 농사 짓는 족족 손해만 봐서 결국은 쫄딱 망했지, 광주학살 때는 건너채에 세든 김씨네 식구 시동생 감춘 것 때문에 아버지까지 곤욕을 치렀잖아. 80년대 내내 그랬잖아. 정말이지 단 한 번도 마음 편할 날이 없었다구." (68쪽)

소설은 IMF를 맞아 이 격변의 역사가 화자인 나를 덮치면서 시작한다. 캘리포니아로 어학연수를 가려던 나의 계획이 뒤틀리고, 가족들은 순식간에 파탄 상황에 빠진다. 공장에 다니던 어머니의 근무 조건은 극도로 악화되고, 형과 작은누나는 임금이 대거 삭감된다. 온 가족은 극도의 절약 생활을 시작하며, 갈빗집으로 호황을 누리던 큰누나는 파산해버린다. 빚은 어머니의 쌈짓돈으로 여차여차해서 갚게 되었지만, 망해버린 매형네 집안은 사돈어른까지 데리고 들어와

처가살이를 시작한다. 나는 복학을 미룬 채 아르바이트 자리를 구하러 동분서주하고, 주식 시장에서 폭삭 망한 형은 분가 계획을 철회한다. 할아버지의 일제강점, 아버지의 한국전쟁, 형의 박정희 독재에 비견되는 역사적 격변인 국가의 모라토리엄 선언은 결국 나를 비껴가지 못한 것이다. 이 작품의 유일한 긴장은 이 비껴갈 수 없음이 한 가족을 어떻게 파멸로 몰아가는가에 놓여 있다. 동시에 이는 한 평범한 가족이 사회사적 격변기를 어떻게 버티어나가는가를 보여주는 것이기도 하다.

그 방법은 의외로 간단하다. 바깥의 역사에 대항할 수 있는 내부의 역사를 만들어가기, 바깥의 엄청난 불행을 잊어버리게 만드는 내부의 행복을 만들어가기. IMF라는 세계의 폭력은 주인공의 집안을 거의 파멸 상태로 몰아가 온 가족이 극도의 가난에 시달리게 만들지만, 동시에 주인공에게는 신해연이라는 예쁜 여자를, 집안에는 머꼬라는 새 생명을 잉태하게 만들고, 가족들은 온통 이 생리적 행복에 정신이 팔려 시대의 고통을 망각해간다. 그 망각의 시간 속에서 집안은 더욱더 비참한 상태에 빠져들게 되어, 마침내 큰 홍수로 그나마 살던 집마저 잃고 만다. 사회사적 사건과 가족사적 사건이 면밀하게 결합되지 않은 채 서로 유리되어 있다는 불만이 있지만 이와 같은 이야기의 흐름은 IMF 시대의 한 훌륭한 풍속화에 해당한다.

하지만 이 작품을 좀더 주목하게 만든 것은 이러한 풍속성 또는 세태성에 있지 않다. 그것은 죽음, 그러니까 절대적인 불행을 처리하는 작가의 능력에 있다.

그 이후로도 우리가 확인한 것은 외할머니의 부재가 아니라 흔적들이었다. 외할머니가 그때 이러저러시는 바람에 우리가 얼마나 웃었니? 외할머니가 있었으면 벌써 난리 났을 거야, 외할머니가 계셔야 더 재미있을 텐데…… 식구들은 끝없이 외할머니를 반추해냈다. 특히 작은누나의 외할머니 흉내는 거의 실제와 구분이 가지 않았다. 누나가 가느다란 노인네 목소리로

"에미야, 밥 안 주냐? 나를 굶어 죽일 셈이야, 이것들아?"

하고 흉내내면 식구들은 하하하, 웃음보를 터뜨려야 했다. 낡은 집도 덜덜덜 웃어댔다. 그렇게 실컷 웃고 나면 눈가에 물기가 조금 맺히면서 아주 아련하게 스치는 그 무엇이 있었다.(118쪽)

슬픔을 아련함으로 바꾸어내는 능력, 이것이야말로 자연에 저항해서 문명을 만들어낸 인류의 힘이 아니겠는가? 이 아련함의 힘은 작품 곳곳에서 불행을 더 작은 불행으로 쪼개어 어느새 증발시키는 마법을 발휘하고 있다. 우리가 이 불행한 시대에 죽지 않고 끝까지 살아남을 수 있는 것은 바로 이 때문일 것이다. 가령, 해연에게 결별 선언을 듣고 교통 사고의 환상을 빚어내기, 친구와 결혼한 해연이 머나먼 외국에서 "그 어떤 편리와 안락과 배움의 열정도 형네 집에서의 따뜻했던 추억만은 못하다고, 비록 좁고 작고 사방에 금이 가긴 했지만 형네 집만큼 궁금증과 신비와 이상한 일이 많이 도사리는 집은 그곳에서는 찾을 수 없을 거라고, 언제나 이곳이 그리울 거"라고 편지를 보내오기, 홍수로 사라진 집에서 술에 취한 채 머꼬에게 요술 사탕 물리기 등등. 시간이 지나면 비극도, 고통도 모두 그리운 추억,

가장 행복했던 시절의 추억들이 될 거라고 믿는 것. 이 아련함을 발견하기 위해 그토록 많은 사건과 스테레오타입의 인간들과 과장과 유머와 눈물이 필요했던 것은 아니었을까. 하지만 이 아련함도 결국은 가족을 버리고 아내와 달랑 둘이 강남의 큰 아파트로 이사한 형의 냉정함 앞에서는 한낱 신기루에 지나지 않는 것은 아닐까.

그러나 불안에 감염되어 있는 그대로, 그 신기루가 오랫동안 마음의 거문고 줄을 잡아당기고 있다. 마음이 웅웅거리면서 운다. 대단한 이야기 솜씨 때문에 가려진 감정선 하나가 끝내 마음에 걸린다. 이 감정선이 풍경이 아니라 인간의 얼굴을 하게 될 때, 그의 소설은 한 단계 더 나아가게 될 것이다.

이 글의 배경은 고작 일이 년 전의, 그러나 실제로는 지금도 이어지고 있는 IMF 상황입니다. 이것을 어떻게 하면 유쾌하게, 그러면서도 의미 있게 제대로 그려낼 수 있을까, 하고 저는 고민했습니다. 아직도 진행되고 있는 현재의 문제를 소설로 다루는 게 쉽지는 않았지만, 하나의 동굴을 지나는 기분으로 통과했습니다. 그리고 이제 여러분에게 선보이려 합니다.

여러분 관심에 힘입어 저의 두번째 소설을 출간합니다. 첫 소설을 내면서 소설가에게는 그저 한 사람이라도 눈 맞는 독자가 있다는 것이 얼마나 소중하며 기분 삼삼한 일인지 실감했습니다. 이제 겨우 한 해가 지났지만 지난 작품과는 또다른 느낌으로 읽히리라 자부하며 이 책을 출간합니다.

초고는 지지난 겨울 북한산 자락의 절에 묵으며 썼습니다. 쓰는 내내 저는 약간 들떠 있었습니다. 저는 속을 다쳐 술을 못 하는데, 대신 기분만 좋으면, 콜라를 마시고도 얼마든지 열에 들떠 수다스러워지고 모션과 목소리가 커지면서 아주아주 신이 나 친구들과 어울립니다. 저는 이 소설을 쓰는 내내 그런 기분으로 써나갔더랬습니다.

여러분도 그런 기분으로 이 소설을 읽어주시면 좋겠습니다. 책상에 앉아 차분한 마음으로 읽어나가기보다는, 기분좋게 술취한 친구의 달뜬 수다를 듣듯이, 차라리 벽에 기대어 만화책 보듯이 읽어나가는 것이 더 좋은 방법일 듯싶습니다. 그러다 보면 3, 4장부터는 제 속도가 붙을 것입니다. 실제로 저에게 그림 재주가 있다면 만화책으로 엮는 건 어떨까, 하는 생각도 했었습니다. 사실 이 소설을 구상할 무렵 저는 동네 만화방을 하루가 멀다 하고 들락거리며 활달하고 순발력 있는 만화적 상상력에 매료되기도 했었습니다.

배경은 고작 일이 년 전의, 그러나 실제로는 지금도 이어지고 있는 IMF 상황입니다. 이것을 어떻게 하면 유쾌하게, 그러면서도 의미 있게 제대로 그려낼 수 있을까, 하고 저는 고민했습니다. 아직도 진행되고 있는 현재의 문제를 소설로 다루는 게 쉽지는 않았지만, 하나의 동굴을 지나는 기분으로 통과했습니다. 그리고 이제 어러분에게 선보이려 합니다.

이 글이 완성되기까지 도와준 분들께 감사드립니다. 특히 어떤 분들은 아주 직접적인 방법으로 도와주셨는데, 가령 이 소설에 등장하는 인물들은 거의 모두 제 주변 사람들의 이미지를 토대로 태어났습니다. 일테면 소설 속 어머니는, 제 어머니와 평촌의 이모님 그리고 김포의 장모님 모습이 합성된 인물에 다름아닙니다. 여주인공 해연은 본래는 내가 몽정하듯 꿈꾸는 상상 속의 애인 모습이었는데 쓰는 동안 제 아내의 착한 모습이 꽤 많이 가미되었습니다. 아기 머꼬는 실제로 제 딸애의 별명인데, 그애를 갖고 나서 써온 태교일기나 육아일기를 많이 참조해가며 묘사했습니다. 그러나 약간 못나빠진 형 모습은 제 친형과는 무관하다는 걸 밝혀둡니다. 아버지는 세 분의 제

외삼촌 모습에서 얻어왔습니다. 다른 주변 인물들도 모두 마찬가지인데, 변호사나 앵커나 국회의원이나 대기업 경영주의 모습 또한 실제 그대로의 모습에서 따왔다는 것을 밝혀두는 바입니다.

언젠가 말했지만, 제가 꿈꾸는 것은, '책을 덮고 났을 때 그 글의 작가가 친한 친구처럼 느껴져 언제든 전화하고 싶은 마음이 드는' 소설을 쓰는 것입니다. 이러한 제 꿈을 이 소설이 얼마나 담아냈는지는 제가 아니라 독자 여러분께서 판단을 내리시겠지요. 이제 저는 다시 엄밀히 반성하는 모습으로 돌아가서 이 글의 단점만을 강하게 인지하며 새로운 작품을 모색하겠습니다.

문학동네에도 감사드립니다.

2001년 3월
이만교

문학동네 장편소설
머꼬네 집에 놀러 올래?

ⓒ 이만교 2001

1판 1쇄 | 2001년 4월 16일
1판 5쇄 | 2003년 12월 27일

지 은 이 | 이만교
펴 낸 이 | 강병선
책임편집 | 김현정 김미영
펴 낸 곳 | (주)문학동네
출판등록 | 1993년 10월 22일 제22-188호

주   소 | 413-832 경기도 파주시 교하읍 문발리 출판문화정보산업단지 513-8
전자우편 | editor@munhak.com
전화번호 | 031) 955-8888
팩   스 | 031) 955-8855

ISBN 89-8281-373-X 03810
* 잘못된 책은 바꿔드립니다.
www.munhak.com